PATRICIA HIGHSMITH

Gesammelte Geschichten

MIT EINEM VORWORT VON
GRAHAM GREENE
AUS DEM AMERIKANISCHEN VON
ANNE UHDE

DIOGENES

TITEL DER ORIGINALAUSGABE
›ELEVEN STORIES‹

DAS VORWORT VON GRAHAM GREENE
ÜBERSETZTE TINA HAFFMANS

DER ORIGINALTITEL
›MRS. AFTON, AMONG THY GREEN BRAES‹
STAMMT AUS EINEM GEDICHT
VON ROBERT BURNS, WO ES HEISST:
»FLOW GENTLY, SWEET AFTON,
AMONG THY GREEN BRAES«

ISBN 3 257 00926 7

Inhalt

Vorwort

Patricia Highsmith ist eine Autorin von Kriminalromanen, die man immer wieder liest. Es gibt sehr wenige, von denen man das sagen kann. Sie ist eine Schriftstellerin, die eine eigene Welt geschaffen hat, eine bedrückend geschlossene, irrationale Welt, die wir jedesmal mit einem Gefühl von persönlicher Bedrohung und fast widerstrebend betreten – den Kopf halb über die Schulter zurückgewandt –: denn wir gehen grausamen Vergnügen entgegen. Aber plötzlich ist die Grenze hinter uns geschlossen, wir können nicht mehr zurück, wir sind verurteilt, mit einer ihrer gehetzten Gestalten bis zum Ende der Geschichte zu leben. Und die Spannung steigert sich, weil wir nie sicher sind, ob der üble ›talentierte Mr. Ripley‹ davonkommt, oder der harmlose ›Stümper‹ Walter büßen muß, oder der Schuldige Sydney Bartleby entfliehen kann. Bei ihr gibt es keinen ›moralischen‹ Schluß. Sie hat nichts gemein mit der heroischen Welt ihrer Ahnen Dashiell Hammett und Raymond Chandler. Und ihre Detektive – manchmal geradezu bestialisch wie der amerikanische Leutnant Corby oder stumpf wohlmeinend wie der britische Inspektor Brockway – haben nichts zu tun mit den romantisch-schnodderigen Privatdetektiven, die stets – wir wissen's im voraus – über das Böse triumphieren und der Gerechtigkeit zum Sieg verhelfen, auch wenn sie dabei vielleicht ihre Auftraggeberin auf den elektrischen Stuhl bringen ... Nichts ist gewiß, wenn wir diese Grenze einmal überschritten haben. Das ist nicht die Welt, die wir zu kennen glaubten, aber sie erscheint uns beängstigend wirklicher als die unseres Nachbarn. Die Geschehnisse kommen so plötzlich und unerwartet auf uns zu, und die Motive sind zunächst so unfaßlich, daß wir sie einfach hinnehmen: ›Credo quia absurdum est.‹ Patricia Highsmith' Geschöpfe sind irrational, weil sie sich grundlos in ein Leben geworfen finden, und dann merken wir, wie unglaubwürdig die meisten erdachten Figuren sonst sind, Puppen in einem gradlinigen Leben, das von Punkt A zu Punkt Z verläuft, wie das von Pendlern, die tagtäglich mit dem gleichen Zug fahren. Die Motive solcher Gestalten sind nie ›unerklärlich‹, weil sie so langweilig offensichtlich sind wie mathematische Symbole. Wir haben sie einst als ›wirklich‹ akzeptiert. Aber wenn wir aus der Welt Patricia Highsmith' auf sie zurückblicken, geht uns auf, daß unsere Welt in Wirklichkeit nicht so rational ist, und mit einem Gefühl von Furcht denken wir: ›Vielleicht gehöre ich *hierhin.*‹ Wenn wir durch eine altvertraute Straße schlendern, passieren wir plötzlich mit Beklemmung den ›American Express‹, den Knotenpunkt so vieler zwielichtiger Highsmith-Gestalten, die dort ihre Briefe abgeben (wahrscheinlich mit einer Deckadresse auf dem Umschlag) und Reiseschecks einlösen (mit gefälschter Unterschrift).

Ihre Kurzgeschichten sind ebenso beunruhigend, obwohl sie sich – wegen ihrer Kürze – leichter verdrängen lassen. Wir müssen nicht so lange in ihnen leben, um gänzlich darin aufzugehen.

Patricia Highsmith ist eher eine Dichterin der unbestimmbaren Beklemmung denn der nackten Angst. Angst ist lähmend und kann ermüden, Beklemmung hingegen zerrt sanft und stetig an den Nerven. Wir müssen lernen, damit zu leben. Patricia Highsmith' bester Roman ist meines Erachtens ›Das Zittern des Fälschers‹; und wenn man mich fragt, wovon der handelt, würde ich sagen: »Beklemmung.«

In ihren Erzählungen bedient sie sich natürlich einer anderen Methode; hier wird der Leser nicht langsam umzingelt, sondern mit hinreißenden Kunstgriffen zur Strecke gebracht. Einige dieser Geschichten sind vor zwanzig Jahren – vor ihrem ersten Roman ›Strangers on a Train‹ – entstanden, aber man hat nicht den Eindruck, daß Patricia Highsmith ihre Meisterschaft mittels tastender Versuche erlangt hat. ›Die Heldin‹, vor fast einem Vierteljahrhundert geschrieben, ist eine ebensolche ›Studie in Beklemmung‹ wie ihr letzter Roman. Wir spüren geradezu die Gefahr, als sich das Kindermädchen vorstellt, wir möchten den Eltern zuschreien: »Seht zu, daß ihr sie loswerdet, bevor es zu spät ist!«

Meine Lieblingsgeschichte in dieser Sammlung ist ›Als die Flotte im Hafen lag‹: was man erwartet, ist ein schlichter kleiner Mordfall – aber was für ein bewegender, schrecklicher Schluß! Vielleicht ist dies das beste Beispiel für eine bedrückend geschlossene Welt. ›Die Schildkröte‹, eine neue Highsmith, ist eine grausame Kindheitsgeschichte, die man Sakis Meisterwerk ›Sredni Vashtar‹ an die Seite stellen kann. Und das Erlebnis nackten physischen Ekels – was sie selten heraufbeschwört – ist nach dem ›Schneckenforscher‹ kaum zu überbieten. Mr. Knoppert hat die gleiche Beziehung zu seinen Schnecken wie Patricia Highsmith zu ihren Gestalten, er beobachtet seine Kriechtiere mit der gleichen unbewegten Neugier wie sie ihren ›talentierten Mr. Ripley‹:

»Mr. Knoppert war eines Abends in die Küche gekommen, um vor dem Dinner schon eine Kleinigkeit zu essen, und zufällig war sein Blick auf die Schüssel mit Schnecken gefallen, die auf dem Ablaufbrett am Spülstein stand und in der sich zwei Schnecken höchst sonderbar benahmen. Sie standen sozusagen auf dem Schwanzende und schwankten voreinander hin und her wie zwei Schlangen, die von einem Flötenspieler hypnotisiert werden. Gleich darauf berührten sich die zwei Gesichter zu einem Kuß von deutlicher Sinnlichkeit. Mr. Knoppert trat näher heran und musterte sie von allen Seiten. Da geschah noch etwas: bei beiden Schnecken erschien auf der rechten Kopfseite ein kleiner Auswuchs, etwa wie ein Ohr. Was er da vor sich sah, war irgendeine Art von Sexualerlebnis, das sagte ihm sein Instinkt.«

GRAHAM GREENE

Der Schneckenforscher

Ganz zu Anfang, als Mr. Peter Knoppert erst begann mit seinem Schneckenhobby, da ahnte er nicht, wie schnell aus seiner ersten Handvoll Schnecken Hunderte werden sollten. Knapp zwei Monate nach dem Einzug der ersten Schnecken in sein Arbeitszimmer standen auf dem Schreibtisch, den Wandbrettern und Fensterbänken und sogar auf dem Fußboden mehr als dreißig Glasbehälter und Schalen voll durcheinanderkriechender Schnecken. Mrs. Knoppert fand sie gräßlich und weigerte sich, das Zimmer noch zu betreten. Es röche, behauptete sie; überdies war sie einmal aus Versehen auf eine Schnecke getreten – ein widerliches Gefühl, das sie nicht vergessen konnte. Doch je mehr seine Frau und auch seine Bekannten diesen ungewöhnlichen und etwas unappetitlichen Zeitvertreib ablehnten, desto mehr Spaß schien Mr. Knoppert daran zu finden.

»Ich habe mir noch nie viel aus Tieren und Pflanzen gemacht«, sagte er oft. Er war Teilhaber einer Maklerfirma und hatte sich sein Leben lang nur mit Finanzfragen beschäftigt. »Aber die Schnecken haben mir tatsächlich die Augen geöffnet für die Schönheiten der Tierwelt.«

Wenn dann seine Freunde entgegneten, Schnecken seien eigentlich gar keine richtigen Tiere, und ihr schleimiges Äußere sei kaum wirklich schön zu nennen, dann hielt ihnen Mr. Knoppert mit überlegenem Lächeln entgegen, er wisse doch wohl etwas mehr über Schnecken als sie.

Was zweifellos stimmte. Er war Zeuge eines Ereignisses gewesen, das in keinem Lexikon, in keinem zoologischen Handbuch, dessen er habhaft werden konnte, beschrieben war – jedenfalls nicht angemessen beschrieben. Er war eines Abends in die Küche gekommen, um vor dem Dinner schon eine Kleinigkeit zu essen, und zufällig war sein Blick auf die Schüssel mit Schnecken gefallen, die auf dem Ablaufbrett am Spülstein stand und in der sich zwei Schnecken höchst sonderbar benahmen. Sie standen sozusagen auf dem Schwanzende und schwankten voreinander hin und her wie zwei Schlangen, die von einem Flötenspieler hypnotisiert werden. Gleich darauf berührten sich die beiden Gesichter zu einem Kuß von deutlicher Sinnlichkeit. Mr. Knoppert trat näher heran und musterte sie von allen Seiten. Da geschah noch etwas: bei beiden Schnecken erschien auf der rechten Kopfseite ein kleiner Auswuchs, etwa wie ein Ohr. Was er da vor sich sah, war irgendeine Art von Sexualerlebnis, das sagte ihm sein Instinkt.

Die Köchin trat in die Küche und machte eine Bemerkung, doch Mr. Knoppert brachte sie mit einer ungeduldigen Handbewegung zum Schweigen. Er konnte die Augen nicht abwenden von den verzauberten Lebewesen in der Schüssel.

Als die ohrförmigen kleinen Gebilde genau Rand an Rand lagen, schnellte aus dem einen Ohr ein weißliches Stäbchen hervor und bog sich wie ein Fühler dem Ohr der anderen Schnecke entgegen. Mr. Knoppert mußte seine erste Mutmaßung korrigieren, als auch aus dem Ohr der zweiten Schnecke ein Fühler hervortrat. Sonderbar, dachte er. Jeder der beiden Fühler wurde zurückgezogen, trat von neuem hervor und blieb dann, als hätte er ein unsichtbares Ziel erreicht, in der Partnerschnecke haften. Wie gebannt starrte Mr. Knoppert in die Schüssel. Auch die Köchin war jetzt herangetreten und besah sich die Schnecken.

»Haben Sie so was schon mal gesehen?« fragte Mr. Knoppert.

»Nein. Die kämpfen wohl miteinander«, meinte die Köchin und wandte sich gleichgültig ab. Für Mr. Knoppert war ihre Bemerkung ein Beweis für die Ignoranz auf diesem Gebiet, der er später überall begegnen sollte.

Mr. Knoppert blieb länger als eine Stunde neben dem Spülstein stehen und sah den beiden Schnecken zu, bis schließlich erst die Ohrgebilde und dann die Fühler eingezogen wurden, die Schnecken sich entspannten und einander nicht weiter beachteten. Jetzt aber hatten zwei andere Schnecken das gleiche Liebesspiel angefangen und sich langsam erhoben bis zur Kußposition. Mr. Knoppert wies die Köchin an, die Schnecken heute abend nicht auf den Tisch zu bringen. Er nahm die Schüssel mit hinauf in sein Arbeitszimmer; und fortan wurden im Hause Knoppert keine Schnecken mehr serviert.

Abends nahm er sich seine Lexika und die paar naturwissenschaftlichen Bücher vor, die er im Hause hatte, fand jedoch keine Silbe über die Fortpflanzungsgewohnheiten der Schnecken; nur der langweilige Vermehrungsprozeß von Austern war dort eingehend beschrieben. Vielleicht war es doch keine Paarung gewesen, die er da beobachtet hatte, überlegte er einige Tage später. Edna, seine Frau, verlangte, er solle die Schnekken jetzt entweder zubereiten lassen und aufessen oder sie wegtun – sie war gerade auf eine Schnecke getreten, die aus der Schüssel auf den Fußboden gekrochen war. Vielleicht hätte er sich gefügt, wenn ihm nicht in der Stadtbibliothek die Darwinsche ›Entstehung der Arten‹ in die Hände gefallen wäre, wo er einen Satz über Gastropoden fand. Er war französisch geschrieben, und Mr. Knoppert konnte kein Französisch, doch bei dem Wort *sensualité* stutzte er wie ein Bluthund, der plötzlich die Spur gefunden hat. Er holte sich ein französisch-englisches Wörterbuch zu Hilfe und machte sich an die Übersetzung. Der Absatz – weniger als hundert Worte – besagte, daß Schnecken bei der Paarung einen Grad von Sinnlichkeit an den Tag legen, der in der übrigen Tierwelt unbekannt ist. Das war alles. Die Feststellung stammte aus den Aufzeichnungen von Henri Fabre, und Darwin hatte wohl gemeint, der Durchschnittsleser benötige keine Übersetzung; er hatte sie jedenfalls im Original stehen gelassen für die paar ernsthaft Interessierten, denen die Sache wirklich wichtig war. Zu ihnen zählte sich Mr. Knoppert jetzt. Das runde, rötlich glänzende Gesicht strahlte vor Stolz.

Er wußte nun, daß seine Schnecken Süßwasserschnecken waren, die ihre Eier in den Sandboden legten; deshalb tat er feuchte Erde und eine Untertasse voll Wasser in eine große Waschschüssel und legte die Schnecken behutsam hinein. Dann wartete er, ob etwas geschehe. Aber eine weitere Paarung fand nicht statt. Er nahm die Tiere eins nach dem anderen hoch und betrachtete sie, sah aber keinerlei Anzeichen einer Schwangerschaft. Doch die eine Schnecke ließ sich nicht aufheben; es war, als klebe das Schneckenhaus am Boden fest. Mr. Knoppert nahm an, daß die Schnecke den Kopf in den Sand gesteckt hatte, um zu sterben. Zwei weitere Tage vergingen, und am Morgen des dritten sah er an der Stelle, wo das Tier gelegen hatte, ein paar Sandbrösel liegen. Neugierig untersuchte er sie mit Hilfe eines Streichhölzchens und entdeckte zu seinem Entzücken eine winzige Mulde voll glänzender Eier. Schneckeneier! Er hatte sich also nicht getäuscht. Eilig rief er seine Frau und die Köchin herbei und zeigte ihnen seinen Fund. Die Eier sahen ähnlich aus wie Kaviar, nur waren sie weiß anstatt schwarz oder rot.

»Na – irgendwie müssen sie sich ja fortpflanzen«, war alles, was seine Frau dazu sagte. Er begriff ihre Gleichgültigkeit nicht – er selbst trat, wenn er zu Hause war, jede Stunde an die Schüssel und betrachtete die Eier. Jeden Morgen sah er nach, ob sich irgend etwas verändert hatte; jeden Abend vor dem Schlafengehen galt den Eiern sein letzter Gedanke. Und nun machte sich tatsächlich noch eine Schnecke daran, eine Mulde zu graben, und zwei andere begannen mit dem Liebesspiel! Das erste Eiergelege nahm zartgraue Farbe an, und seitlich auf jedem Ei wurde ein winziges Spiralgehäuse sichtbar. Mr. Knopperts Spannung wuchs. Endlich kam der Morgen – nach seiner sorgfältigen Berechnung war es der achtzehnte –, da blickte er in die kleine Mulde und sah, wie sich ein winziger Kopf bewegte und ein kurzer Fühler noch unsicher tastend das Nest erforschte. Mr. Knoppert war selig wie ein frisch gebackener

Vater. Jedes der kleinen Eier – etwa siebzig mochten es sein – erwachte zum Leben. Es war wunderbar. Er hatte jetzt den kompletten Fortpflanzungszyklus bis zum glücklichen Ende miterlebt. Kein Mensch – jedenfalls niemand, von dem er wußte – kannte auch nur einen Bruchteil von dem, was er mit angesehen hatte, und das war das besonders Erregende und Geheimnisvolle an dieser Entdeckung. Sorgfältig notierte sich Mr. Knoppert die verschiedenen Termine der Paarung und des Ausschlüpfens. Alle Freunde und Bekannten unterhielt er mit eingehenden Berichten über das Leben der Schnecken. Sie hörten ihm zuweilen fasziniert, häufiger aber mit leichtem Ekel zu, was seine Frau in peinlichste Verlegenheit brachte.

»Wo soll das bloß hinführen, Peter? Wenn sie sich in diesem Tempo fortpflanzen, haben wir bald keinen Platz mehr im Haus!« hielt sie ihm vor, als fünfzehn oder zwanzig Gelege ausgeschlüpft waren.

»Die Natur läßt sich nicht aufhalten«, erwiderte er gutgelaunt. »Sie haben ja nur mein Arbeitszimmer eingenommen, und da ist Platz genug.«

Immer mehr Glasbehälter und Schüsseln wanderten nach oben. Mr. Knoppert ging auf den Markt und erstand dort einige Schnecken, die etwas lebhafter und munterer aussahen, und außerdem zwei, die er gerade bei der Paarung antraf, was ringsum niemand bemerkte. Immer mehr Mulden mit Eiern erschienen im Sand der Glasgefäße, und aus jeder krochen dann siebzig bis neunzig kleine Schnecken, durchsichtig wie Tautropfen. Behende schoben sie sich an den frischen Salatblättern in die Höhe, die Mr. Knoppert als eßbare Leiter in jeder Mulde bereitstellte. Paarungen kamen nun so oft vor, daß er schon gar nicht mehr hinschaute. Eine Paarung konnte gut 24 Stunden andauern. Doch der Anblick des weißlichen Kaviars, der sich in Gehäuse verwandelte und dann langsam vorwärts kroch: dieser Anblick erregte ihn jedesmal aufs neue.

Seine Kollegen im Geschäft bemerkten deutlich einen neuen Schwung in Peter Knoppert. Er wurde kühner in seinen Beschlüssen, er legte verblüffende Kalkulationen vor, und seine Pläne hatten manchmal etwas geradezu Gerissenes, aber der Firma brachten sie Geld ein. Man beschloß einstimmig, sein Grundgehalt von vierzig- auf sechzigtausend Dollar pro Jahr zu erhöhen. Wenn ihm jemand zu seinen Erfolgen gratulierte, so behauptete Mr. Knoppert stets, er verdanke das alles den Schnecken und den erholsamen Beobachtungsstunden bei ihnen. Alle seine Abende verbrachte er mit den Schnecken in dem Raum, der nun kein Arbeitszimmer mehr war, sondern eher einem Aquarium glich. Er war glücklich, wenn er vor den Glasbehältern stand und frische Salatblätter, gekochte Kartoffel- und Möhrenscheibchen hineinfallen ließ und dann den Hebel des Wassersprengers in die Höhe schob, worauf es in allen Behältern anfing zu rieseln. Sofort lebten dann die Schnecken auf, fingen an zu fressen oder begannen mit dem Liebesspiel, oder sie ließen sich offensichtlich erfreut durch das seichte Wasser treiben. Oft ließ Mr. Knoppert eine Schnecke über seinen Zeigefinger kriechen – der menschliche Kontakt gefiel ihnen, davon war er überzeugt – und ein Salatblatt aus der Hand fressen, wobei er sie von allen Seiten beobachtete. Das bereitete ihm die gleiche ästhetische Freude wie einem anderen der Anblick eines Japandruckes.

Das Zimmer durfte jetzt nur noch von ihm selbst betreten werden, denn viele Schnecken hatten sich angewöhnt, auf dem Fußboden herumzukriechen oder festgeklebt auf Stuhlsitzen und an Bücherrücken auf den Wandbrettern einzuschlafen. Sie schliefen überhaupt viel, vor allem die älteren, doch es gab noch immer eine Menge weniger phlegmatischer Tiere, die sich lieber mit der Liebe beschäftigten. Mindestens ein Dutzend Paare, so schätzte Mr. Knoppert, waren immer dabei, sich zu küssen. Und der Nachwuchs an jungen und jüngsten Schnecken stieg beträchtlich. Zählen konnte man sie nicht mehr. Mr. Knoppert zählte zunächst nur die, die über die Zimmerdecke krochen oder schlafend festhafteten: es waren zwischen elf- und zwölfhundert. In den Schüsseln und Glasbehältern, unter dem Schreibtisch und an den Bücherregalen saßen bestimmt fünfzigmal so viel. Er nahm sich vor, an einem der nächsten Tage die Schnecken von der Decke abzunehmen. Einige saßen schon seit Wochen da oben, wer weiß, ob sie überhaupt genügend Nahrung zu sich nahmen. Aber er hatte in der letzten Zeit im Geschäft sehr viel zu tun gehabt; er brauchte Ruhe und hatte zu nichts mehr Lust, als still in seinem Lieblingssessel im Arbeitszimmer zu sitzen.

Im Juni wuchs die Arbeit in der Firma so stark an, daß er oft bis spät abends im Büro saß. Das Rechnungsjahr ging zu Ende, und die Abschlußberichte häuften sich. Er stellte Kalkulationen an, entdeckte noch ein paar Gewinnchancen und behielt sich einige der gewagtesten und unauffälligsten Abschlüsse für private Unternehmungen vor. Nächstes Jahr um diese Zeit müßte er sein Vermögen verdrei- oder -vierfacht haben. Er sah im Geist sein Bankkonto anwachsen – genauso leicht und schnell wie die Anzahl seiner Schnecken. Seine Frau war selig, als er ihr davon erzählte. Sie verzieh ihm sogar die bedauerliche Tatsache, daß sein Arbeitszimmer ruiniert war und daß der fade Fischgeruch in der ganzen oberen Etage ständig zunahm.

»Aber es wäre mir doch lieb, wenn du mal nachsähest, ob da auch alles in Ordnung ist, Peter«, sagte sie eines Tages besorgt. »Es könnte doch sein, daß eins der Glasgefäße umgefallen ist, und ich möchte nicht gern, daß der Teppich verdorben wird. Du bist jetzt fast eine Woche nicht oben gewesen, nicht wahr?«

Es war fast zwei Wochen her. Daß der Teppich schon ziemlich hinüber war, erwähnte er lieber nicht. »Ich gehe heute abend hinauf«, versprach er.

Doch es vergingen noch weitere drei Tage, bevor er sich die Zeit nahm. Es war abends kurz vor dem Schlafengehen, und als er eintrat, sah er zu seinem Erstaunen, daß der Fußboden völlig von Schnecken bedeckt war, die in drei oder vier Schichten übereinander lagen. Er konnte nur mühsam die Tür zumachen, ohne eine ganze Anzahl zu zerquetschen. Mit dicken Schnekkenklumpen in allen Ecken sah das Zimmer fast rund aus; es war, als stände er mitten in einer riesigen Versteinerung. Mr. Knoppert knackte mit den Fingern und sah sich bestürzt um. Die Schnecken hatten nicht nur sämtliche Flächen überzogen: Tausende hingen in einem grotesken Klumpen vom Kronleuchter in den Raum hinein.

Mr. Knoppert schwankte und griff haltsuchend nach einer Stuhllehne. Was er in der Hand fühlte, war nichts als Schneckengehäuse. Er lächelte mühsam: auch auf der Stuhlfläche ballten sich die Schnecken übereinander wie ein klumpiges Kissen. Aber zunächst mußte etwas mit der Zimmerdecke geschehen, und zwar sofort. Er nahm einen Schirm aus der Zimmerecke, streifte eine Unzahl Tiere davon ab und machte auf dem Schreibtisch eine Stelle frei, wo er sich aufstellte. Mit der Schirmspitze riß er die Tapete ein; ein langer Tapetenstreifen, schwer von Schnecken, hing jetzt bis fast zum Fußboden herab. Plötzlich packte ihn der Zorn. Die Wassersprenger – die würden sie schon in Bewegung setzen. Er schob den Hebel hoch.

In sämtlichen Glasbehältern begannen die Fontänen zu sprühen; es war, als hebe das ganze Zimmer zu sieden an. Mr. Knoppert schob sich über den Fußboden, mitten durch die Berge von Schneckenhäusern, es hörte sich an, als träte man am Strand auf kleine Muscheln. Er richtete mehrere Sprenger auf die Zimmerdecke, sah aber sofort, das war ein Fehler gewesen. Die aufgeweichte Tapete riß ein, die Schneckenmasse kam langsam herunter; er zog den Kopf ein, um auszuweichen, und stieß gleich darauf mit aller Kraft gegen ein schaukelndes Schneckenbündel, das ihn seitlich am Kopf traf. Halb betäubt sank er in die Knie. Er mußte ein Fenster öffnen, die Luft hier drinnen war zum Erstikken. Schnecken krochen ihm über die Schuhe und die Hosenbeine herauf. Zornig schüttelte er die Füße. Er wollte zur Tür gehen und eine der Hausangestellten zu Hilfe rufen, als ihm der Kronleuchter schwer auf den Kopf fiel. Er ließ sich auf den Boden fallen und blieb einen Augenblick benommen sitzen. Das Fenster war nicht zu öffnen, soviel sah er jetzt, denn die Schnekken lagen in dicken Schichten übereinander auf allen Fensterbänken. Einen Moment hatte er das Gefühl, er könne nicht aufstehen; ihm war, als müsse er erstikken. Es lag nicht nur an dem widerlich-schalen Geruch im Zimmer. Überall an den Wänden sah er lange, mit Schnecken überzogene Streifen, die ihm die Sicht versperrten wie ein Gefängnisgitter.

»Edna!« rief er und merkte erstaunt, wie schwach und hilflos seine Stimme klang – als sei er in einem schalldichten Raum gefangen. Er kroch zur Tür, ohne Rücksicht auf Hunderte von Schnecken, die er mit Händen und Knien zerquetschte. Die Tür war nicht zu öffnen; so viele Schnecken schoben sich von allen vier Seiten über die Türfüllung, daß er nicht dagegen ankam.

»Edna!!« Eine Schnecke kroch ihm in den Mund; angewidert spuckte er sie aus. Er versuchte, sie von den Armen abzustreifen. Aber für hundert Schnecken, die er loswurde, kamen vierhundert neue auf ihn zugekrochen und klebten sich an ihm fest, als ob sie sich ihn ausgesucht hätten als die einzige einigermaßen schnekkenfreie Oberfläche im Zimmer. Schnecken krochen ihm über die Augen. Als er mühsam auf die Füße kam, traf ihn etwas am Kopf, das er nicht einmal erkennen konnte. Er wurde fast ohnmächtig. Jetzt lag er auf dem Boden und versuchte, mit den Händen die Augen und Nasenlöcher zu erreichen, um die schleimigen

Schneckenkörper loszuwerden, doch seine Arme waren bleischwer geworden.

»Hilfe!« Er verschluckte eine Schnecke, hustete, rang nach Luft und merkte, wie ihm eine weitere Schnecke über die Lippen auf die Zunge kroch. Das war die Hölle. Er merkte, wie sie sich klebrig über seine Beine schoben, so daß er nicht mehr aufstehen konnte. »Uhh-uh!« Mr. Knoppert keuchte schwach. Er sah nur noch schwarz, ein scheußliches wellenförmiges Schwarz. Atmen konnte er nicht mehr, er konnte die Nasenlöcher nicht erreichen, weil er die Hände nicht bewegen konnte. Seine Augen wurden zu schmalen Schlitzen. Unmittelbar vor sich, nur wenige Zentimeter entfernt, sah er etwas, das früher der Gummibaum im Topf neben der Tür gewesen war. Zwei Schnecken standen darin, hoch aufgerichtet, und liebten sich. Und direkt daneben kroch ein unerschöpfliches Heer kleiner weißlicher Schnecken, durchsichtig-klar wie Tautropfen, aus ihrer winzigen Sandmulde in die große weite Welt hinaus.

Warten

Jeden Morgen spähte Don in seinen Briefkasten, und nie war ein Brief von ihr darin.

Sie wird noch keine Zeit gehabt haben, sagte er sich und stellte sich all die Arbeit und Unruhe vor, die ihr Umzug von Rom nach Paris mit sich bringen mußte: die neue Wohnung, die sie sicher in Paris gefunden hatte, bevor sie den Umzug in die Wege leitete; und dann brauchte sie bestimmt ein paar Tage zur Eingewöhnung an dem neuen Arbeitsplatz. Deshalb war sie wahrscheinlich auch nicht in der Stimmung zum Briefeschreiben.

Doch schließlich kam der Tag, an dem ihr Schweigen bei allem guten Willen nicht mehr mit Umzug und Arbeit zu rechtfertigen war. Drei weitere Tage vergingen, und noch immer war kein Brief da.

Sie kann sich nicht so schnell entscheiden, dachte er. Natürlich muß sie sich erst über ihre Gefühle klarwerden, ehe sie sich hinsetzt und schreibt.

Vor dreizehn Tagen hatte er Rosalind geschrieben, er liebe sie und wolle sie heiraten. Vielleicht war ihr der Vorschlag nach so kurzer Zeit ein wenig übereilt erschienen. Andererseits glaubte Don, einen guten Brief geschrieben zu haben. Er hatte sie auch nicht gedrängt, sondern ihr lediglich seine Gefühle mitgeteilt. Immerhin kannte er sie ja schon zwei Jahre, oder vielmehr hatten sie sich vor zwei Jahren in New York kennengelernt. Und als sie sich jetzt im letzten Monat in Europa wieder trafen, da wußte er, daß er sie liebte und sie heiraten wollte.

Seit seiner Rückkehr aus Europa vor drei Wochen hatte er erst wenige seiner Freunde wiedergesehen. Er war zu sehr damit beschäftigt, Zukunftspläne für sich und Rosalind zu schmieden. Rosalind war technische Zeichnerin. Sie hatte Europa gern, und wenn sie vielleicht lieber in Europa bleiben wollte, so war das kein Problem, dann konnte er ebenfalls übersiedeln. Seine Firma Dirksen & Hall, bei der er als technischer Berater angestellt war, hatte sogar eine Niederlassung in Paris, und sein Französisch war gar nicht schlecht. Das wäre alles ganz einfach. Was er noch brauchte, war eine Zollbescheinigung für ein paar Sachen, die er mitnehmen wollte – Bücher und Teppiche und den Plattenspieler, und dann etwas Werkzeug und Zeichengerät, das war alles.

Don dachte zuweilen, er sei eigentlich noch gar nicht auf dem Höhepunkt seines Glücksgefühls angelangt. Es wurde von Tag zu Tag größer – wie ein Vorhang, der sich immer höher hob und eine herrliche Landschaft enthüllte. Aber Rosalind mußte bei ihm sein, wenn er endlich das ganze Bild vor sich hatte. Nur eine Tatsache hielt ihn davor zurück, sich schon jetzt rückhaltlos an der Landschaft zu freuen: er hatte noch immer keine Post von ihr.

Er schrieb ihr noch einmal nach Rom und vermerkte unten auf dem Umschlag auf italienisch: *Bitte nachsenden.* Sie war sicher schon in Paris, aber sie hatte in Rom wahrscheinlich einen Nachsendeantrag hinterlassen.

Wieder vergingen zwei Tage ohne Post von ihr. Nur ein Brief seiner Mutter aus Kalifornien lag im Briefkasten, außerdem eine Werbedrucksache und ein Formular für irgendeine Wahlkampagne. Er verzog ein wenig den Mund zum Lächeln, schloß den Briefkasten ab und machte sich auf den Weg ins Büro. Er war eigentlich nie traurig, wenn er wieder keinen Brief von ihr fand; eher war es immer wie ein kleiner elektrischer Schlag, so als ob sie ihn im Scherz auf die Folter spannen wollte, weil sie ihren Brief noch einen Tag zurückhielt. Doch dann fiel ihm ein, daß er neun Stunden vor sich hatte, bis er abends nach Hause kam und auf einen Eilbrief von ihr hoffen konnte, und plötzlich war ihm müde und lustlos zumute. Nach so langer Zeit schickte sie ihm bestimmt keinen Eilbrief. Es blieb ihm nichts weiter übrig, als wieder bis zum nächsten Tag zu warten.

Am anderen Morgen schimmerte etwas in seinem Briefkasten. Aber es war wieder nur eine Drucksache – die Einladung zu einer Kunstausstellung. Er riß sie in Fetzen und knüllte sie in der Hand zusammen.

In dem Briefkasten neben dem seinen steckten drei Briefe, die schon gestern morgen daringelegen hatten, das wußte er. Was mochte dieser Dusenberry für ein Mensch sein, der nicht mal die Post aus seinem Kasten holte?

Als er etwas später im Büro war, kam ihm ein Gedanke, der seine Stimmung beträchtlich hob: der Brief war vielleicht aus Versehen in den Nachbarkasten gesteckt worden. Der Briefträger öffnete immer alle Kästen einer Reihe auf einmal, und Don hatte in seinem Kasten auch schon mal einen Brief gefunden, der nicht für ihn bestimmt war. Er war plötzlich wieder optimistisch. Ganz sicher war jetzt ein Brief von ihr da, in dem sie ihm schrieb, daß sie ihn liebte. Nach den glücklichen Tagen in Juan-les-Pins konnte sie gar nichts anderes schreiben. Er wollte ihr telegraphieren: ich liebe dich, ich liebe dich. Nein, noch besser, er wollte sie anrufen, denn in ihrem Brief stand bestimmt ihre Pariser Adresse, vermutlich sogar auch die Adresse ihrer Firma; er konnte sie also erreichen.

Als er Rosalind vor zwei Jahren in New York kennenlernte, waren sie ein paarmal zusammen zum Essen und ins Theater gegangen. Dann hatte sie seine nächsten Einladungen abgelehnt, so daß Don annahm, es gäbe da wohl noch einen anderen Mann, den sie lieber mochte. Damals hatte ihm das nicht viel ausgemacht. Doch als er sie dann zufällig in Juan-les-Pins wiedertraf, sah alles ganz anders aus. Es war Liebe auf den zweiten Blick gewesen; und auch Rosalind bewies ihm das dadurch, daß sie sich von ihren Bekannten – zwei Männern und einem Mädchen – trennte; die drei fuhren weiter nach Cannes, und sie blieb mit Don in Juan-les-Pins. Sie hatten fünf herrliche Tage zusammen verbracht. Don hatte gesagt: »Ich liebe dich«, und sie hatte es auch gesagt, einmal. Doch sie hatten weder Zukunftspläne gemacht noch überhaupt von einem Wiedersehen gesprochen. Wie hatte er bloß so töricht sein können! Wenn er wenigstens mit ihr ins Bett gegangen wäre. Aber vielleicht war es besser so. Er hatte es eben ernst gemeint, für ihn war es keine Urlaubsaffäre wie bei so vielen Pärchen. Wenn man ein Mädchen wirklich liebt und heiraten will, dann war das etwas anderes. Und nach ihrem Verhalten hatte er angenommen, daß sie ähnliches empfand. Sie war kühl und brünett und lächelte oft. Obwohl sie nicht groß war, wirkte sie so. Sie war zu intelligent, um je eine Dummheit zu machen und auch nur etwas Unüberlegtes zu tun. Und auch Don hätte niemals jemandem ohne reifliche Überlegung einen Heiratsantrag gemacht. Heirat – das war eine Sache, die man sich gründlich überlegte, wochen- oder monatelang, vielleicht sogar ein Jahr. Er selber hatte ja auch länger als die fünf Tage in Juan-les-Pins dazu gebraucht. Er fand, Rosalind Farnes sei ein Mädchen oder eine Frau (sie war sechsundzwanzig und er neunundzwanzig) von Format; zudem hatten sie verwandte Berufe und daher alle Chancen, miteinander glücklich zu werden.

Als er abends nach Hause kam, lagen die drei Briefe immer noch in Dusenberrys Kasten. Don suchte nach der Klingel neben dem Namensschild und drückte energisch auf den Knopf. Wer weiß, vielleicht waren sie doch zu Hause und hatten bloß aus irgendeinem Grund ihren Briefkasten nicht geleert.

Nichts rührte sich. Dusenberrys – er oder sie oder beide – waren offensichtlich nicht daheim.

Ob der Hausmeister ihm erlauben würde, den Briefkasten zu öffnen? Nein, sicher nicht. Und außerdem hatte der vermutlich gar keinen Schlüssel.

Einer der Umschläge sah aus wie ein Luftpostbrief aus Europa. Es war zum Rasendwerden. Don schob den Finger vorn in einen Schlitz des Metallkästchens und versuchte, die Klappe herauszuziehen, aber er hatte kein Glück. Er steckte seinen eigenen Schlüssel ins Schloß und versuchte, ihn umzudrehen. Das Schloß gab nach, und die Tür sprang einen Zentimeter weit auf.

Weiter ließ sie sich nicht öffnen. Don hielt die Wohnungsschlüssel in der Hand; er schob einen Schlüssel in den offenstehenden Spalt und benutzte ihn als Hebel. Jetzt konnte er die Messingtür so weit verbiegen, daß er an die Briefe herankam; er nahm sie an sich und versuchte, die Briefkastentür wieder geradezubiegen, soweit es ging. Von den Briefen war keiner für ihn. Er starrte sie an, zitternd, als habe man ihn bei einem Einbruch ertappt. Zwei warf er zurück in den verbogenen Kasten, den dritten steckte er ein. Dann trat er ins Treppenhaus, ganz hinten ging es zu den Fahrstühlen. Einer war leer, und Don fuhr allein hinauf in den dritten Stock.

Sein Herz schlug wie ein Hammer, als er oben die Wohnungstür zumachte. Wozu hatte er bloß den Brief eingesteckt! Natürlich mußte er ihn zurückbringen; es war ganz offensichtlich ein privater Brief, und er kam aus Amerika. Die Adresse war mit blauer Tinte handgeschrieben: Mr. R. L. Dusenberry und so weiter, und der Absender auf der Rückseite lautete: Edith W. Whitcomb, 717 Garfield Drive, Scranton/Pa. Sicher seine Freundin, dachte Don. Ein dicker Brief in länglichem Umschlag. Er mußte ihn sofort wieder hinunterbringen. Und der verbeulte Briefkasten? Na, er hatte ja schließlich nichts gestohlen. Es war zwar keine Bagatelle, einen fremden Briefkasten gewaltsam zu öffnen, aber das war nun mal geschehen. Solange nichts daraus fehlte, war es wohl nicht ganz so schlimm.

Don holte einen Anzug aus dem Schrank, den er in die Reinigung bringen wollte, und nahm Dusenberrys Brief vom Tisch. Aber als er ihn in der Hand hielt, überfiel ihn plötzlich die Neugierde. Was mochte darinstehen? Und ehe er noch Zeit hatte, sich zu schämen, hatte er in der Küche Wasser zum Kochen aufgesetzt. Er hielt den Umschlag in den Dampf, die Klappe rollte glatt zurück, und Don wartete geduldig, bis er den Brief herausnehmen konnte. Er war drei Seiten lang, alle doppelt beschrieben und mit der Hand.

»Mein Lieber«, (so begann er)
»Du fehlst mir so sehr, daß ich Dir schreiben muß. Ob Du Dir jetzt klargeworden bist über Deine Gefühle? Du hast gesagt, wir würden es wohl beide schnell vergessen. Aber weißt Du auch, wie mir zumute ist? Genauso wie in der Nacht, als wir auf der Brücke standen und zu den Lichtern von Bennington hinüberschauten . . .«

Fasziniert las Don den Brief zu Ende. Das Mädchen war verliebt in Dusenberry, wahnsinnig verliebt, und sie wartete sehnsüchtig auf eine Antwort, auf irgendein Zeichen von ihm. Sie sprach von einer Stadt in Vermont, wo sie beide gewesen waren. Ob sie sich dort kennengelernt hatten oder zusammen hingefahren waren? Mein Gott, wenn er nur einmal einen solchen Brief von Rosalind bekäme! Dusenberry schien nicht die Absicht zu haben, sich noch einmal bei dem Mädchen zu melden; offenbar hatte er ihr seit dem letzten Zusammensein überhaupt nicht mehr geschrieben.

Vorsichtig klebte Don den Brief wieder zu und steckte ihn in die Tasche. Der letzte Absatz hatte sich ihm fest eingeprägt:

»Ich wollte Dir eigentlich gar nicht mehr schreiben, und nun habe ich es doch getan, weil ich einfach nicht anders kann. Ich muß ehrlich sein, weil ich immer ehrlich bin.«

Das traf auch auf ihn zu, dachte Don. Es hieß dann weiter:

»Denkst Du überhaupt noch an mich, oder hast Du mich vergessen? Wollen wir uns wiedersehen oder nicht? Wenn ich in den nächsten Tagen keine Antwort von Dir bekomme, weiß ich Bescheid.«

Don besah sich den Poststempel. Der Brief war vor sechs Tagen aufgegeben worden. Er malte sich aus, wie diese Edith Whitcomb Tag um Tag sehnsüchtig wartete und sich immer noch einzureden versuchte, die Verzögerung habe nichts zu bedeuten. Sechs Tage, und sie hoffte immer noch. Sie hoffte auch in diesem Augenblick da unten in Scranton, Pennsylvania.

Was war bloß dieser Dusenberry für ein Mann? Ein Casanova? Ein Ehemann, der mit einer Liebelei Schluß machen wollte? Welcher von den sechs oder acht Männern, denen Don hier im Haus schon mal begegnet war, mochte es sein? Einer von denen, die morgens um halb neun eilig und ohne Hut aus dem Haus stürzten? Oder eher ein ruhiger mit Homburg? Don hatte sich nie viel um seine Nachbarn gekümmert.

Einen Augenblick hielt er den Atem an. Ihm war, als fühle er die einsame Leere, den zagen Hoffnungsschimmer, an den sich das Mädchen noch klammerte, auf seinen Lippen. Mit einem Wort könnte er diese Edith glücklich machen – das heißt, Dusenberry könnte es.

»Schwein«, sagte er halblaut vor sich hin.

Er legte den Anzug auf einen Stuhl, setzte sich an seinen Schreibtisch und schrieb auf einen Zettel: »Edith, ich liebe Dich.« Er wollte sehen, wie das geschrieben aussah. Es war, als sei damit etwas Wichtiges erledigt, das bisher in der Schwebe gewesen war. Er zerknüllte den Zettel und warf ihn in den Papierkorb.

Dann ging er nach unten, zwängte den Brief wieder in den Kasten und brachte seinen Anzug in die Reinigung. Er machte einen langen Spaziergang über die Second Avenue und ging, obgleich er müde wurde, weiter bis fast nach Harlem, wo er den Bus nahm und in die Stadt zurückfuhr. Er hatte jetzt Hunger, aber auf nichts rechten Appetit. Er versuchte, an gar nichts zu denken. Wenn nur die Nacht erst vorbei wäre – morgen früh kam der Briefträger wieder.

Seine Gedanken gingen zu Rosalind und zu dem Mädchen aus Scranton. Ein Jammer, wieviel Schmerzen es auf der Welt gab. Auch er selber litt. Denn obwohl ihn Rosalind so glücklich gemacht hatte, konnte er nicht leugnen, daß die letzten drei Wochen eine einzige Tortur gewesen waren. Mein Gott, ja – schon zweiundzwanzig Tage! Es kam ihm seltsam beschämend vor, als er sich eingestand, daß schon zweiundzwanzig Tage vergangen waren. Aber wieso seltsam – das stimmte doch gar nicht. Er war einfach verletzt, weil es ihm vielleicht nicht gelungen war, sie zu halten. Er hätte ihr schon in Juan-les-Pins ohne Umschweife nicht nur sagen sollen, daß er sie liebte, sondern daß er sie heiraten wollte. Vielleicht hatte er sie nun verloren, weil er das nicht gesagt hatte.

Der Gedanke versetzte ihn in solche Unruhe, daß er nicht weiterfahren konnte. Er stieg aus. Er mochte nicht mehr an diese entsetzliche Möglichkeit denken, er mußte ein Stück zu Fuß laufen und wieder einen klaren Kopf bekommen.

Plötzlich hatte er eine Idee – unklar zuerst und noch ohne bestimmtes Ziel, aber sie brachte ihm Ablenkung für den heutigen Abend. Er malte sich aus, was Dusenberry, wenn er Edith Whitcombs Brief gelesen hatte, wohl an sie schreiben würde. Vielleicht würde er nicht gerade behaupten, er liebe sie, aber er könnte doch sagen, er habe sie wirklich gern und wolle sie wiedersehen.

Don kam nach Hause und brauchte fünfzehn Minuten, um den Brief zu schreiben. Er erklärte sein langes Schweigen damit, daß er sich erst über seine Gefühle habe klarwerden wollen. Er wolle auch erst etwas sagen, wenn er sie wiedergesehen hatte, und er fragte, wann sie sich treffen könnten. Er wußte nicht mehr, wie Dusenberry mit Vornamen hieß und ob das Mädchen den Namen in ihrem Brief überhaupt genannt hatte, aber an das R. L. Dusenberry auf dem Umschlag erinnerte er sich, und so unterschrieb er den Brief einfach mit R.

Beim Schreiben hatte er noch gar nicht die Absicht gehabt, den Brief wirklich abzuschicken; doch als er jetzt die maschinengeschriebenen anonymen Zeilen noch einmal durchlas, überlegte er sich die Sache. Es war so wenig und so harmlos, was er ihr damit gab. Wann sehen wir uns? Nein – im Grunde war es natürlich doch sinnlos und auch unehrlich. Dusenberry machte sich offensichtlich nichts aus dem Mädchen, und daran würde sich auch nichts ändern, sonst hätte er nicht sechs Tage verstreichen lassen. Wenn er die Beziehung nicht fortsetzte, wo er sie abgebrochen hatte, dann konnte daraus nichts Richtiges werden. Don starrte auf das R. Er wollte eine Antwort von dieser Edith haben – eine einzige frohe glückliche Zeile. Er fügte also, wieder mit der Schreibmaschine, noch ein PS hinzu:

»Bitte schreib mir per Adresse Dirksen & Hall, Chanin Building, New York City.«

Den Antwortbrief würde er sich schon irgendwie beschaffen – falls einer kam. Und wenn sie in den nächsten Tagen nicht schrieb, dann wußte er, daß Dusenberry inzwischen an sie geschrieben hatte. Und wenn ein Brief von ihr kam, dann konnte er – vielmehr mußte er – die Affäre so schmerzlos wie möglich beenden.

Er steckte den Brief in den Kasten und fühlte sich jetzt frei und irgendwie erleichtert. Er schlief gut und war morgens beim Aufwachen ganz sicher, einen Brief im Kasten zu finden. Als er dann unten keinen Brief von Rosalind, sondern nur eine Telefonrechnung vorfand, packte ihn eine so zornige Enttäuschung, wie er sie bisher nicht gekannt hatte. Er sah auf einmal gar keinen Grund mehr für ihr Schweigen.

Am nächsten Morgen traf ein Brief aus Scranton in

seinem Büro ein. Don sah ihn am Empfangsschalter liegen und nahm ihn an sich; die Angestellte telefonierte gerade und blickte gar nicht auf.

Er begann mit »Mein Lieber«, und in dieser sentimentalen Tonart ging es weiter, so daß Don den Brief eilig zusammenfaltete, bevor jemand in der Technischen Abteilung ihn damit sah. Er wußte nicht recht, ob er sich freuen sollte. Immer wieder sagte er sich, er habe gar nicht mit einer Antwort gerechnet, aber er wußte, das stimmte nicht. Es war doch ganz natürlich, daß sie auf seinen Brief hin geschrieben hatte. Sie schlug ihm vor, irgendwo das nächste Wochenende gemeinsam zu verbringen. (Dusenberry mußte Zeit haben wie Sand am Meer.) Sie bat ihn, Ort und Zeit zu bestimmen.

Auch während der Arbeit dachte er an sie. Wie leicht war sie glücklich zu machen, diese unbekannte und so fieberhaft wartende Frau in Scranton, die nur auf ein Wort von ihm hoffte. Und er – Ironie des Schicksals – schaffte es nicht mal, daß ihm Rosalind aus Paris antwortete.

»O Gott!« sagte er leise und stand vom Schreibtisch auf. Ohne ein Wort verließ er den Raum. Ihm war plötzlich ein furchtbarer Gedanke gekommen. Während er noch immer auf eine Nachricht von ihr wartete, sann sie vielleicht darüber nach, wie sie ihm beibringen sollte, daß sie ihn nicht liebte, heute nicht und auch später nicht. Er wurde den Gedanken nicht los; auf einmal sah er sie nicht mehr fröhlich, erstaunt oder erfreut vor sich, sondern stirnrunzelnd und nachdenklich vor der peinlichen Aufgabe, einen Brief aufsetzen zu müssen, mit dem sie Schluß machte. Er sah sie nach Worten suchen, die ihn nicht allzusehr verletzten.

Das Bild ließ ihm den ganzen Abend keine Ruhe. Je mehr er grübelte, desto sicherer schien es ihm, daß ein solcher Brief von ihr kommen mußte. Er glaubte nun auch genau zu wissen, wie sie zu ihrem Entschluß gekommen war: eine kleine Weile hatte er ihr vielleicht noch gefehlt; dann hatte sie gemerkt, daß sie gut ohne ihn auskommen konnte. Sie hatte ihren neuen Posten und bestimmt auch schon Freunde in Paris. Die Tatsache, daß sie in Europa und er in Amerika war, mochte ebenfalls zur Abkühlung ihrer Gefühle beigetragen haben. Vermutlich war sie jedoch einfach zu der Erkenntnis gelangt, daß sie ihn nicht wirklich liebte. Dafür war ihr Schweigen der beste Beweis. Wenn man jemanden gern hat, läßt man ihn nicht so lange auf Nachricht warten.

Abrupt stand er auf und starrte feindselig auf die Uhr. Es war zwanzig Uhr siebzehn, und heute war der fünfzehnte September. Das Datum überfiel ihn wie ein schweres Gewicht, er spannte sich und ballte die Fäuste. Fünfundzwanzig Tage waren seit seinem ersten Brief vergangen, fünfundzwanzig Tage mit so vielen Stunden und Minuten ... Um sich abzulenken, dachte er an das Mädchen in Scranton. Er hatte das Gefühl, er schulde ihr eine Antwort. Noch einmal las er ihren Brief, langsamer jetzt; nachdenklich verweilte er hie und da bei einem Satz, so als fühle er mit ihr in ihrer hoffnungslosen Liebe – fast als sei es seine eigene. Hier war eine Frau, die ihn inständig bat, ihr Zeit und Ort für ein Wiedersehen zu nennen. Nur von diesem

Wunsch war sie beseelt, von diesem einen Verlangen – wie ein Vogel, der schon die Flügel spannt, um sich in die Luft zu erheben.

Mit raschen Schritten ging er ans Telefon und gab ein Telegramm auf:

»erwarte dich freitag 18 uhr grand central ausgang lexington herzlichst r.«

Übermorgen war Freitag.

Auch am Donnerstag kam kein Brief von Rosalind, und jetzt hatte er nicht mehr den Mut oder die Kraft, sich die Gründe auszumalen. Nur die Liebe zu ihr war ihm geblieben, unvermindert und schwer wie ein Stein.

Als er Freitag morgen aufstand, dachte er an das Mädchen in Scranton. Sie war jetzt wohl beim Kofferpacken. Wenn sie irgendwo angestellt war, dachte sie bei der Arbeit bestimmt den ganzen Tag an Dusenberry.

Er ging die Treppen hinunter und sah in seinem Briefkasten den blauroten Rand eines Luftpostumschlages. Einen Augenblick schien sein Herzschlag auszusetzen. Er schloß den Kasten auf und zerrte mit fliegenden Fingern den leichten Umschlag heraus. Die Schlüssel fielen zu Boden. Der Brief war mit der Maschine geschrieben und knapp fünfzehn Zeilen lang.

»Don,
es tut mir schrecklich leid, daß ich Dich so lange habe warten lassen mit meiner Antwort, aber ich

bin einfach nicht eher dazugekommen. Heute konnte ich endlich meine Arbeit hier aufnehmen. Ich mußte zunächst noch länger in Rom bleiben, und dann kam in der Wohnung viel Ärger durch den Streik der Elektriker undsoweiter.
Du bist ein Engel, Don, das habe ich immer gewußt und werde es nicht vergessen, und auch nicht die Tage an der Côte d'Azur. Nur, weißt Du, ich kann mir einfach nicht vorstellen, daß ich auf einmal mein Leben so radikal verändern und heiraten soll, weder hier noch sonstwo. Zu Weihnachten kann ich auch unmöglich nach Amerika kommen, da ist hier viel zuviel zu tun. Und ich sehe nicht recht, warum Du Dich von New York losreißen solltest. Vielleicht denkst Du, wenn Du dies bekommst, auch schon ein wenig anders darüber. Ob Du bitte nicht allzu unglücklich bist, wenn Du dies liest, und mir einmal schreibst? Wir können uns doch irgendwann mal wiedersehen – vielleicht wieder so zufällig wie in Juan-les-Pins?

Rosalind.«

Er stopfte den Brief in die Tasche und trat nach draußen. Sein Kopf war erfüllt von einem Chaos aus Verzweiflung und lautlosen Schreien, vom Durcheinander einer Armee, die sich noch einmal zusammenreißt, bevor es zu spät ist, die nicht aufgeben, nicht sterben, nicht untergehen will. Nur ein Gedanke drang deutlich durch: er hatte Rosalind erschreckt. Seine törichten Beschwörungen, die viel zu genauen Zukunftspläne hatten sie verwirrt. Hätte er sich auf die Hälfte beschränkt, dann hätte sie verstanden, wie sehr er sie liebte. Er war viel zu sehr ins Detail gegangen; er hatte gesagt: »Mein Liebling, ich bete dich an. Kannst du über Weihnachten nach New York kommen? Wenn nicht, kann ich auch nach Paris kommen. Ich möchte, daß wir heiraten. Wenn du lieber in Europa bleiben willst, dann kann ich es einrichten, daß ich ebenfalls dort arbeite. Das wäre ganz einfach ...«

Absoluter Schwachsinn.

In Gedanken setzte er bereits den nächsten Brief an sie auf, der alles wiedergutmachen sollte. Einen herzlichen, aber zurückhaltenden Brief, der ihr Zeit ließ und sie nicht bedrängte. Noch heute abend wollte er ihn schreiben und sich jedes Wort sorgfältig überlegen.

Er verließ das Büro etwas früher als sonst und war schon kurz nach fünf zu Hause. Ein Blick auf die Uhr erinnerte ihn daran, daß um sechs das Mädchen aus Scranton am Grand Central ankam. Er konnte hingehen – aber warum eigentlich? Anreden würde er sie bestimmt nicht, wahrscheinlich würde er sie nicht mal erkennen. Aber der Bahnhof, mehr noch als das Mädchen, zog ihn an wie ein sanfter Magnet. Er nahm seinen besten Anzug aus dem Schrank und begann sich umzuziehen. Unschlüssig suchte er unter den Krawatten und nahm dann eine unauffällige dunkelblaue. Er fühlte sich schwach und unwohl, immer wieder sammelte sich kalter Schweiß auf seiner Stirn.

Dann trat er aus dem Haus und ging langsam die Fortysecond Street hinunter.

Als er zum Bahnhof kam, sah er am Ausgang Lexington Avenue zwei junge Frauen stehen, die beide Edith

Whitcomb sein konnten. Er blickte suchend hinüber, ob sie irgendeine Tasche oder sonstwas mit Initialen bei sich hatten, konnte aber nichts feststellen. Jetzt wurde die eine von einem Mann begrüßt und ging mit ihm fort, und plötzlich war Don überzeugt, daß die andere Edith sein müsse: das blonde Mädchen mit dem schwarzen Mantel und der schwarzen Mütze mit Anstecknadel. Ganz sicher – das war sie. In den großen Augen stand deutlich die Spannung; sie wartete mit Sehnsucht auf einen Menschen, den sie liebte. Sie wirkte unverheiratet, vielleicht zweiundzwanzig Jahre alt, frisch und hoffnungsvoll – Hoffnung sprach aus ihrer ganzen Erscheinung. In der Hand trug sie einen kleinen Wochenendkoffer.

Er blieb ein paar Minuten in der Nähe stehen, aber sie sah ihn nicht an. Sie stand innerhalb der großen Bahnhofstür und reckte sich von Zeit zu Zeit auf die Zehenspitzen, um die vorbeihastenden Menschen zu überblicken. Im Licht von der Tür her sah man die runden geröteten Wangen, das weichschimmernde Haar und die erwartungsvollen Augen. Es war jetzt fünf nach halb sieben.

Oder ob sie es vielleicht doch nicht war? Plötzlich schämte er sich, er hatte nun genug und ging hinüber zur Third Avenue, um etwas zu essen oder wenigstens eine Tasse Kaffee zu trinken. Unterwegs kaufte er eine Zeitung, und während er in einem Café auf die Bedienung wartete, schlug er sie auf und versuchte zu lesen; aber als die Kellnerin dann kam, merkte er, daß er keine Ruhe hatte, und stand mit einer Entschuldigung auf. Er wollte nachsehen, ob das Mädchen immer noch wartete. Hoffentlich war sie fort; was er da getan hatte, war wirklich ziemlich übel. Wenn sie noch da war, konnte er eigentlich nicht anders, als ihr alles zu sagen.

Sie war noch da. Gerade ging sie mit ihrem Köfferchen auf den Auskunftsschalter in der Bahnhofshalle zu. Er sah, wie sie einmal um den Schalter herumging und dann zur Tür zurückkam, wo sie erst auf der einen, dann auf der anderen Eingangsseite stehenblieb, als wolle sie dem Glück noch eine letzte Chance geben. Sie hatte die Brauen hochgezogen, auf ihrem Gesicht stand gequälte und fast hoffnungslose Erwartung.

Ein Fünkchen Hoffnung bleibt immer noch, dachte er, und die simple Feststellung kam ihm plötzlich vor wie eine Offenbarung, wie die stärkste Wahrheit, die ihm je zuteil geworden war.

Als er an ihr vorüberging, blickte sie ihn zum erstenmal voll an und dann gleich an ihm vorbei, hinüber in die Lexington Avenue. Langsam füllten sich die jungen Augen mit großen Tränen.

Mit den Händen in den Taschen schlenderte er an ihr vorüber und sah ihr dabei ins Gesicht, und als sie ihm einen leicht verwunderten Blick zuwarf, lächelte er ihr zu. Noch einmal blickte sie ihn an, erschreckt und abweisend, und jetzt mußte er leise lachen, fast ohne es zu wollen – er hätte auch weinen können, dachte er; es war nur zufällig ein Lachen geworden. Er wußte ganz genau, wie dem Mädchen zumute war.

»Es tut mir leid«, sagte er. Überrascht starrte sie ihn an.

»Es tut mir sehr leid«, wiederholte er und wandte sich ab.

Als er sich noch einmal umdrehte, sah er, daß sie ihm bestürzt, fast angstvoll nachblickte. Dann wandte sie den Blick ab, reckte sich hoch auf die Fußspitzen und spähte über die Menschenmenge auf die andere Straßenseite. Das letzte, was er von ihr sah, waren die feuchtschimmernden Augen mit dem letzten verlöschenden Hoffnungsfunken.

Er ging über die Lexington Avenue zurück, und jetzt kamen ihm doch die Tränen. Er wußte, seine Augen sahen nun aus wie die des Mädchens: verdächtig glänzend und erfüllt vom Rest einer aussichtslosen Hoffnung. Er hob den Kopf hoch. Heute abend wollte er den Brief an Rosalind schreiben. Er begann, sich die Sätze zurechtzulegen.

Die Schildkröte

Victor hörte das Öffnen der Fahrstuhltür und dann die schnellen Schritte seiner Mutter im Treppenhaus. Hastig klappte er sein Buch zu und schob es unter das Sofakissen, wo man es nicht sah. Er fuhr ein wenig zusammen, als es zwischen Sofa und Wand mit leisem Plop auf den Boden fiel. Da war auch schon der Schlüssel, der die Etagentür aufschloß.

»Tag, Victor!« rief seine Mutter und hob einen Arm. Der andere hielt eine große braune Papiertüte, die Hand hatte eine Anzahl kleinerer Tüten gepackt. »Ich war bei meinem Verleger und auf dem Markt und dann noch auf dem Fischmarkt«, berichtete sie. »Warum spielst du nicht draußen? So ein herrlicher Tag!«

»Ich war draußen«, gab er zurück. »Eine Weile jedenfalls. Bis mir kalt wurde.«

»Uff!« Sie stand in der winzigen Küche, die vom Flur abging, und stellte ihre Einkäufe auf den Tisch. »Du bist krank, weißt du? Wir haben Oktober, und dir ist kalt? So viele Kinder spielen unten auf dem Gehsteig, das habe ich gesehen – ich glaube sogar, auch der Junge, den du gern hast. Wie heißt er noch?«

»Weiß ich nicht«, erwiderte Victor. Seine Mutter hörte ja doch nicht zu. Er schob die Hände in die Taschen seiner kurzen prallsitzenden Hose und machte sie dadurch noch enger. Ziellos schlenderte er durch den Raum und blickte auf seine schweren abgestoßenen Schuhe. Wenigstens die Schuhe mußte ihm seine Mutter in der richtigen Größe kaufen, und diese da hatte er gern; er hatte noch nie Schuhe mit so dicken Sohlen gehabt. Die derbe Kappe vorn stand etwas hoch, wie bei Bergsteigerschuhen. Victor blieb am Fenster stehen und blickte hinüber zu dem hellbraunen Etagenhaus auf der anderen Seite der Third Avenue. Das Haus drüben war noch höher als dieses, in dem er mit seiner Mutter im achtzehnten Stock wohnte, gleich unter den teuren Atelierwohnungen. Aber die Wohnung am Riverside Drive hatte er lieber gemocht. Auch die Schule, in die er dort ging. Hier lachten sie über seine Kleidung. In der anderen Schule hatten sie das Lachen schließlich aufgegeben.

»Willst du nicht noch einmal 'runtergehen?« fragte die Mutter, als sie jetzt ins Zimmer trat und sich die Hände flink an einer Tüte abwischte. »Uh – was für ein Gestank.«

»Nein, Mama«, sagte Victor geduldig.

»Heute ist Samstag.«

»Ja, weiß ich.«

»Kannst du die Wochentage aufsagen?«

»Klar kann ich das.«

»Dann sag sie mal.«

»Nein, das tu ich nicht! Ich kann sie.« Die Augen begannen ihm zu brennen vor Tränen. »Das kann ich schon lange – seit Jahren schon. 'n Junge von fünf kann so was.«

Die Mutter stand über den Zeichentisch in der Zimmerecke gebeugt; sie hörte ihm nicht zu. Gestern abend hatte sie an irgendeiner Sache noch lange gearbeitet – Victor hatte auf seinem Schlafsofa in der anderen Zimmerecke erst um zwei Uhr einschlafen können, als sie sich auf ihrer Couch ebenfalls zur Ruhe legte.

»Komm mal her, Victor. Hast du dies hier gesehen?«

Mit schleppenden Schritten, die Hände in den Hosentaschen, kam Victor näher. Nein, er hatte heute noch keinen Blick auf ihr Zeichenbrett geworfen. Weil er einfach keine Lust hatte.

»Hier – das ist der kleine Esel Pedro, den habe ich mir gestern abend ausgedacht. Und dies hier ist Miguel, der Mexikanerjunge, der ihn reitet. Immer weiter und weiter reitet er, durch ganz Mexiko, und er denkt immer, sie haben sich verirrt, aber Pedro, der kennt die ganze Zeit den Heimweg sehr gut, und er hat ...«

Victor hörte nicht hin. Seit vielen Jahren hatte er Übung darin, bewußt die Ohren zu verschließen; doch Langeweile und Frustration (er kannte das Wort, er hatte es oft gelesen) drückten ihm die Schultern zusammen, lagen wie ein Stein in seinem Magen und preßten ihm wie ein tief innen brodelnder Vulkan Haß und Zornestränen in die Augen. Er hatte gehofft, seine Mutter werde ihn verstehen, als er sagte, ihm sei kalt geworden in den blöden kurzen Shorts. Er hatte gehofft, sie werde sich erinnern, daß er ihr erzählt hatte, der Junge unten, mit dem er so gern ein bißchen bekannt werden wollte (er war wohl ungefähr so alt wie er selbst, elf), der hatte Montag nachmittag über Victors sehr kurze Shorts gelacht. *»Du mußt wohl die Hose von deinem kleinen Bruder auftragen?«* Verstört und tief beschämt hatte er sich davongemacht. Dabei wußte der andere Junge noch nicht mal, daß er gar keine längere Hose besaß, nicht mal Kniehosen und noch viel weniger lange Hosen, auch keine Blue Jeans! Aus irgendeinem verrückten Grund wollte seine Mutter, daß er ›französisch‹ aussehen sollte, und ließ ihn nur ganz kurze Shorts und Strümpfe tragen, die nicht ganz bis zum Knie reichten, und so alberne Hemden mit runden Kragen. Sie wollte eben gern, daß er immer sechs blieb, sein ganzes Leben lang. An ihm probierte sie ihre Zeichnungen aus. »Victor ist mein Resonanzboden«, sagte sie zuweilen zu ihren Bekannten. »Ich zeige ihm immer meine Bilder, dann weiß ich, ob andere Kinder sie mögen.« Oft hatte Victor behauptet, daß ihm eine Geschichte gefalle, auch wenn das gar nicht stimmte, oder auch Bilder, die ihm ganz gleichgültig waren, einfach weil die Mutter ihm leid tat und weil es ihre Stimmung verbesserte, wenn er sagte, er fände es hübsch. Buchillustrationen für Kinder hatte er jetzt reichlich satt, wenn sie ihm überhaupt je gefallen hatten (was er nicht mehr wußte). Heute hatte er unter den Illustratoren zwei Lieblinge: Howard Pyle, der einige Bücher von Stevenson illustriert hatte, und Cruikshank in den Dickens-Bänden. Es war eigentlich ein Jammer, dachte Victor; er war tatsächlich der letzte, den die Mutter um seine Ansicht bitten sollte, denn ihm waren Illustrationen in Kinderbüchern absolut *verhaßt*. Eigentlich komisch, daß sie das nicht merkte; dabei hatte sie doch seit Jahren keine Illustrationen mehr verkauft. Kein Stück mehr seit *Wimple-Dimple*, einem Kinderbuch, dessen Schutzumschlag jetzt vor Alter vergilbt und eingerissen war; es stand in der Mitte des Bücherregals auf einem extra freigemachten kleinen Platz, an die Rückwand des Regals gelehnt, damit man es deutlich sah. Als das Buch damals herauskam, war Victor sieben Jahre alt. Noch heute erzählte seine Mutter ihren Bekannten gern davon und erinnerte auch ihn häufig daran, wie er ihr damals immer gesagt habe, was sie zeichnen solle; wie er ihr bei jedem Bild zugesehen und seine Ansicht durch Lachen oder Nichtlachen geäußert habe. Immer habe er sie angeleitet, behauptete sie. Victor hatte da erhebliche Zweifel. Überhaupt hatte ja ein anderer die Geschichte geschrieben, und zwar bevor seine Mutter die Illustrationen machte, die natürlich der Handlung folgen mußten, das war ja klar. Seither hatte seine Mutter nur ab und zu ein paar Zeichnungen für Kinderzeitschriften gemacht, Spielanleitungen, wie man Papierkürbisse und schwarze Papierkatzen ausschneidet und solches Zeug. Dabei trabte sie noch immer mit ihrer Mappe voller Bilder zu den Verlegern. Aber den Lebensunterhalt für sie beide bestritt sein Vater, ein wohlhabender Kaufmann in Frankreich. Er exportierte Parfums, und die Mutter behauptete, er habe viel Geld und sehe sehr gut aus. Aber er hatte wieder geheiratet, er schrieb auch nie, und Victor hatte keinerlei Interesse für ihn; es war ihm ganz egal, ob er jemals ein Bild von ihm zu sehen bekam, und er hatte auch nie wieder eins gesehen. Sein Vater war Franzose mit etwas polnischer Beimischung, und seine Mutter Ungarin mit etwas französischem Blut. Bei dem Wort ›Ungarin‹ mußte Victor immer an Zigeuner denken, aber als er einmal die Mutter danach fragte, hatte sie heftig erwidert, sie habe keinen Tropfen Zigeunerblut in sich. Sie war sehr ärgerlich gewesen über seine Frage.

Jetzt war sie wieder dabei, auf ihn einzudringen. Sie stieß ihn in die Rippen, um ihn aufzumuntern, und wiederholte:

»Hör mir doch zu, Victor! Was findest du besser: ›In ganz Mexiko gab es keinen Esel, der so weise war wie Miguels Esel Pedro‹ oder ›Miguels Esel Pedro war der weiseste Esel in ganz Mexiko‹?«

»Ich glaube – ich glaube das erste.«

»Wie hieß das erste?« Mit dem Handballen klopfte die Mutter auf die Zeichnung.

Victor versuchte, die Worte wieder zusammenzubringen, aber er wußte, daß er bloß reglos auf den verwischten Rand und die Fingerabdrücke auf dem Zeichenbrett starrte. Das farbige Bild interessierte ihn überhaupt nicht. Er war wieder beim Un-denken. Das war ihm zu einem häufigen und vertrauten Gefühl geworden: Un-denken, das war manchmal richtig aufregend und sehr wichtig. Vielleicht fand er mal etwas darüber – möglicherweise unter einem anderen Namen – in der Stadtbibliothek oder in den Psychologiebüchern hier in der Wohnung, in denen er stöberte, wenn die Mutter fort war.

»Victor! Was machst du?«

»Gar nichts, Mama.«

»Das ist es ja! Gar nichts! Kannst du nicht wenigstens mal nachdenken?!«

Eine heiße Welle der Scham stieg in ihm auf. Ihm war, als habe die Mutter seine Gedanken gelesen. »Tu ich ja!« wehrte er sich. »Ich denk ja nach – über Undenken.« Seine Stimme klang trotzig. Was konnte sie ihm schon anhaben.

»Worüber?« Der schwarzlockige Kopf war auf die Seite gelegt, die Augen mit den dunklen Lidschatten starrten ihn an.

»Un-denken.«

Die Mutter stemmte die ringgeschmückten Hände in die Hüften. »Weißt du was, Victor? Du bist nicht ganz richtig im Kopf.« Sie nickte. »Krank, das ist es. Psychologisch krank. Und außerdem zurückgeblieben, weißt du? Du benimmst dich wie ein kleiner Junge von fünf.« Sie sprach langsam und mit Betonung. »Vielleicht ist es ganz gut, daß du am Samstag nachmittag nicht unten bist. Wer weiß, vielleicht würdest du mir direkt vor ein Auto laufen? Und ich habe dich doch so lieb, mein Kleiner.« Sie legte ihm den Arm um den Hals und zog ihn an sich, und einen Augenblick wurde Victors Nase an ihren großen weichen Busen gepreßt. Sie trug das fleischfarbene Kleid, das oben, wo es sich über der Brust spannte, etwas durchsichtig war.

Victor riß verwirrt den Kopf zurück. Er wußte nicht, ob er lachen oder weinen sollte.

Die Mutter hatte den Kopf zurückgelegt und lachte fröhlich. »Mein krankes Äffchen! So ein kleiner Junge mit kurzen Höschen – haha!«

Jetzt waren die Tränen in seinen Augen bestimmt zu sehen, und die Mutter tat, als freue sie sich darüber! Victor wandte den Kopf ab, damit sie ihm nicht ins Gesicht sehen konnte. Dann fuhr er plötzlich herum und blickte sie an. »Glaubst du vielleicht, ich mag diese Hosen? *Du* magst sie! Warum lachst du mich aus?«

»Mein kleiner Junge weint!« Sie lachte noch immer.

Victor machte einen Satz in Richtung auf das Badezimmer, dann bog er mitten im Sprung ab, schoß auf das Sofa zu und vergrub das Gesicht in den Kissen. Er schloß fest die Augen und öffnete weit den Mund zu einem lautlosen Schrei. Auch das hatte er durch Übung gelernt. Mit offenem Mund und zugepreßter Kehle – fast eine Minute hielt er den Atem an – brachte er es fertig, zu weinen und sogar zu schreien, ohne daß ein Laut hörbar wurde. Die Nase, den offenen Mund und die Zähne drückte er fest gegen das tomatenrote Sofakissen, und während ihn seine Mutter träge lachend weiterneckte, stellte er sich vor, daß ihre Stimme leiser wurde und sich langsam entfernte. Jeden Muskel angespannt, war er durchdrungen von der Gewißheit, kein Mensch auf der Welt könne Schlimmeres durchmachen als er in diesem Augenblick. Er malte sich aus, daß er stürbe; doch der Tod erschien ihm nicht wie eine Erlösung, sondern wie ein konzentrierter Schmerz. Das war stets der Höhepunkt des Un-weinens. Dann holte er tief Luft, und die Stimme der Mutter brach in seine Gedanken ein.

»Hast du gehört? Hast du mich verstanden, Victor? Mrs. Badzerkian kommt heute zum Tee. Bitte wasch dir das Gesicht und zieh ein sauberes Hemd an, ja? Ich möchte, daß du ihr etwas aufsagst. Was willst du aufsagen?«

»Im Winter, wenn ich schlafen geh«, sagte Victor mechanisch. Jedes Gedicht im ›Kinderliedergarten‹ mußte er auswendig lernen. Er hatte das erste genannt, das ihm eingefallen war, und nun gab es wieder Streit, weil er dieses Gedicht schon beim letztenmal aufgesagt hatte. »Ich hab das doch bloß gesagt, weil mir sonst nichts einfiel!« schrie er.

»Schrei mich nicht an!« rief seine Mutter erbost und lief quer durch das Zimmer auf ihn zu. Bevor er wußte, wie ihm geschah, hatte sie ihm eine Ohrfeige versetzt.

Er lag, auf einen Ellbogen gestützt, auf dem Rücken, die langen Beine mit den eckigen Knien gespreizt. Na schön, dachte er. Wenn sie das will, das kann sie haben. Haßerfüllt sah er sie an. Bloß nicht zeigen, daß der Schlag weh getan hatte, daß er noch brannte. Für heute war Schluß mit Tränen, auch mit Un-weinen, das schwor er sich. Er würde sich nichts anmerken lassen, würde auch mit der Mutter und ihrem Gast ruhig Tee trinken, alles wie ein Stein, wie ein Soldat, ohne mit der Wimper zu zucken. Seine Mutter ging mit großen Schritten im Zimmer auf und ab und drehte an einem ihrer Ringe, wieder und wieder; von Zeit zu Zeit warf sie ihm einen Seitenblick zu und sah dann schnell wieder weg. Seine Augen verließen sie nicht. Er hatte keine Angst. Sollte sie ihn doch noch einmal schlagen, ihm war das alles ganz egal.

Nach längerer Pause verkündete sie, sie werde sich jetzt die Haare waschen, und verschwand im Bad.

Victor stand vom Sofa auf und wanderte durch den Raum. Wenn er bloß ein eigenes Zimmer hätte! In der früheren Wohnung am Riverside Drive hatten sie drei Zimmer gehabt, ein Wohnzimmer und dann je eins für die Mutter und für ihn. Wenn sie im Wohnzimmer war, dann konnte er einfach in sein Schlafzimmer gehen und umgekehrt, aber hier ... Das Haus am Riverside Drive sollte abgerissen werden. Er dachte nicht gern daran. Plötzlich fiel ihm das Buch ein, das vorhin auf den Boden gefallen war; er zog das Sofa etwas vor und langte nach dem Buch. Es war ›The Human Mind‹ von Menninger – lauter faszinierende Berichte über psychologische Fälle. Er stellte es ins Regal zurück, zwischen ein Buch über Astrologie und ein Lehrbuch mit dem Titel ›Lerne zeichnen‹. Seine Mutter sah es nicht gern, daß er psychologische Bücher las, aber er liebte sie, vor allem die mit den Berichten von richtigen Fällen. Die Leute, die da beschrieben wurden, taten, was sie wollten. Sie benahmen sich ganz natürlich, und kein Mensch hatte ihnen was zu befehlen. In der Stadtbücherei verbrachte er Stunden vor den Regalen mit psychologischen Büchern. Sie gehörten zur Erwachsenenabteilung, aber die Bibliothekarin hatte nichts dagegen, daß er dort an einem der Tische saß, weil er sich stets ruhig verhielt.

Victor ging hinüber in die Küche und nahm ein Glas aus dem Schrank, das er mit Wasser füllte und im Stehen austrank. Während er dort stand, hörte er ein leises kratzendes Geräusch; es kam aus einer der Tüten, die auf dem Tisch lagen. Eine Maus, dachte er und schob die Sachen beiseite, sah aber keine Maus. Das Kratzen kam von innen aus einer Tüte. Vorsichtig und mit spitzen Fingern öffnete er sie und wartete, daß etwas heraussprang. Nichts geschah. Er blickte hinein und sah eine weiße Pappschachtel, die er langsam herauszog. Der Boden war feucht. Der Faltdeckel öffnete sich wie bei einer Kuchenschachtel. Überrascht trat Victor einen Schritt zurück. Es war eine Schildkröte, eine lebendige Schildkröte; sie lag auf dem Rücken und strampelte mit den Beinen in der Luft in dem Bemühen, sich umzudrehen. Victor fuhr sich mit der Zunge über die trockenen Lippen und zog angestrengt die Stirn in Falten. Dann faßte er mit beiden Händen die Schildkröte, drehte sie um und setzte sie behutsam wieder in den Karton. Das kleine Tier zog die Beine ein, streckte den Kopf ein wenig vor und blickte ihm gerade in die Augen. Victor lächelte glücklich. Warum bloß hatte ihm seine Mutter nicht gesagt, daß sie ihm was mitgebracht hatte? Eine lebendige Schildkröte. Seine Augen glänzten erwartungsvoll, als er sich ausmalte, wie er die Schildkröte mit nach unten nahm, vielleicht an der Leine, und sie dem Jungen zeigte, der ihn wegen seiner kurzen Hosen ausgelacht hatte. Wenn der sah, daß Victor eine Schildkröte besaß, würde er ihn vielleicht doch mögen und ihn jedenfalls nicht mehr auslachen.

»Du, Mama! Mama!« schrie Victor die Badezimmertür an. »Hast du mir die Schildkröte mitgebracht?«

»Was mitgebracht?« Das Wasser drinnen wurde abgestellt.

»Die Schildkröte! In der Küche!« Victor war vor der Tür auf- und abgesprungen; jetzt blieb er stehen.

Auch die Mutter hatte gezögert. Das Wasser wurde wieder angestellt, und sie rief schrill: »C'est une terrapène! Pour un ragout!«

Victor begriff, und ein kleiner Schauder lief ihm über den Rücken, weil seine Mutter französisch gesprochen hatte. Französisch sprach sie zu ihm, wenn sie eine Anordnung gab, der unbedingt Folge zu leisten war, oder wenn sie Widerstand von ihm erwartete. Die Schildkröte sollte also gekocht werden. Verstört und resigniert nickte er vor sich hin und ging wieder in die Küche. Ein Ragout. Die Tage der Schildkröte waren gezählt, wie es so schön hieß. Was fraß wohl eine Schildkröte? Salatblätter? Rohen Schinken, gekochte Kartoffeln? Er spähte in den Kühlschrank.

Ein Salatblatt nahm er heraus und hielt es der Schildkröte vor das hornige Maul. Sie machte es nicht auf, sie sah ihn nur an. Victor hielt ihr das Blatt dicht vor die zwei kleinen punktartigen Nasenlöcher, aber sie schien nichts zu riechen, jedenfalls zeigte sie kein Interesse. Jetzt suchte er unter dem Spülstein und zog eine große Waschschüssel hervor. Er goß so viel Wasser hinein, daß es etwa fünf Zentimeter hoch stand, nahm die Schildkröte und setzte sie vorsichtig hinein. Sie paddelte ein paar Sekunden mit den Beinchen, als müsse sie schwimmen; als sie dann merkte, daß ihr Bauch auf dem Boden der Schüssel ruhte, hörte sie auf und zog die Füße ein. Victor kniete sich auf den Boden und besah prüfend ihr Gesicht. Die Oberlippe hing über die untere herab, was ihr einen eigensinnigen und unfreundlichen Ausdruck verlieh, doch die Augen – ja, die waren hell und glänzten. Er blickte sie fest an und lächelte ihr zu.

»Okay, Madame Terrapène«, sagte er. »Nun brauchst du mir nur zu sagen, was du gern zu essen haben möchtest, dann besorg ich es dir. Wie wär's denn mit Thunfisch?«

Gestern hatte es zum Nachtessen Thunfischsalat gegeben, von dem noch ein kleiner Rest in einem Schüsselchen nachgeblieben war. Victor nahm ein Bröckchen zwischen zwei Finger und hielt es der Schildkröte hin. Sie blieb uninteressiert. Nachdenklich sah er sich in der Küche um. Im Wohnzimmer schien die Sonne auf den Fußboden; er nahm die Schüssel, trug sie ins Zimmer und stellte sie so hin, daß die Sonne der Schildkröte auf den Rücken schien. Alle Schildkröten mögen Sonne, dachte Victor. Er legte sich neben sie auf den Boden und stützte sich auf einen Ellbogen. Einen Augenblick starrte ihn die Schildkröte an; dann streckte sie ganz langsam und mit dem Ausdruck gründlicher Überlegung die Beine aus und schob sich seitwärts, stieß an die Rundwand der Schüssel und kroch jetzt nach rechts. Halb hob sich der kleine Körper aus dem niedrigen Wasser. Sie wollte hinaus, und Victor faßte sie an der Seite, nahm sie in die Hand und sagte: »So – jetzt kannst du 'rauskommen und ein bißchen herumlaufen.«

Er lachte vor sich hin, als die Schildkröte unter dem Sofa verschwand. Sie war leicht wieder einzufangen – sie kroch ja so langsam. Als er sie auf den Teppich setzte, verhielt sie sich reglos still – so, als habe sie sich zurückgezogen, um zu überlegen, was nun zu tun sei, wohin sie sich jetzt wenden solle. Bräunlichgrün war sie. Victor sah sie an und dachte an ein Flußbett und strömendes Wasser. Oder Meerwasser. Wo kamen eigentlich Schildkröten her? Er sprang auf und nahm das Lexikon aus dem Bücherregal. Da war auch eine Schildkröte abgebildet, aber ziemlich langweilig schwarz-weiß, lange nicht so hübsch wie die lebendige hier. Er erfuhr nichts Neues aus dem Band, nur daß der Name – terrapène – aus dem Algonkinischen kam, daß Schildkröten in frischem oder moorigem Wasser lebten und daß sie eßbar waren. Eßbar – was für ein Pech. Aber eins stand fest: er aß heute abend kein Schildkrötenfleisch. Das Ragout konnte seine Mutter allein aufessen; und selbst wenn sie ihn schlug und ihn zwang, noch zwei oder drei zusätzliche Gedichte auswendig zu lernen: er aß heute keinen Bissen Schildkrötenfleisch.

Die Mutter kam aus dem Badezimmer. »Was machst du da, Victor?«

Victor stellte das Lexikon ins Regal zurück. Die Schüssel hatte seine Mutter noch nicht gesehen. »Ich seh mir die Schildkröte an«, sagte er und merkte jetzt, daß das Tier verschwunden war. Er ließ sich auf die Knie nieder und suchte unter dem Sofa.

»Setze sie nicht auf die Möbel, hörst du. Sie macht überall Flecken.« Die Mutter stand in der Diele und rieb sich kräftig den Kopf mit dem Handtuch ab.

Victor fand die Schildkröte zwischen dem Papierkorb und der Wand. Er setzte sie in die Schüssel zurück.

»Hast du ein sauberes Hemd angezogen?« fragte seine Mutter.

Victor zog ein sauberes Hemd an, setzte sich dann auf Anweisung der Mutter auf das Sofa, den ›Kinderliedergarten‹ auf dem Schoß, und nahm ein Gedicht in Angriff, ein ganz neues, extra für Mrs. Badzerkian. Er lernte immer zwei Zeilen auf einmal, die er halblaut vor sich hin sagte und wiederholte; darauf nahm er weitere zwei, vier und sechs Zeilen zusammen, bis er das ganze Gedicht auswendig wußte und es der Schildkröte aufsagte. Dann fragte er seine Mutter, ob er mit der Schildkröte in der Badewanne spielen dürfe.

»Damit das frische Hemd wieder schmutzig wird? Nein.«

»Ich kann ja solange das andere Hemd anziehen.«

»Nein! Es ist beinahe vier. Bring die Schüssel hinaus.«

Victor trug die Schüssel in die Küche zurück. Seine Mutter nahm völlig unbekümmert die Schildkröte heraus, setzte sie in die weiße Faltschachtel, machte den Deckel zu und stellte den Karton in den Kühlschrank. Victor fuhr leicht zusammen, als die Kühlschranktür zuschlug. Es mußte mächtig kalt sein da drinnen für die Schildkröte. Aber Moor oder Flußwasser war sicher auch manchmal recht kalt.

»Victor, hier – du kannst die Zitrone in Scheiben schneiden«, ordnete die Mutter an. Auf dem großen runden Tablett stellte sie Teller und Tassen zurecht. Im Kessel kochte das Teewasser.

Mrs. Badzerkian war pünktlich wie immer, und sobald sie Mantel und Handtasche abgelegt und Platz genommen hatte, schenkte die Mutter den Tee ein. Mrs. Badzerkian roch nach Gewürznelken. Sie hatte einen kleinen geraden Mund und auf der Oberlippe ein dünnes Bärtchen, das Victor faszinierte, weil er noch nie eine Frau mit Schnurrbart gesehen hatte, jedenfalls nicht in solcher Nähe. Nie hatte er zu seiner Mutter ein Wort darüber gesagt, denn er wußte, es galt als etwas Häßliches; doch seltsamerweise war ihr Schnurrbart das, was ihm an Mrs. Badzerkian am besten gefiel. Alles andere an ihr war langweilig, uninteressant und auch ein bißchen unfreundlich. Sie tat immer, als höre sie sehr aufmerksam zu, wenn er seine Gedichte aufsagte, aber er merkte, wie unruhig sie hin und her rutschte, an ganz andere Dinge dachte und froh war, wenn es vorüber war. Heute ging das Aufsagen sehr gut und ohne jedes Stocken. Victor stand in der Mitte des Wohnraums gegenüber den beiden Damen, die bei der zweiten Tasse Tee angelangt waren.

»Très bien«, sagte seine Mutter. »Jetzt darfst du dir einen Keks nehmen.«

Victor nahm sich einen kleinen runden Keks, in dessen Mitte ein Tropfen Orangeade saß. Er setzte sich und preßte die Knie fest zusammen. Immer hatte er das Gefühl, Mrs. Badzerkian blicke auf seine Knie, und zwar mit Widerwillen. Er wünschte oft, sie möge mal eine Bemerkung zu seiner Mutter machen und sagen, er sei doch nun alt genug für lange Hosen, aber sie hatte noch nie etwas gesagt, jedenfalls wußte er nichts davon. Aus ihrer Unterhaltung mit seiner Mutter ging hervor, daß morgen abend das Ehepaar Lorentz zum Essen kam. Vermutlich war also die Schildkröte für sie bestimmt. Victor war froh, daß er noch einen Tag mit ihr spielen konnte. Morgen früh wollte er seine Mutter fragen, ob er die Schildkröte eine Weile mit auf die Straße nehmen durfte, entweder an der Leine oder, wenn die Mutter das nicht erlaubte, in der Faltschachtel.

»... noch das reine Ki-ind!« sagte seine Mutter gerade lachend und warf ihm einen Blick zu, und Mrs. Badzerkian lächelte ihn mit dem kleinen schmalen Mund vielsagend an.

Dann durfte Victor aufstehen; er saß mit einem Buch auf der Schlafcouch in der gegenüberliegenden Ecke des Raumes. Seine Mutter erzählte Mrs. Badzerkian von der Schildkröte und wie er mit ihr gespielt hatte. Victor zog die Stirn zusammen und tat, als höre er nichts. Die Mutter liebte es nicht, wenn er, nachdem er vom Tisch aufgestanden war, erneut an der Unterhaltung teilnahm. Aber jetzt hörte er, wie sie etwas von ihrem »kleinen Baby Viictor« sagte ...

Er steckte den Finger in sein Buch und stand auf. »Ich verstehe nicht, wieso es kindisch ist, eine Schildkröte anzusehen«, sagte er, rot vor Ärger. »Das sind so interessante Tiere – sie haben –«

Mit hellem Lachen unterbrach ihn seine Mutter, aber das Lachen verschwand sofort, und sie sagte streng: »Du warst doch schon aufgestanden, nicht wahr, Victor?«

Er zögerte. Blitzartig sah er die Szene vor sich, die folgen mußte, sobald Mrs. Badzerkian sich verabschiedet hatte. »Ja, Mama. Entschuldige«, sagte er. Er ging hinüber und beugte sich wieder über sein Buch.

Zwanzig Minuten später war Mrs. Badzerkian gegangen, und die Mutter schalt ihn, er sei unhöflich gewesen, aber die Schelte dauerte keine fünf oder zehn Minuten, wie er es erwartet hatte. Sie war nach zwei Minuten vorüber. Die Mutter hatte vergessen, Schlagrahm mitzubringen; Victor sollte jetzt hinuntergehen und ihn holen. Er zog seine graue Wolljacke an und ging hinaus. Immer kam er sich komisch und auffallend vor in dieser Jacke, denn sie reichte ihm nur knapp über die kurzen Höschen, und es sah aus, als habe er darunter nichts an.

Unten auf dem Gehsteig blickte er sich nach Frank um, fand ihn aber nicht. Er ging quer über die Third Avenue und trat in das Delikatessengeschäft des großen Häuserblocks, den er vom Wohnzimmerfenster aus sehen konnte. Auf dem Rückweg entdeckte er dann Frank, der den Gehweg entlangschlenderte und dabei einen Ball auf- und abspringen ließ. Victor trat zu ihm heran.

»Tag«, sagte er. »Du – ich habe eine Schildkröte. Oben bei uns ist sie.«

»Was hast du?« Frank fing den Ball auf und blieb stehen.

»Eine Schildkröte. Mit'm Panzer, weißt du. Ich kann sie ja morgen früh mal 'runterbringen und dir zeigen, wenn du gerade da bist. Ganz schön groß ist sie.«

»Ehrlich? Warum bringst du sie nicht jetzt gleich mal 'runter?«

»Weil wir jetzt essen wollen«, gab Victor zur Antwort. »Bis morgen also.« Stolz und froh trat er ins Haus. Er hatte etwas erreicht. Frank hatte echtes Interesse gezeigt. Zu dumm, daß er nicht jetzt gleich mit der Schildkröte nach unten kommen konnte; aber seine Mutter wollte nie, daß er nach Dunkelwerden noch fortging, und es war schon jetzt fast dunkel.

Als Victor oben ankam, stand die Mutter noch in der Küche. Auf dem Herd kochten Eier, und auf die hintere Kochplatte hatte sie einen großen schwarzen Topf mit Wasser gestellt.

»Du hast sie ja wieder 'rausgenommen!« sagte Victor, als er die Faltschachtel auf dem Tisch stehen sah.

»Ja – ich will das Ragout heute schon machen«, sagte die Mutter. »Dafür brauche ich den Rahm.«

Victor blickte sie an. »Willst du dann – mußt du sie heute schon totmachen?«

»Ja, mein Häschen. Heute abend.« Sie schob den Topf mit den Eiern ein wenig zurecht.

»Mama – kann ich die Schildkröte schnell noch mal mit 'runternehmen?« fragte Victor hastig. »Bloß fünf Minuten, Mama?! Frank ist nämlich gerade unten.«

»Wer ist Frank?«

»Das ist der Junge, den du – nach dem du mich heute gefragt hast. Der blonde, den wir immer unten sehen. Bitte, Mama!«

Seine Mutter runzelte die schwarzen Augenbrauen. »Die Schildkröte nach unten bringen? Aber nein, was für eine Idee. Sei doch vernünftig, mein Kleiner. Die Schildkröte ist kein Spielzeug.«

Fieberhaft suchte Victor nach einem anderen triftigen Grund, um sie zu überreden. Seine Jacke hatte er noch nicht ausgezogen. »Du wolltest doch immer gern, daß ich mit Frank –«

»Ja. Und was hat das mit der Schildkröte zu tun?«

Das Wasser in dem großen Topf begann zu sieden.

»Weißt du, ich hab's ihm doch versprochen –« Seine Augen folgten ihrer Hand, die die Schildkröte aus der Schachtel hob und sie in das kochende Wasser gleiten ließ. Der Mund blieb ihm offenstehen. *»Mama!«*

»Was ist? Was soll das?«

Mit offenem Mund starrte Victor auf die Schildkröte.

Die kleinen Beine versuchten, die steile Topfwand hinaufzuhasten. Sie öffnete das Maul, die Augen blickten Victor einen Augenblick gerade ins Gesicht, qualvoll bog sich der Kopf zurück, das offene Maul sank in das siedende Wasser – dann war es aus. Die Schildkröte war tot. Er trat näher heran. Die vier kleinen Beine, der Schwanz und der Kopf hatten sich im Wasser lang ausgestreckt. Er blickte seine Mutter an.

Sie trocknete sich die Hände an einem Handtuch. Jetzt warf sie ihm einen Blick zu, hob die Hände an die Nase, sagte: »Uhhh« und hängte das Tuch wieder auf.

»Warum hast du sie so totgemacht – mußte das sein?«

»Wie denn sonst? So werden auch Krebse getötet, wußtest du das nicht? Das tut ihnen nicht weh.«

Er starrte sie an. Als sie ihn jetzt berühren wollte, trat er einen Schritt zurück. Er dachte an das weit offene Maul der Schildkröte, und plötzlich schossen ihm heiße Tränen in die Augen. Vielleicht hatte die Schildkröte geschrien, und sie hatten es nur wegen des kochenden Wassers nicht gehört. Die Schildkröte hatte ihn angesehen, hilfeflehend, damit er sie herausnahm, und er hatte sich nicht gerührt und ihr nicht geholfen. Seine Mutter hatte ihn 'reingelegt: es war so schnell gegangen, daß er das kleine Tier nicht hatte retten können. Wieder trat er zurück. »Nicht – faß mich nicht an!«

Schnell und hart schlug ihn die Mutter ins Gesicht.

Victor preßte die Zähne zusammen. Dann wandte er sich um, ging an den Schrank und warf seine Jacke über einen Bügel. Er ging ins Wohnzimmer und ließ sich auf das Sofa fallen. Er weinte nicht, er preßte den offenen Mund gegen das Kissen. Wieder fiel ihm das kleine Schildkrötenmaul ein, und er schloß die Lippen. Die Schildkröte hatte *doch* gelitten, sonst hätte sie nicht so hastig mit den Beinen gerudert und versucht herauszukommen. Und jetzt weinte er, lautlos wie die Schildkröte und mit offenem Mund. Um das Sofa nicht naß werden zu lassen, legte er beide Hände über das Gesicht. Nach langer Zeit stand er auf. Er hörte, wie seine Mutter in der Küche bei ihrer Arbeit mit schnellen festen Schritten hin- und herging und dabei vor sich hin summte. Victor hatte wieder die Zähne zusammengebissen. Langsam ging er bis zur Küchentür.

Die Schildkröte lag auf dem hölzernen Hackbrett. Seine Mutter warf ihm von der Seite her einen Blick zu und nahm dann, immer noch summend, ein Messer, drückte die Klinge herunter und schnitt dem Tier die kleinen Zehennägel ab. Victor schloß halb die Augen, sah aber weiter zu. Die Nägel und die Hautfetzen, die noch daranhingen, schob die Mutter vom Brett herab in ihre Hand und warf sie in den Abfalleimer. Dann drehte sie die Schildkröte auf den Rücken, nahm wieder das scharfe spitze Messer zur Hand und machte sich daran, den blassen Panzer von unten her wegzuschneiden. Der Schildkrötenkopf war zur Seite gewandt. Victor wollte wegsehen und starrte doch immer weiter hin. Jetzt lag das Innere alles offen da, rot und weiß und grünlich. Victor hörte nicht auf das, was seine Mutter von Schildkröten und ihrer Zubereitung in

Europa erzählte, früher, bevor er auf der Welt war. Ihre Stimme klang weich und tröstlich – ganz anders als das, was sie da machte.

»Jetzt hör auf, mich so anzusehen!« schrie sie ihn plötzlich an und stampfte mit dem Fuß auf. »Was fehlt dir überhaupt? Bist du nicht richtig im Kopf? Allmählich glaube ich das wirklich. Du bist krank, weißt du das?«

Victor rührte an diesem Abend keinen Bissen an, und seiner Mutter gelang es nicht, ihn zu zwingen, obwohl sie ihn schüttelte und mit Schlägen drohte. Es gab Hackfleisch auf Toast. Victor sagte kein Wort. Ihm war, als sei er weit, weit weg von seiner Mutter, auch als sie ihm mitten ins Gesicht schrie. Es war ein merkwürdiges Gefühl: manchmal, wenn er sich übergeben mußte, war ihm so zumute gewesen, aber heute mußte er sich nicht übergeben. Als sie dann schlafen gingen, hatte er Angst vor der Dunkelheit. Er sah den Kopf der Schildkröte, riesengroß und mit offenem Maul, die Augen schmerzerfüllt und weit aufgerissen. Er hatte plötzlich den Wunsch, durchs Fenster nach draußen gehen zu können und dort zu schweben, überall hinzugehen, wohin er wollte, zu verschwinden und doch überall da zu sein. Er meinte die Hände seiner Mutter auf den Schultern zu spüren, die ihn zurückreißen wollten, wenn er versuchte, durchs Fenster zu gehen. Er haßte seine Mutter.

Leise stand er auf und ging in die Küche. Dort war es stockdunkel, denn sie hatte kein Fenster, aber er fand ganz richtig den Messerständer und legte sacht die Hand auf das Messer, das er suchte. Er dachte an die Schildkröte, die jetzt – in kleine Stücke geschnitten und mit einer Sauce aus Rahm und Eigelb und Sherry vermischt – in einem Topf im Kühlschrank stand.

Der Schrei, den seine Mutter ausstieß, war nicht lautlos; er gellte, als risse er ihm die Ohren ab. Der zweite Stoß ging in ihren Leib, der nächste wieder in die Kehle. Victor hörte erst auf, als er müde wurde und die Nachbarn versuchten, die Wohnungstür einzuschlagen: da endlich ging er zur Tür, schob den Riegel zurück, öffnete und ließ alle eintreten.

Sie brachten ihn in ein großes altes Haus mit lauter Ärzten und Pflegerinnen. Victor war sehr still und tat alles, was man von ihm verlangte. Auch ihre Fragen beantwortete er alle, aber nur diese Fragen; und da ihm niemand Fragen nach einer Schildkröte stellte, sagte er nichts davon.

Als die Flotte im Hafen lag

Die Chloroformflasche fest in der Hand, starrte Geraldine auf den Mann, der schlafend auf der Veranda lag. Mit leisem Pfeifen strichen die Atemzüge durch den Schnurrbart – tief beim Einatmen, flach beim Ausatmen. Wenn er so schlief, wachte er nie vor Mittag auf. Er war im Morgengrauen nach Hause gekommen, und seitdem schlief er fest. Noch nie hatte ihn irgend etwas vormittags auf die Beine gebracht, wenn er die Nacht durch getrunken hatte. Kein Zweifel, dies war der richtige Moment.

Sie lief auf seidenbestrumpften Beinen in die Küche, wo in einer Schublade alte Lappen aufbewahrt wurden, und riß von einem zerschlissenen Handtuch erst ein großes und dann noch ein kleineres Stück ab. Das große faltete sie zu einem Viereck zusammen; dann kam ihr eine Idee, sie hielt es kurz unter Wasser und feuchtete es durch. Nun wurde es schwierig, denn ihre Hände begannen zu zittern; aber es gelang ihr dann doch, sich das Tuch um Mund und Nase zu binden. Sie nahm den Gürtel des Kleides zu Hilfe, das sie gerade gebügelt und zum Anziehen bereitgelegt hatte. Dann holte sie – für alle Fälle – den Hammer aus der Werkzeugschublade, trat wieder hinaus auf die Veranda, setzte sich auf den Stuhl neben dem Bett und zog den Korken aus der Flasche. Der kleinere Lappen wurde gründlich durchtränkt; sie hielt ihn kurz über die Brust des Mannes und hob ihn dann langsam bis zur Nase. Clark rührte sich nicht. Aber wirken würde das Zeug schon, sie roch es ja selbst. Süß und kränklich war der Geruch, wie Blumen auf einem Sarg – wie der Tod selber.

Hinter sich hörte sie Red Dog halblaut aufjaulen. Immer wenn er gähnte, ging das Gähnen in das ächzende Jaulen über. Schnaufend drehte er sich um und ließ sich neben dem Haus an einer kühleren Stelle nieder, und sie dachte: Alle glauben, das Chloroform ist für den Hund, und dabei liegt er da draußen und ist so lebendig wie seit vierzehn Jahren.

Clark bewegte ein wenig den Kopf; es sah aus, als nickte er zur Bekräftigung. Ihre Hand und ihr ganzer starrer Körper folgten seiner Nase, als gehörten sie zu ihm, und in ihr schrie eine Stimme: Nie, niemals hätte ich dies getan, wenn ich einen Ausweg wüßte, aber er läßt mich ja nicht mal aus dem Haus!

Ihre Gedanken gingen zu Mrs. Trelawney und wie sie zustimmend genickt hatte, als sie hörte, man wolle Red Dog einschläfern, weil er manchmal versuchte, mit seinem letzten Vorderzahn auf Fremde loszugehen.

Prüfend beobachtete sie die Pulsader an Clarks Stirn, eine blaßgrüne Krümmung am Haaransatz, bei dem sie immer an eine Karte vom Mississippi denken mußte. Jetzt stieß das Läppchen an die Nasenspitze, und Clark wandte ganz leicht den Kopf. Immer noch folgte ihre Hand seiner Nase, als könne sie sich nicht trennen, und vielleicht war es auch so. Aber die schwarzen Wimpern bewegten sich nicht. Früher einmal, da hatte ihr Clark imponiert – er sah richtig vornehm aus mit der hohen eingefallenen Stirn, dem dunklen Haarbusch und dem schwarzen Schnurrbart, der so groß und eigentlich unmodern war, aber Clark stand er gut, ebenso gut wie seine altmodischen Maßjacketts und die breiten Schuhe.

Sie warf einen Blick auf den grauen Wecker oben auf dem Regal, der alles mit angesehen hatte – seit etwa sieben Minuten. Wie lange man wohl brauchte? Sie öffnete die Flasche und goß noch etwas Chloroform auf das Läppchen. Ein paar Tropfen fielen ihr auf die Hand, es fühlte sich kalt an. Sie hielt ihm noch einmal das Läppchen unter die Nase. Der Puls schlug noch, aber der Atem ging jetzt kürzer und schwächer. Der Arm tat ihr weh, und um sich abzulenken, blickte sie durch das Gazefenster der Veranda nach draußen. Drüben an der Scheune krähte ein Hahn, und ihr fiel der alte Vers ein – »Früh, wenn die Hähne krähn«, dann zählte sie zwanzig tickende Schläge auf der Weckeruhr, einen für jedes ihrer Lebensjahre, und als sie wieder auf die Uhr blickte, waren zwölf Minuten vergangen und der Puls schlug nicht mehr. Doch so leicht durfte sie sich nicht täuschen lassen. Starr blickte sie auf die kleinen Härchen in seinen Nasenlöchern. Sie bewegten sich nicht, vielleicht hätten sie sich auch sonst nicht bewegt, aber sie hörte keinen Laut. Sie stand auf, besann sich kurz und legte das Läppchen auf den schwarzen Schnurrbart, wo es liegen blieb. Ihr Blick hing an dem ausgestreckten Arm, der auf dem Laken ruhte, und an der Hand, einer wohlgeformten Hand trotz der dichten Behaarung; am kleinen Finger trug sie einen Goldreif, den Hochzeitsring seiner Mutter, wie er behauptet hatte. Mit eben dieser linken Hand hatte er sie wieder und wieder geschlagen, und jedesmal hatte sie den Ring dabei gespürt.

Sekundenlang blieb sie stehen, ohne zu wissen warum, dann lief sie hastig in die Küche und legte Hauskleid und Schürze ab. Sie zog das buntgeblümte Sommerkleid an, das sie absichtlich hier bei ihrem Mann nicht viel getragen hatte, weil es sie an die glücklichsten Tage in Mobile erinnerte. Die kurzen Rüschenärmel schüttelte sie mit der altvertrauten und fast vergessenen Schulterbewegung zurecht – jetzt hatte sie beinahe ihr altes Ich zurückgewonnen. Das Kleid war noch nicht zugeknöpft; sie lief auf den Zehenspitzen hinaus auf die Veranda, wo Clark reglos auf dem Bett lag, das Tuch auf den Lippen. Sie goß den Rest aus der Flasche auch noch darauf. Aber den Hammer brauchte sie doch jetzt nicht mehr; sie legte ihn zurück in die Schublade.

Nun war sie fertig bis auf das Make-up. Sie nahm sich das Tuch vom Gesicht und öffnete in ihrem Zimmerchen das Fenster, so weit es ging. Vor dem kleinen Spiegel trat sie einen Schritt zurück und musterte sich prüfend, dann trat sie näher heran, nahm den Lippenstift und zog, wie sie es gern tat, mit breitem Rot den Bogen der Oberlippe nach. Jetzt noch ein Hauch Puder auf die Nase, den sie flink nach allen Seiten verrieb. Ganz schön rundlich waren die Wangen geworden, dachte sie, so waren sie früher nicht gewesen; aber das hieß noch lange nicht, daß sie heute dick war, sie war gerade richtig. Immer noch besaß sie – das sagten alle – diese seltene Mischung aus Lockung und fast kindlichem Schmelz, die gewiß nicht viele Mädchen hatten. Und wie viele Mädchen brachten es wohl fertig, daß ihnen der Sohn des Pfarrers einen Heiratsantrag machte (wie es ihr in Montgomery geschehen war) und sie dann noch ein Leben führten wie sie in Mobile – als Stolz der Flotte? Sie lachte sich schelmisch im Spiegel zu, aber ohne einen Laut – na und wenn schon, niemand hörte sie ja – und schüttelte mit den Händen die braunblonden Locken leicht auf, was sicher nicht nötig war, denn heute morgen, nachdem Clark nach Hause gekommen war, hatte sie die Locken mit der Brennschere eingelegt, und zwar prima, obwohl sie nicht einen Augenblick vergaß, was sie mit Clark vorhatte. Herrje – hatte sie auch die Brennschere eingepackt?

Der alte schwarze Koffer war hinter dem Vorhang unter dem Ausguß versteckt, sie zerrte ihn hervor und fand die Brennschere gleich obenauf. Noch einmal ging sie ins Schlafzimmer und holte ihre Handtasche, und dann die Zigaretten. Das Päckchen Lucky Strikes lag in der Küche neben dem Seifennapf; einen Augenblick gruben sich ihre Zähne in die Unterlippe, und die dünngestrichelten Augenbrauen bebten ein wenig, als sie zum letztenmal die rote Zackenlitze ansah, die sie zur Verschönerung am Küchenbord angebracht und die Clark überhaupt nicht bemerkt hatte. Dann drehte sie sich um und schritt über die Veranda nach draußen.

Red Dog jaulte auf; sie ließ den Koffer stehen und lief mit seiner leeren Schüssel ins Haus zurück, wo sie aus dem Brotkasten einen Kanten Maisbrot nahm und in die Hundeschüssel brockte. Sie kratzte das Fett aus der Pfanne und goß dann, aus reiner Lust an der Verschwendung, auch noch den Rest Gulasch über das Brot. Der Hund würde sich wundern über das Festmahl am Vormittag! Und Red Dog staunte tatsächlich; er stand sogar auf und wedelte mit dem müden roten Schwanz, der so dünn und ausgefranst war wie eine Hahnenfeder.

Dann lief Geraldine eilig über den ausgetretenen Pfad, der quer durch die westliche Wiese führte. Natürlich waren die hochhackigen Eidechsenschuhe – vorn und hinten offen –, mit denen sie vorsichtig über die rötlichen Pfützen sprang, alles andere als praktisch, aber sie fühlte sich so beschwingt darin! Am Ende des kleinen Gehölzes wandte sie sich um und blickte zurück auf die Farm. Dies war nicht ihre schönste Tageszeit; am liebsten hatte sie die kurzen Minuten eben vor Sonnenuntergang und eben nach Sonnenaufgang. Dann fing sich die Sonne oben in den Bäumen, die flache Landschaft war wie besät mit kleinen grünen Inselchen, und die Kühe auf der Weide hatten lange rötliche Streifen auf den Rücken. »Rot und grün wie ein Weihnachtsbaum«, hatte sie vor vierzehn Monaten zu Clark gesagt, als sie zu ihm auf die Farm gekommen war. Immer war das Land so kühl und frisch, als sei gerade ein leichter Regen gefallen und die Sonne schnell wieder herausgekommen. »Von jetzt an ist immer Weihnachten«, hatte sie hinzugefügt – es klang wie das Happy-End im Kino. Noch einmal überkam sie ein kleiner zärtlicher Anflug von Selbstmitleid, und die Zähne gruben sich in die Lippe. Leb wohl, braunes Haus und Kuhstall und Hühnerstall und Toilettenhäuschen im Hof – lebt alle wohl!

Der Bus, der nach Norden fuhr, kam erst in knapp einer Stunde, das wußte sie und ging deshalb über die Landstraße in den Wald auf der anderen Seite bis zu dem kleinen Bach. Hier setzte sie sich hin und rieb mit einem Papiertaschentuch den roten Schlamm von ihren Schuhen. Das Spanischmoos hatte genau die gleiche Farbe wie der Rauch ihrer Zigarette, der langsam und stetig aufwärts zog, als säße sie irgendwo in einem netten Zimmer und unterhielte sich mit jemandem. Als sie Motorengeräusch hörte, sprang sie auf, doch es war bloß ein großer Lastwagen, der von New Orleans heraufkam. Aber dann kam der Bus um die Kurve, sie hörte das weiche Surren; wie konnte sie bloß den Lastwagen mit ihm verwechseln, wo doch ihr Herz einen Luftsprung tat, als sei alles Glück der Welt in dem Bus enthalten. Ohne sich zu besinnen, rannte sie auf die Landstraße und winkte mit dem Arm. Wie oft, wie schrecklich oft hatte sie den Bus vorüberfahren sehen, und nie hatte sie mitfahren dürfen!

Jetzt kletterte sie hinein, der Fußboden klapperte und schwankte unter ihren Füßen, und der Bus fuhr wieder an und rollte weiter, nach Norden.

»Wohin, Madam?« fragte der Fahrer.

Beinahe hätte sie gesagt: »Nach Mobile«, aber sie lachte nur und sagte: »Birmingham«, denn dort wohnte ihre Schwester. »Aber erstmal möchte ich nur bis Alistaire«, fügte sie hinzu, das war eine kleine Stadt im nördlichen Louisiana, wo sie einmal als Kind mit ihren Eltern übernachtet hatte. Dort wollte sie die Reise für ein paar Stunden unterbrechen. Sie bezahlte mit dem Zehndollarschein, den sie morgens Clark aus der Tasche genommen hatte. Außerdem besaß sie noch neun Dollar, die sie heimlich gespart hatte in der Zeit, als Clark sie noch zusammen mit den Nachbarn in Etienne einkaufen ließ.

Der Bus war voll besetzt, und einige Leute mußten stehen, aber als sie nach hinten durchging, stand ein junger Mann in blauem Kittel sofort auf und bot ihr seinen Platz an. »Vielen Dank«, sagte sie.

»Aber bitte«, gab der junge Mann zurück und stellte sich neben sie.

Die Frau neben ihr hatte einen schlafenden kleinen Jungen auf dem Schoß; sein Kopf drückte sich gegen Geraldines Oberschenkel. Sie wollte bald mit der Frau ein Gespräch anfangen und irgendwas über das Kind fragen – sie wußte noch nicht was. Es war heiß heute. Sie lockerte den kleinen imitierten Pelzkragen an ihrem Mantel – auch der junge Mann schwitzte, das sah sie an dem dunklen Fleck unter seinem Arm – und lehnte sich bequem zurück. Sie lächelte dem jungen Mann zu, und er lächelte zurück, und sie dachte, wie nett die Leute alle waren; und wer sie ansah, fand sie sicher ebenfalls nett. Wie gut, daß Clark nicht hier war, er würde sie doch nur beschimpfen und behaupten, sie wolle mit dem jungen Mann ins Bett gehen, bloß weil sie seinen Platz angenommen hatte! Betrübt schüttelte sie den Kopf. Eine Locke löste sich über dem Ohr, sie strich sie zurück. Und immer hielt er ihr vor, sie mache Mr. Trelawney schöne Augen, wo doch seine Frau ihre beste Freundin war und immer mitkam, wenn sie mal in die Stadt fuhren, und nur bei diesen Gelegenheiten bekam sie ja Mr. Trelawney überhaupt zu sehen.

»Frauen, die mit zehn Männern schlafen, kriegen nie ein Kind!« Clarks Stimme kam dröhnend aus dem Aborthäuschen, bevor er die Tür zuschlug. Geraldine konnte nicht mehr stillsitzen, sie lehnte sich zu ihrer Nachbarin hinüber und fragte: »Haben Sie viele Kinder?« Die Frau starrte sie so komisch an, daß Geraldine beinahe laut aufgelacht hätte. Dann antwortete sie:

»Vier. Das langt.«

Geraldine nickte und warf einen Blick auf den jungen Mann neben sich; er verlegte sein Gewicht auf den anderen Fuß und lächelte zu ihr herab, wobei man das rosa Zahnfleisch und die starken weißen Zähne sah, von denen oben einer fehlte. Jung und schüchtern und einsam, dachte sie. Netter Junge – beinahe so nett wie die jungen Matrosen in Mobile, nur nicht so hübsch wie die meisten dort. Trotzdem rückte sie etwas zur Seite, der blaue Kittel rieb sich an ihrer Schulter, das mochte sie nicht. Oder wurde sie auch schon prüde, so wie Clark? O ja – wenn einer sie fragte, dem würde sie was erzählen. Prüde wie eine alte Jungfer war er, nicht mal seinen ehelichen Pflichten kam er nach, das machte ihr zwar nichts aus, aber immerhin, viele Frauen, das hatte sie gehört, ließen sich genau aus diesem Grunde scheiden. Und dann hielt er *ihr* vor, daß sie keine Kinder bekam? Wo jeder in der Gemeinde wußte, wie komisch Clark war. In seiner Jugend hatte er sogar mal im Gefängnis gesessen, er hatte nämlich einen Geschäftspartner betrogen, und vor gar nicht so langer Zeit hatten sie ihn noch mal eingelocht, weil er als Wanderprediger aufgetreten war, aber er predigte wie ein Irrer und hatte beinahe einen Mann umgebracht, bloß wegen einer Meinungsverschiedenheit. Geraldine kreuzte die Beine und zog den Rock etwas herunter.

Der Bus gab ihr ein angenehm sicheres Gefühl, so als läge sie mitten in einem Berg oder fast wach in einem schweren, aber angenehmen Traum, der kein Ende nehmen wollte. Sie könnte ja auch einfach hier sitzenbleiben, weiterfahren, bis ihr Geld zu Ende war, dann aussteigen und irgendwo eine Arbeit annehmen. Sie würde ihren Mädchennamen wieder annehmen, Geraldine Ann Lewis, ganz einfach, und ein kleines Zimmer mieten, möbliert, wo sie abends ein bißchen herumwirtschaften und was Nettes kochen konnte; vielleicht ging sie einmal in der Woche ins Kino und Sonntag morgens in die Kirche. Aber mit Bekanntschaften wollte sie lieber vorsichtig sein, vor allem mit Männern.

Der Kopf des schlafenden Kindes drückte sich stärker gegen ihren Schenkel, der Bus bog um die Ecke, und sie sah eine Stadt auftauchen – eine unbekannte Stadt, dachte sie aufgeregt, aber dann kannte sie sie doch. Es war Dalton.

Und wenn etwa jemand sie fragte, warum sie das – das – getan hatte, dachte sie, als sie jetzt mit ihrem Koffer durch den Mittelgang schritt, dann würde sie ruhig alles sagen. Sie würde erzählen, wie es angefangen hatte: Clark hatte gesagt, er liebte sie, und gefragt, ob sie ihn heiraten und mit ihm in seinem Haus nahe bei Etienne leben wollte, nördlich von New Orleans. Und sie hatte ja gesagt und war mit ihm gekommen und war ihm die allerbeste Frau gewesen, hatte gekocht und geputzt und alles getan, was er wollte; und allmählich hatte sie gemerkt, daß Clark sie in Wirklichkeit haßte und sie nur geheiratet hatte, damit er an ihr herumnörgeln und sie demütigen konnte; er hatte sich mit Absicht – das war ihr jetzt klar – ein Mädchen aus dem verrufenen Star Hotel geholt, damit er ihr das immer vorhalten und sich selber als den großen Mann hinstellen konnte. Sie hielt den Milchdrink fest und bohrte den Strohhalm durch das Loch in der Kappe.

»Na, Mädchen, hast du denn die Sprache verloren?« Die Worte kamen von dem jungen Mann im blauen Arbeitskittel, er stand neben ihr und lachte sie an, und beim Klang seiner Stimme mußte sie in der ersten Sekunde an den Mann im Weizenfeld denken, der damals irgendwas zu ihr gesagt hatte, als sie mit ihrem Vater aufs Feld gekommen war, um den Leuten beim Dreschen zuzuschauen, und dann an die Stimmen der Seeleute in Mobile; Angst schoß in sie hinein wie eine feine Nadel, ehe sie noch überlegen konnte, warum ihr auf einmal das Weizenfeld in den Sinn gekommen war, an das sie seitdem nie wieder gedacht hatte. Sie wandte sich ab, ließ die 15 Cents auf der Theke liegen – waren es ihre oder seine? – und erwiderte fast atemlos:

»Ich kann jetzt nicht reden!«

Sie saß schon wieder eine Weile im Bus, als sie merkte, daß der junge Mann nicht mehr mitfuhr. Vielleicht hatte er ein Mädchen in Dalton; dann war sie hoffentlich nett. Aber vielleicht war er ja auch bloß unterwegs zu seiner Familie, wieso nahm sie überhaupt an, daß er zu einem Mädchen fuhr? Wenn sie erst weit genug weg war von Clark, dann wollte sie solche Sachen überhaupt nicht mehr denken. Clark ließ sie nicht mal mehr mit den Trelawneys nach Etienne fahren. Das letztemal, als sie sie mitgenommen hatten, da war Clark für zwei Tage irgendwohin gefahren, und sie hatte nichts zu essen im Hause gehabt. Und als er dann in die Tür trat und sie mit den Tüten da stehen sah, hatte er ihr alles aus den Händen geschlagen und sie dann geohrfeigt, rechts und links, immer wieder, ohne ein Wort zu sagen, bis sie einfach zu Boden fiel, mitten auf die Tüten, und heulte – heulte, als ob ihr das Herz brechen wollte. Und die Narbe von seiner Gürtelschnalle, die konnte sie auch noch vorweisen.

Ohne hinzusehen massierte sie die U-förmige Narbe auf dem Handrücken. Keinen Augenblick wollten ihre Hände stillhalten, seit sie wieder eingestiegen war; die langen Finger öffneten und schlossen sich, drückten die Handballen gegen ihre Tasche und fuhren dann wieder hoch, als mühe sie sich ab, die Hände für ein Foto in die richtige Lage zu bringen. Auf dem vibrierenden Fußboden standen die Eidechsenschuhe gerade und ordentlich nebeneinander.

Der nächste Halt war Alistaire. Sie wußte nicht mehr viel von der kleinen Stadt außer dem Namen, vielleicht hatte sie sich auch verändert in den zehn Jahren, aber der Name genügte ja, und dann noch die Erinnerung an die vergnügte Übernachtung in einem Gasthaus mit ihren Eltern damals, in den Sommerferien. Die Sonne war schon untergegangen, und sie beschloß, hier zu übernachten und sich morgens dann früh auf die Socken zu machen, das hatte ihr Vater damals auch immer gesagt, wenn sie mit dem Auto unterwegs waren. »Wo übernachten wir wohl heute, Papa?« Entweder sie oder ihre Schwester Gladys hatte das immer gefragt; sie saßen auf dem Rücksitz im Auto, neben sich die Decken und den Picknickkorb und meist auch noch eine Wassermelone, alles so tadellos verstaut, daß es richtig Spaß machte, sich das bißchen restlichen Platz mit Gladys zu teilen. Dann sagte ihr Vater wohl: »Ja, das weiß der Himmel, mein Schatz«, oder auch: »Na, wir schaffen es wohl noch bis zu Tante Doris, Gerrie. Tante Doris, die kennst du doch noch, was?«, und das war immer ein Mordsspaß gewesen, fast so schön wie Schlafen im Gasthaus, denn meistens hatte sie seit dem letzten Jahr ganz vergessen, wie Tante Doris' Haus aussah. Wenn sie doch bloß Clarks Haus auch nach einem Jahr vergessen könnte, aber wenn man erwachsen war, ging das nicht so einfach, das wußte sie. Sie wußte jetzt, nach vierzehn Monaten, noch ganz genau, wie das Star Hotel aussah; sie sah noch die sechseckigen Fliesen auf dem braunweißen Fußboden der Halle vor sich, wo es immer nach Desinfektionsmitteln roch, wie im Krankenhaus, und den Ausblick aus ihrem Zimmerfenster auf den erleuchteten Glasstern, der über dem Eingang hing.

In der Nähe der Bushaltestelle fand sie ein Haus mit dem Schild ›Zimmer frei‹ im Vorgärtchen. Die Vermieterin schien zuerst etwas mißtrauisch, weil sie ohne Wagen kam und keinen Mann bei sich hatte – wieso eigentlich war es bedenklich, wenn man *ohne* Mann kam? –, aber sehr bald stand Geraldine in einem sauberen und geschmackvoll eingerichteten Vorderzimmer, das ihr ganz allein gehörte. Sie nahm ein Bad in dem Badezimmer weiter unten auf dem Flur und ließ genießerisch das Wasser aus dem Waschlappen über Arme und Beine laufen. Wie lange ist es her, dachte sie, daß ich einen ganz für mich allein gehabt habe!

Sie zog ihr Nachthemd an und ging gleich ins Bett; sie wollte noch ein wenig im Dunkeln liegen und nachdenken. Drei Tage dauerte es sicher, bis Clark gefunden wurde. Er sollte zwar morgen seinen Käse in Etienne abliefern, aber die Leute dort waren schon daran gewöhnt, daß er manchmal einen Tag später kam, wenn er auf einer Sauftour war. Heute war Donnerstag. Die Trelawneys kamen – wenn überhaupt – auch nicht vor Samstag vorbei, wenn sie in die Stadt fuhren.

»Ich habe dich geheiratet, weil ich dir helfen wollte, aber du hast keine Spur von Wahrheit in dir. Du bist der erste grundschlechte Mensch, dem ich begegnet bin, und es ist der ewige Fluch meines Lebens, daß ich mit dir verheiratet bin!«

Rastlos spreizte sie unter der Decke die Beine und schob sie dann wieder zusammen. Das frisch gestärkte Laken raschelte laut wie Donnergetöse. Fest drückte sie die Fingerspitzen in die Oberschenkel. Ihre Mutter in Montgomery hätte jetzt sicher gesagt: »Na, Kindchen, ein bißchen hast du also doch zugenommen, was?« Geraldine drehte sich um, ein paar Tränen rollten über den Nasenrücken auf das Kopfkissen. Ihre Mutter war nun schon fast ein Jahr tot. Von draußen kam ein

Luftzug, der die Gardinen ins Zimmer blähte, einen Augenblick festhielt und dann wie zwei Capes herumwirbelte. Noch ein paar Tränen rollten auf das Kissen, als sie an Marianne dachte und an die gemeinsame kleine Wohnung in Mobile, wo sie so jung und glücklich gewesen waren, als die Flotte in den Hafen einlief. Oh, von Mobile würde sie auch alles erzählen, wenn einer sie fragte. Sie hatte wirklich keinen Grund, sich zu schämen, absolut nicht. Schämen sollten sich lieber die Leute, die die Gesetze machten, und die Polizei, die davon profitierte – die hatten Grund.

Nur von Douglas wollte sie nichts sagen, weil er wirklich keine Schuld gehabt hatte damals. Sie konnte ja erklären, sie sei rein zufällig ins Star Hotel gekommen, weil sie sonst keine Bleibe hatte, und das stimmte ja auch. Sie malte sich aus, wie sie alles vor einem würdigen grauhaarigen Richter ausbreitete und ihn dann aufforderte, selber zu sagen, was um Himmels willen sie sonst hätte tun sollen, jedesmal, die ganze Zeit, bis zu diesem Augenblick, da sie hier in einem fremden Gasthaus im Bett lag; und sie hörte ihn beruhigend versichern, nein, natürlich sei ihr gar nichts anderes übriggeblieben. Sie war zusammen mit ihrer Freundin Marianne Hughes aus Montgomery nach Mobile gekommen, sie waren gerade mit der Schule fertig und wollten hier eine Arbeit in der Fabrik annehmen, aber in der Fabrik war noch nichts frei, und deshalb hatten sie erstmal einen Job als Kellnerin angenommen, beide, und hatten zusammen eine kleine Wohnung gemietet, und jede Woche hatte sie ihrer Mutter fünfzehn Dollar geschickt. Und sie waren noch gar nicht lange da, als die Flotte einlief, oder vielmehr nicht die Flotte, sondern nur zwei Kreuzer und ein Zerstörer, die zu Reparaturarbeiten ins Dock kamen, aber die Stadt war auf einmal voller Matrosen und Offiziere, und überall war was los, Tag und Nacht, und jeden Morgen weckte Marianne sie um Viertel vor sechs und rief: »Aufstehen, Süße, die Flotte ist im Hafen!«, was sich jetzt vielleicht albern anhörte, weil sie nun erwachsen war, aber damals war sie achtzehn und frei wie ein Vogel, und jeden Morgen sprang sie bei Mariannes Worten mit einem Satz aus dem Bett, selig und beschwingt, egal wie müde sie eigentlich noch war.

In großer Eile zogen sie dann beide ihre Servierkleider an und stürzten, ohne auch nur Kaffee zu trinken, in das Restaurant, wo sie arbeiteten. Selbst so früh am Morgen waren die Straßen voller Seeleute, einige waren früh aufgestanden, und andere waren noch gar nicht im Bett gewesen, vielleicht auch mal betrunken, aber im ganzen waren es prachtvolle Jungens, sauber und anständig wie keine sonst. Einige kamen auch immer zum Frühstück in das Lokal, und sie und Marianne erzählten ihnen, daß sie in fünf Wochen eine Stelle im Marineversorgungslager bekämen. Meist wollten sich die Matrosen schon gleich mit ihnen verabreden, und wenn sie besonders nett aussahen, dann waren sie und Marianne auch einverstanden und sagten ja.

Und dann heiratete Marianne einen Bootsmann, und sie selbst mußte die Wohnung aufgeben. Damals kannte sie Douglas Ellison, einen jungen Maat aus Connecticut, gerade drei Wochen, und sie hatten vor, ebenfalls zu heiraten, sobald sie ganz sicher waren, daß sie einander liebten. Sie hatte noch keine Wohnung wieder gefunden, deshalb hatte Douglas für sie ein Zimmer im Star Hotel genommen und eine Woche Miete im voraus bezahlt. Und dann blieb er ein paar Nächte bei ihr – der erste Mann, mit dem sie sich je eingelassen hatte, und dabei trieben es die meisten Mädchen in Mobile noch ganz anders, auch Marianne. Sein Schiff lief am Ende der Woche aus, aber in einem Monat sollte er wiederkommen, und dann wollten sie heiraten.

Das war der Monat, in dem der Job in der Fabrik frei werden sollte, aber nicht frei wurde. Und da ein Unglück selten allein kommt, verlor sie auch noch ihre Stellung in dem Restaurant, weil angeblich das Mädchen, das den Job vor ihr gehabt hatte, aus dem Marineversorgungslager zurückkam, wo ebenfalls Leute entlassen wurden. Und auf einmal gab es so viele Arbeitslose, daß man nicht mal als Aufwäscher eine Arbeit gegen Kost bekam.

Sie war im Begriff, nach Montgomery zurückzukehren, da behaupteten sie im Star Hotel, sie könnten ihren Koffer nicht aus dem Keller 'rauskriegen, jedenfalls werde es mehrere Tage dauern, und gleichzeitig verdoppelten sie ihr einfach die Zimmerrechnung, die sie nun nicht bezahlen konnte, und als sie drohte, die Polizei zu holen, hieß es, dann werde man sie ins Gefängnis bringen. Sie war aber trotzdem aus dem Haus gegangen, sie wollte zur Polizei, da hatte der Portier sie angehalten und gefragt, ob sie denn nicht wisse, daß das Star Hotel so ein Haus sei. Na ja, daß da allerhand vor sich ging, das hatte sie natürlich gewußt, schließlich lag das Hotel am Hafen, und die Flotte war da – aber sie hatte nicht gewußt, daß es ein gewöhnliches Bordell war. Und auf einmal standen lauter Fremde um sie herum, und alle taten, als hielten sie sie selbstverständlich auch für so eine, und als sie sagte, Douglas Ellison sei ihr Verlobter, da lachten sie bloß und sagten, sie solle doch die Polizei holen, da werde sie was erleben, zehn Jahre Gefängnis würde sie kriegen, und da bekam sie es mit der Angst. Die anderen Mädchen sagten, ihnen sei es auch mal so ergangen, aber heute machte es ihnen nichts mehr aus, es gäbe ja draußen auch kaum Arbeit, und jedenfalls sei es hier leichter als manche andere Arbeit, und da mußte sie sich übergeben. Sie konnte nicht essen und auch kaum schlafen, und dann fingen sie an, ihr Matrosen aufs Zimmer zu schicken – als ob sie sich darauf einlassen könnte, wo sie doch Douglas ganz allein gehört hatte. Doch es kam kein einziger Brief von Douglas, das wußte sie, denn Connie, eins der Mädchen dort, hatte ihr fest versprochen, ihr den Brief zu geben, wenn einer kam. Die Post der Mädchen wurde kontrolliert, vor allem die ausgehende Post, deshalb mußte sie ihrer Mutter immer weiter schreiben, sie arbeite in Carters Restaurant und sei ganz wohlauf, und sie hoffte, ihre Mutter werde zwischen den Zeilen lesen, aber die Mutter hatte Krebs in fortgeschrittenem Stadium, und sie erriet nichts. Die Matrosen, die ins Star Hotel kamen, sahen manchmal ganz nett aus, aber sie wurde ganz krank bei der Erinnerung an die fröhlichen Tage, als Marianne sie morgens weckte, und vor allem bei dem Gedanken daran, wie oft sie sich ausgemalt hatte, später ihren Enkelkindern von der schönsten Zeit ihres Lebens zu erzählen, lauter lustige Geschichten, die alle mit den Worten anfingen: »Als die Flotte im Hafen von Mobile lag, da war ich gerade achtzehn ...«

Schließlich hatte sie dann doch nachgeben müssen, und wenn es jemals einem einfallen sollte, ihr deshalb Vorwürfe zu machen, dann wollte sie ihm erzählen, wie sie nicht mehr genug zu essen bekam im Star Hotel, und wie alle Mädchen, auch Connie Stegman, ihr rieten, lieber mitzumachen und ein bißchen Geld auf die Seite zu legen, sonst könne Gottweißwas passieren. Aber als sie dann herausfanden, daß sie ihr Geld versteckt hatte, da kamen sie und nahmen es ihr weg, weil sie nämlich in dem ganzen Haus keinem einzigen Menschen über den Weg trauten und weil alle bestechlich waren. Sie drohte, sich das Leben zu nehmen, und es war ihr auch ganz ernst damit, deshalb schickten sie sie mit zwei anderen Mädchen im Auto nach Chattanooga, in ein Hotel, das einem Teilhaber des Managers vom Star Hotel gehörte. Und wer das nicht glaubte, der brauchte bloß mal nach Chattanooga zu fahren und sich das Blackstone Hotel dort anzusehen, aber von innen. Sie kam schließlich so herunter im Blackstone Hotel, daß man sie zurückschickte ins Star Hotel. Die Sache war nämlich so: die Hotelbesitzer gehörten zu einem Syndikat, das überall im Süden seine Zweigstellen hatte, und die Mädchen wurden einfach dahin verfrachtet, wo die Nachfrage gerade am stärksten war, und wenn man meinte, daß eine ausrücken wollte, dann verschleppte man sie schnell irgendwohin, wo sie keinen Menschen kannte.

Es klopfte. Geraldine setzte sich auf.

»Haben Sie auch alles, was Sie brauchen?« rief die dünne hohe Stimme der Hauswirtin.

»Ja –«, sie schluckte, und ihr Herz schlug laut. »Danke schön, ja.«

»Im Krug auf dem Toilettentisch ist Eiswasser. Hoffentlich haben Sie nicht geschlafen, es war kein Licht zu sehen.«

»Nein, ich hab nicht geschlafen«, sagte Geraldine und lächelte ein wenig.

»Ist ja auch noch sehr früh«, sagte die Frau freundlich. Sie schien sich zum Gehen zu wenden.

»Ja. Ja, das ist es.« Geraldine hätte gern noch ein freundliches Wort hinzugefügt, aber ihr fiel nichts ein. »Gute Nacht!« rief sie und legte sich lächelnd wieder in die Kissen zurück.

Und dann Clark. Da konnte sie auch noch allerhand erzählen, von seinen ersten vier Besuchen im Star Hotel. Sie wußte noch jedes Wort, das er gesagt hatte; da mochte dann jeder selber urteilen. Sie sah ihn vor sich, wie er das erstemal zu ihr ins Zimmer trat, ein wirklich stattlicher Mann, groß und stark, mit schwarzem Schnurrbart und dichten schwarzen Augenbrauen. Er trug die Stiefel mit den breiten Kappen, die Hosenaufschläge hatte er oben hineingesteckt in die Stiefel, dazu das lange dunkle Jackett; er sah aus wie ein Staatsmann, hatte sie damals gedacht, oder wie ein Schauspieler aus der Zeit des Bürgerkriegs. Er war ruhig und etwas steif gewesen, sprach nur wenig und sah sie auch kaum an, erst beim Weggehen drehte er sich in der Tür um, und den Blick, den er ihr zuwarf, hatte sie nie vergessen. Er machte ihr richtig Angst. Wenn sie bloß damals auf ihre innere Stimme gehört hätte! Er hatte sich umgewandt, die Hand auf dem Türgriff, und hatte sie über die Schulter angesehen, als habe er etwas vergessen, oder als ob er sie noch einmal ansehen wollte, weil er sie haßte. Sie hatte ihn gar nicht gemocht damals, und als er nach einigen Tagen wiederkam, da war sie drauf und dran gewesen, ihn wegzuschicken, aber er setzte sich einfach hin und zündete sich eine Zigarre an und fing an zu reden. Er wollte alles über sie wissen, wie alt sie war und wie sie überhaupt hierherkam; und seine braunen Augen waren im Grunde ganz freundlich gewesen, beinahe väterlich könnte man sagen, wenn das nicht fast sündhaft wäre, aber ihr paßte seine Neugierde nicht, und sie hatte ihm nicht viel erzählt.

Beim drittenmal dann hatte er ihr Schokolade mitgebracht und beim viertenmal Blumen, die er mit einer Verbeugung überreichte, und bei diesem viertenmal hatte sie ihm alles erzählt und an seiner Schulter geweint, als er sich neben sie setzte; sie hatte noch nie jemandem so viel erzählt, nicht mal Connie Stegman. »Was würdest du sagen, Kind, wenn ich – wenn ich dich bitte, meine Frau zu werden?« hatte er auf einmal gefragt. »Denk mal darüber nach, bis ich wiederkomme. In einer Woche komme ich wieder.« Sie hatte ihm nicht geglaubt, aber nachgedacht hatte sie natürlich, über die Farm im Flachland nördlich von New Orleans, die er beschrieben hatte, und über die verschiedenen Käsesorten, die er zum Versand herstellte, und die Entenlocker, die er aus Holz schnitzte und überall an Jäger verkaufte – kleine Holzschachteln waren das, wenn man den Deckel öffnete, knarrte er, das klang wie eine Wildente, er hatte ihr so eine Schachtel mitgebracht –, und sie dachte, er müsse ein ganz besonderer Farmer sein, nicht so ein gewöhnlicher Bauer, sondern ein richtiger Herr. Und die anderen Mädchen im Hotel fanden, sie habe mächtiges Glück, denn Clark Reeder war zwar über vierzig und vielleicht ein bißchen altmodisch, aber er war bestimmt ein feiner Mann, das konnte man sehen; und Margaret, das war die Verwalterin im Hotel, die hatte ihr erzählt, daß schon viele Mädchen auf diese Weise einen Mann gefunden hatten, meistens einen sehr guten Mann, und oft kamen auch die Männer später noch mal zu ihr und erzählten, was für eine gute Frau sie da gefunden hätten. So hatte sie sich ausgemalt, wie schön es sein mußte, Hausfrau in so einem Hause zu werden; sie würde es immer tadellos in Ordnung halten und immer was Gutes in der Speisekammer haben, aber hauptsächlich hatte sie natürlich daran gedacht, daß sie dann frei wäre. Und als er das nächstemal wiederkam, hatte sie ja gesagt. Zuerst war sie selig gewesen, wie ein Vogel, dem man die Käfigtür geöffnet hatte; sie war so glücklich, daß sie nicht mal die kleine Hochzeitsreise machen wollte, die Clark vorschlug – sie wollte nichts als nach Hause, ins eigene Nest. Sie kochte und putzte und nähte den ganzen Tag und war voller Freude. Aber warum sollte sie das alles eigentlich erzählen, wo es sich doch kein Mensch vorstellen konnte. Denn niemand verstand, wie wohltuend es war, einfach wie ein Mensch behandelt zu werden – etwa wenn Clark zu Mr. Trelawney sagte: »Herbert, darf ich dich mit meiner Frau bekannt machen« und sie mit einer Handbewegung vorstellte, als sei sie eine Königin.

Sie stand hinten im Hof an der Pumpe und füllte den Wassereimer, aber die Pumpe war ganz komisch, bei jedem Wasserstrahl kam ein dröhnendes Ruummta! und das Wasser schoß über den Eimer hinaus, der gar nicht voll wurde, und jetzt stand sogar der Hund auf und schaute ihr zu. Dann machte sie die Augen auf und merkte, daß das Geräusch von draußen kam – Militärmusik! Entweder eine Parade oder ein Zirkus, dachte sie und sprang so fröhlich aus dem Bett wie damals, als Marianne sie morgens weckte. Die Musik kam aus einem Park ein paar Häuserblocks weiter unten an der Straße, wo sie lauter bunte Lichter sah. Sie wirbelte herum und zog sich das Nachthemd über den Kopf.

Clark!

Sicher lag er noch immer hinten auf der Veranda mit dem Tuch auf dem Mund, wenn der Wind es nicht weggeweht hatte. Sie schlüpfte in den Strumpfbandgürtel. Na schön, so war's nun halt. Es gab eben Notwendigkeiten. Wer essen wollte, mußte Tiere umbringen; wer frei sein wollte, mußte Gitterstäbe durchsägen. Und Clarks Haus war weiß Gott für sie ein Gefängnis gewesen, genauso schlimm wie das Star Hotel, bloß daß er sie niemals anrührte, weil er behauptete, sie sei ihm zu schmutzig. Sich selber betrachtete Clark als ihren Erlöser, aber zu ihr sagte er immer, sie peinige ihn. War das überhaupt zu begreifen, daß einer sie peinigte und sich selber dazu? Mit dem Lippenstift zog sie die Oberlippe zu zwei roten Schwingen aus; Clark sagte zwar immer, sie sähe dann aus wie eine Hure, aber für ihren Mund war das genau richtig. Dann fuhr sie mit dem Kamm durch die weichen kurzen Locken, nahm ihre Handtasche an sich und trat hinaus ins Treppenhaus, wo ihr noch etwas einfiel: sie ging zurück und steckte ihr Geld – alles bis auf einen Dollar – in die Tasche des Mantels, der im Kleiderschrank hing.

Als sie auf die Straße trat, sah sie den oberen Teil eines gestreiften Zelts und dann noch so etwas wie ein hell erleuchtetes kreisendes Riesenrad; im Lautsprecher schrie eine Männerstimme, und zwischen den dröhnenden Rumm-ta-tas spielte die Musikkapelle ein Lied, das sie erfreut wiedererkannte: »Stars and Stripes for Ever«. Sie blickte nach unten und konzentrierte sich darauf, jetzt mit den schwankenden hohen Absätzen die dunkle Straße zu überqueren. Ihr Herz schlug hart und laut; bevor sie noch einen Schritt weiterging, mußte sie erstmal stehenbleiben und zu Atem kommen. Übrigens war es bloß irgendwas Kirchliches, was da gefeiert wurde, das sah sie an dem Plakatband über dem Eingang. ›Wohltätigkeitsfest der Ersten Methodistischen Kirche‹ stand darauf.

»Eintritt nur fünfundzwanzig Cents!« dröhnte die Stimme im Lautsprecher. »Aber meine Herrschaften, wer wirklich ins Himmlische Königreich will, soll lieber fünfzig Cents bezahlen!«

Geraldine schob ihr Geld durch das hohe Fensterchen. »Hier – ich bezahle fünfzig.«

»Eine Person?«

»Ja, eine.«

Als sie eintrat, setzte die Musik aus; da war auch gar keine Band, die Musik kam vom Karussell her, wo in der Mitte eine Zymbelmaschine spielte. Das letzte laute Buumm erlosch; Geraldine stand da und starrte auf die langsam auf- und abwogenden Pferde auf der Holzplattform, die ein hohles Geräusch von sich gab, ähnlich wie Rollschuhe auf einer hölzernen Laufbahn, und aus irgendeinem Grund fühlte sie eine starke Erregung in sich aufsteigen. Das Dach des Karussells hatte die Form einer Königskrone mit vergoldeten Zacken, in jeder Zacke hing als Edelstein ein blaues oder rotes Lämpchen. Und plötzlich stockte ihr der Atem, und Tränen stiegen ihr heiß in die Augen: sie erkannte das Karussell, hier war sie schon einmal gewesen, als Kind, an dem Abend, als sie mit den Eltern in dieser Stadt zum Übernachten haltgemacht hatte – vielleicht in dem gleichen kleinen Hotel. Da war das Riesenrad weiter hinten unter den Bäumen, und der Parkplatz mit dem kleinen Fußweg drumherum, wo der lange Wagen ihres Vaters gestanden hatte, und die kleine Bude, die rosa Zuckerwatte verkaufte, und die große Eisdiele mit der Veranda ringsherum, wie ein Sommerhäuschen – alles war genau wie damals, sie wußte gar nicht mehr, wie lange her das war. Und mit einem Auflachen trat sie jetzt schnell an den Schalter und erstand eine Karte für das Karussell.

In dem gleißenden Licht kam sie sich richtig nackt

vor, als sie jetzt die Plattform betrat, aber es waren noch so viele andere Erwachsene da, die auch alle einstiegen – einige kamen vielleicht genau wie sie zum erstenmal seit Jahren wieder her –, daß sie ihre Unsicherheit vergaß und sich durch den Wald aus verchromten Stangen einen Weg bahnte zu dem rosa Pferd und lachte, das Pferd hob sich langsam in die Höhe und senkte sich und stieg wieder hoch; als es abwärts ging, schloß sie die Augen und überließ sich dem immer schnelleren kreisenden Rhythmus, der sie an die Peripherie drängte, so daß sie sich mit beiden Händen festhalten mußte. Sie war so selig, daß sie hätte weinen mögen. Warum war das bloß alles so herrlich, die laute Musik und das Herumfliegen und das Festhalten an der Stange und das Auf und Nieder, Auf und Nieder – so wundervoll –, irgend etwas saß ihr in der Kehle, und als sie die Augen öffnete, sah sie unten die dunklen Bäume vorbeifliegen und die Lichtpunkte, und am Rande der Dunkelheit standen ein paar Gestalten und lächelten ihr zu. Wo waren die Eltern? Sie wollte ihnen zuwinken. Dann zogen sich ihre Schultern zusammen wie unter einem Schlag, und die Tränen schossen ihr in die Augen, denn sie erkannte nun: was so herrlich gewesen war, das war nur die Tatsache, daß man ein Kind war, daß unten die Eltern standen und winkten und ihr zuriefen, sie solle sich festhalten, daß man rittlings in kurzem Kleidchen auf einem Holzpferd saß, daß man nur noch eine Stunde aufbleiben durfte und dann zu Bett gebracht wurde und zu klein war, um unten die Fußwand des Bettes mit den Zehen zu erreichen, und daß man am nächsten Tag wieder mit Papa im Wagen fuhr und fragte: »Wo übernachten wir wohl heute, Papa?«, und das alles, alles war längst versunken, vorbei für immer. Ihr Gesicht verzerrte sich vor Schmerz, sie konnte nicht weinen, es war zu viel; sie wandte den Blick von den unten wartenden Leuten hinüber in die Karussellmitte mit den bunten Landschaftsplakaten, ›Chalet in der Schweiz‹, ›Niagarafälle‹, ›Venedig‹, und wenn man sie fragte, so würde sie erzählen, wie Clark ihr immer Schlimmeres und Schlimmeres vorgehalten hatte, das Schlimmste, was er sich ausdenken konnte, und wie er unter einem Vorwand dann Männer ins Haus gebracht hatte, bloß damit er ihr später noch mehr vorhalten konnte ...

»Fehlt Ihnen was?« fragte der Mann, der auf dem nächsten Pferd saß; vermutlich hatte sie ihn komisch angestarrt, deshalb machte sie schnell ein freundliches Gesicht und sagte: »Nein, nein, gar nichts, vielen Dank.«

Sie hob den Kopf und ließ die Blicke hin- und hergehen, als sei sie noch nie so vergnügt gewesen. Ein junger Mann in grauem Anzug winkte ihr von der anderen Seite der Karussells zu, und fast hätte sie zurückgewinkt, weil sie im ersten Moment glaubte, ihn zu kennen, aber dann kannte sie ihn doch nicht. Vielleicht hatte er ihr auch gar nicht zugewinkt, aber jetzt sah sie, daß er sie doch meinte, und sie kannte ihn auch, aus ihrer Schulzeit in Montgomery. Er hieß Franky Soundso, das wußte sie noch.

Jetzt winkte er noch einmal, und sie winkte zurück, nur ganz wenig und schüchtern, als ob sie nur mal mit der Hand durch die Luft fahre, und als er ihr zulächelte, sah sie die beiden Falten, die über die mageren Wangen liefen, und die hellbraunen Augen, die nicht wie früher auswichen, sondern ihren Blick festhielten. Er hatte sich verändert, bestimmt. Ganz klar, er wollte mit ihr reden, vielleicht konnten sie zusammen in der Eisdiele was trinken und die alte Bekanntschaft erneuern, und vielleicht verliebte er sich dann, wie im Märchen, von neuem in sie. Er hatte sie damals eine Zeitlang angehimmelt, war aber so schüchtern und zurückhaltend gewesen, immer auf Distanz, daß nichts daraus wurde. Nun, heute wußte sie, wie Männer behandelt werden wollten.

Das Tempo ließ nach, die Pferde kreisten langsamer, und sie sah Franky zu, wie er abstieg. Er war noch größer geworden und sah wirklich prima aus mit dem weißen Kragen und dem Schlips. Sie glitt jetzt ebenfalls vom Pferd herunter. Wieder gab die Plattform das hohle Geräusch der Rollschuhbahn von sich, das immer langsamer wurde, und dann kam ein seltsamer Moment, als ihr plötzlich traurig und melancholisch zumute wurde, wie im Herbst, so trübsinnig wie kaum je in ihrem Leben, und sie mußte sich geradezu zum Lächeln zwingen, als sie die Stufen hinunterstieg zu Franky, der ihr die Hand entgegenstreckte.

»Ger – Geraldine, nicht wahr?« fragte er, und da mußte sie schon wieder lachen, weil es genauso schüchtern klang wie damals.

»Ja. Und Sie – Sie sind doch Franky –?«

Er nickte lächelnd und nahm ihren Arm. »Ja.«

»Na, was gibt's denn Neues in Montgomery?« fragte sie.

»Oh, eigentlich nichts Besonderes. Und was haben Sie inzwischen getrieben?«

»Ja – eine Weile habe ich in Mobile gearbeitet. Ich war gerade in Mobile, als die Flotte im Hafen lag – nein, das stimmt natürlich nicht, aber so haben wir immer gesagt, es war gar nicht die ganze Flotte, bloß ein paar Kreuzer und ein Zerstörer, die lagen da im Dock, aber es war ganz prima, wirklich.« Fröhlich lächelnd legte sie den Kopf zurück und schwang die Hand, die Franky festhielt. Er hatte auf dem Nasenrücken eine kleine Narbe, und sie dachte an die Narbe auf ihrer Hand und beschloß, ihn nach seiner nicht zu fragen. Das Leben hatte wohl bei ihnen beiden seine Spuren hinterlassen, so jung sie auch waren.

»Zigarette?«

»Immer noch so schüchtern, Franky?« fragte sie. Es war ihr so herausgefahren, als sie sah, wie seine Hand, die ihr Feuer reichte, zitterte. Aber ihre Hand zitterte ebenfalls.

Franky lächelte. »Wie wär's mit einem Eis, Geraldine?«

»O ja, gerne!«

Sie traten auf die offene Veranda der Eisdiele und nahmen an einem der Tischchen Platz. Franky blickte scheu an ihr vorbei; ihr war, als nickte er jemandem hinter ihr zu, aber als sie sich umdrehte, stand da bloß der Kellner, der jetzt herantrat. Sie bestellten Schokolade- und Vanilleeis.

»Wohnen Sie jetzt hier?« fragte Franky.

»Nein, ich bin bloß auf der Durchreise hier. Aber es gefällt mir«, fügte sie schnell hinzu. »Ich würde ganz gern hierbleiben. Nämlich als ich heute abend ankam, da habe ich gemerkt, daß ich als kleines Mädchen schon mal hier gewesen bin. Als Kind, meine ich. Lange bevor wir uns kannten!« Sie lachte ihn an. »Und Sie – wohnen Sie hier?«

»Hm-mm«, machte er und sah dabei immer noch so steif und beinahe verstört aus, daß Geraldine lächeln mußte. Sie sagte nichts; ihre Blicke wanderten über die Zweige des Jelängerjelieber, der sich an der Veranda emporrankte.

»Sie haben doch in –«

»Ja – was?« fragte sie.

»Sie haben doch in einer kleinen Stadt nördlich von New Orleans gewohnt, nicht wahr, Geraldine?«

Er hatte also sogar ihre Mutter nach ihr gefragt! »Ja, das stimmt«, sagte sie und sah zu dem Mann im dunklen Anzug auf, der neben ihr stand. Auf der anderen Seite stand noch ein Mann, zwischen ihr und dem Geländer der Veranda. Verwirrt lächelnd blickte sie Franky an.

Franky sagte: »Geraldine, das sind meine Freunde. Nicht wahr, Sie kommen doch mit uns?« Er stand auf.

»Aber ich hab doch mein Eis noch gar nicht –« Der Mann, der links von ihr stand, nahm ihren Arm. Sie blickte Franky an und sah, daß sein Mund sich zu einem schmalen Strich verzogen hatte, der ihn ganz fremd machte. Der andere Mann nahm ihren rechten Arm. Und Franky rührte sich nicht, half ihr nicht, blickte sie überhaupt nicht an. »Sie sind ja – Sie sind gar nicht Franky!«

Franky zog etwas aus seiner inneren Jackentasche

und hielt es ihr hin. Sie sah seine Brieftasche und darin eine Karte, darauf stand LOUISIANA STATE POLICE. Sie wollte schreien, doch kein Ton kam über ihre Lippen. Der Mund hing schlaff herunter.

Der Mann, der wie Franky aussah, steckte seine Brieftasche wieder ein und blickte ihr ins Gesicht. »Ist ja alles in Ordnung«, sagte er so leise, daß sie ihn kaum verstand. »Ihr Mann ist nicht tot, Geraldine. Er will nur, daß Sie zurückkommen.«

Da kam ihr Schrei, als habe er nur auf diese Worte gewartet. Er gellte bis in die entferntesten Winkel des Parks, und auch als sie sie festhielten und mit sich zogen, holte sie tief Luft und stieß noch einen Schrei aus, der alle Zweige und Blätter und sie selbst mitten durchriß, während sie immer noch den Mann im grauen Anzug anstarrte, der gar nicht Franky war. Dann erlosch alles, sein Gesicht und die vielen Lichter und der ganze Park, und versank in schwarze Dunkelheit, und dabei wußte sie doch genau, daß ihre Augen hinter den Händen offen waren, während sie immer weiter schrie.

Auf der Suche nach *X. Claveringi*

Avery Clavering, Professor für Zoologie an einer kalifornischen Universität, erfuhr von den Riesenschnecken von Kuwa zum erstenmal durch ein Buch über Mollusken. Es war drei Monate vor Beginn seines Ferienjahres, als er in einer Fußnote den Vermerk fand:

> Nach Angaben der Einwohner auf den Matusa-Inseln gibt es sogar noch größere Schnecken auf der unbewohnten Insel Kuwa, fünfundzwanzig Meilen von den Matusas entfernt. Ihre Schneckenhäuser sollen einen Durchmesser von sechs bis sieben Metern haben. Die Tiere sind angeblich Menschenfresser. Der Forscher Dr. William J. Stead, der jetzt auf den Matusas lebt, hat im Jahre 1949 Kuwa besucht und dort keinerlei Schneckenarten gefunden. Trotzdem hält sich die Legende.

Die Notiz interessierte den Professor. Schon lange hatte er sich gewünscht, irgendein unbekanntes Tier zu entdecken – einen Vogel, ein Reptil oder auch ein Weichtier –, dem er seinen Namen geben könnte. Soundso Claveringi. Er war jetzt achtundvierzig, gewiß noch kein Grund zur Panik, aber einen besonderen Namen hatte er sich noch nicht gemacht. Wenn er wirklich eine neue Tierart entdeckte, so mußte ihm das auf seinem Gebiet unsterblichen Ruhm einbringen.

Clavering nahm sich den Atlas vor und fand auch

die Matusa-Inseln: drei kleine Eilande, die wie die Spitzen eines gleichschenkligen Dreiecks im Pazifik lagen, nicht weit von Hawaii. Er setzte sich hin und schrieb einen Brief an Dr. Stead. Nach einiger Zeit kam die Antwort, auf einer fürchterlichen Maschine getippt; viele Buchstaben waren so blaß, daß er sie kaum entziffern konnte:

8. April 19–

Verehrter Professor Clavering,
von den Riesenschnecken von Kuwa weiß ich schon seit längerer Zeit. Aber bevor Sie eine solche Reise unternehmen, möchte ich Ihnen doch sagen, was mir die hiesigen Eingeborenen berichtet haben. Vor etwa zwanzig Jahren fuhren mehrere Männer von den Matusas nach Kuwa, um die sogenannten menschenfressenden Schnecken dort auszurotten, weil man annahm, die Tiere könnten von Kuwa zu den Matusas herüberschwimmen und hier womöglich allerhand Unheil anrichten. Wie sie behaupten, haben sie die gesamte Schneckenbrut umgebracht – alle bis auf ein älteres Tier, das sie nicht kriegen konnten. Das ist übrigens ganz typisch für diese Art von Erzählungen der Leute hier: einer entkommt immer. Ich bin überzeugt, daß die Schnecken höchstens einen Meter lang waren und keine ... (Das nächste Wort war unleserlich – erstens war das Farbband zu blaß, und dann war hier ein Insekt zerdrückt.) Sie sagten, Sie hätten von meinem Versuch gelesen, die Riesenschnecken zu finden; das war 1949. Was die Fußnote in Ihrem Buch nicht angab, ist, daß ich

seitdem noch mehrere Fahrten zu dem gleichen Zweck unternommen habe. Das ist auch der Grund, warum ich mich hierher, auf die Matusa-Inseln, zurückgezogen habe. Heute bin ich ganz sicher, daß die Schnecken nichts als Sagengestalten sind, ein Phantasieprodukt der Einheimischen. An Ihrer Stelle würde ich weder Geld noch Zeit auf ein solches Unternehmen verwenden.

Mit freundlichen Grüßen

Wm. J. Stead

Aber Professor Clavering hatte beides: Geld und Zeit. Dr. Steads Brief klang vergrätzt, fand er. Vielleicht hatte der Mann einfach Pech gehabt. Professor Clavering mietete schriftlich in Hawaii ein Zehnmeter-Segelboot mit Außenbordmotor. Er wollte von den Matusas aus allein im Boot hinüberfahren. ›X. Claveringi‹, dachte er. Ganz abgesehen von der Größe unterschied sich wahrscheinlich die Schnecke dort – wenn sie überhaupt existierte – von jeder anderen bekannten Spezies. Er nahm sich vor, einen Monat früher als seine Frau loszufahren und dann, nachdem er in Kuwa gewesen war, sie und seine zwanzigjährige Tochter Wanda in Hawaii zu treffen; dort wollten sie dann wie üblich den Urlaub zusammen verbringen. Ein Monat: das war reichlich Zeit genug, die Schnecke aufzuspüren – selbst wenn nur noch eine einzige existierte –, Aufnahmen zu machen und einiges zu notieren.

Ende Juni war es soweit. Ausgerüstet mit Wassertanks, Suppen-, Milch- und Fleischkonserven, Keks, Schreibmaterial, Kamera, Messern, einem Handbeil und einer Winchester 0.22, mit der er kaum umzugehen verstand, bestieg Professor Clavering in Matusa sein Boot, das ihn nach Kuwa bringen sollte. Dr. Stead, der ihn für einige Tage bei sich aufgenommen hatte, begleitete ihn bis zum Strand. Er war nach eigenen Angaben fünfundsiebzig, sah aber älter aus; das mochte dem Alkohol zuzuschreiben sein und vielleicht auch dem offenbar inhaltlosen Leben, das er hier führte. Nach der Riesenschnecke habe er seit zwei Jahren nicht mehr gesucht, sagte er.

»Ich kann wohl behaupten, daß ich das letzte Drittel meines Lebens mit der Suche nach dieser Schnecke verbracht habe«, fügte er noch hinzu. »Aber es ist unser Schicksal – das Forschen nach etwas, das nicht existiert. Also dann – viel Glück, Clavering!« Er schwenkte seinen alten amerikanischen Strohhut, der Motor sprang an, und die *Samantha* stach in See.

Professor Clavering hatte mit Stead vereinbart, daß er, falls er Schnecken fände, sofort zurückkommen werde, um ein paar einheimische Leute zu holen. Auch Material für Holzverschläge wollte er mitnehmen und dann gleich nach Kuwa zurückfahren. Stead hatte Zweifel daran geäußert, daß sich Einheimische finden würden, die zum Mitkommen bereit waren, wenn es sich um wirklich große Schnecken handelte. Aber Stead hatte im Grunde der ganzen Sache sehr negativ gegenübergestanden; Professor Clavering war froh, ihn jetzt los zu sein.

Nach etwa einer Stunde drosselte er den Motor und zog versuchsweise ein Segel auf. Der Wind war günstig, aber er verstand wenig vom Segeln und hielt sich aufmerksam an seinen Kompaß. Endlich kam Kuwa in Sicht: eine hellbraune Erhöhung mitten in der blauen See. Das Boot war schon nahe am Strand, als ein wenig Grün sichtbar wurde – nichts als ein paar Baumkronen. Schon jetzt streiften seine Augen suchend umher nach etwas, das einer großen Schnecke ähnlich war, und er bedauerte, daß er kein Fernglas mitgenommen hatte, aber die Insel war nicht groß – drei Meilen lang und eine Meile breit. Er beschloß, sich nach einem kleinen Sandstrand umzusehen. Das Wasser war glasklar, er konnte deutlich den Meeresboden erkennen, als er jetzt die beiden Anker herabließ. Ein paar Minuten blieb er noch an Deck stehen und blickte zur Insel hinüber.

Die einzigen Lebewesen, die er sah, waren einige Vögel in den Baumkronen – bunte Vögel mit hohen Hauben; sie stießen Rufe aus, wie er sie nie gehört hatte. An Bodenvegetation war überhaupt nichts zu sehen, keinerlei Gras oder Schilf, wie man es auf einer solchen Insel erwartet hätte, die in der Erdfarbe den Matusas sehr ähnlich war; und das sprach eigentlich deutlich für die Anwesenheit von Schnecken, die sicher alles erreichbare Grünzeug aufgefressen hätten. Es war jetzt Viertel vor zwei. Clavering aß eine halbe Papaya und zwei harte Eier, dazu kochte er sich Kaffee auf dem Spirituskocher; er hatte seit sechs Uhr früh nichts gegessen. Dann steckte er sein Jagdmesser und das Handbeil in den Gürtel der Khakishorts, hängte die Kamera um den Hals und ließ sich ins Wasser hinab. Ein Ruderboot führte die *Samantha* nicht mit.

Er sank bis zum Hals ins Wasser, aber er konnte

gehen. Die Kamera hielt er ganz hoch. Keuchend stieg er an den Strand – er hatte etwa zwanzig Pfund Übergewicht, und bevor der Tag zu Ende ging, sollte er jedes einzelne dieser Pfunde verfluchen; doch als er jetzt zu Atem kam und sich umblickte und fühlte, wie die warme Sonne ihn trocknete, da war er glücklich. Er wischte das Beil und das Messer im trockenen Sand ab und schlug einen Weg zum Innern der Insel ein. Überall spähte er nach dem Rund eines Schneckenhauses, das vorwärts kroch oder still lag. Aber Schnekken waren ja Nachttiere; wenn es hier welche gab, so lagen sie vermutlich irgendwo in einer Höhle oder einer Erdspalte und ließen sich erst nächtens sehen.

Er beschloß, erstmal quer über die Insel zu gehen, dann der Küstenlinie nach rechts oder links zu folgen und so einen Kreis zu beschreiben. Knapp eine Viertelmeile war er gegangen, als sein Herz einen Sprung tat. Vor ihm, etwa zehn Meter weit weg, standen drei Baumschößlinge, umgebogen, mit kahlgefressenen Spitzen. Die jungen Stämme hatten einen Durchmesser von etwa zwölf Zentimetern. Es gehörte schon einiges Gewicht dazu, sie so umzubiegen – sicher nicht weniger als ein Zentner. Der Professor suchte an den Bäumchen und auf dem Erdboden nach der glasigen Absonderung von Schnecken, fand aber nichts. Immerhin: das konnte auch der Regen fortgewaschen haben. Eine Schnecke mit einem Gehäuse von einem Meter Durchmesser war nicht schwer genug, die würde ein solches Bäumchen nicht so weit umbiegen können; es mußte also etwas Größeres sein.

Erwartungsvoll ging Clavering weiter und kam auf

der anderen Seite der Insel an, wo das Meer sich ein Stückchen in den Strand hineingefressen und eine fast trockene Rinne gebildet hatte, etwa hundert Meter lang und zehn Meter tief. Der Boden war hier feuchtsandig, auch etwas Vegetation war vorhanden in Form von ein paar Grasbüscheln. Doch bei allen Bäumen waren die unteren Zweige ihrer Blätter beraubt, und das mußte schon vor längerer Zeit geschehen sein, denn die Zweige lagen verdorrt am Boden. Das alles waren Indizien für die Anwesenheit von Landschnecken. Professor Clavering blieb stehen und blickte hinunter in die Sandrinne. Auf seiner Seite sah er ein wenig unterhalb vom Rand etwas bräunlich-rosa Gewundenes, das weder Stein noch Sand sein konnte. Wenn das eine Schnecke war, dann war es ein Ungeheuer. Er trat unwillkürlich einen Schritt zurück, wobei ein paar kleine Steinchen in das Sandbett hinunterkollerten. Er lief um die Vertiefung herum, um besser sehen zu können. Mein Gott: es war eine Schnecke, und das Gehäuse war etwa fünf Meter hoch. Er hatte jetzt die linke Seite vor sich, die Seite ohne das Spiralgehäuse. Sie sah aus wie ein pfirsichfarbenes Segel, vom Wind gebläht, und die Sonne malte silbrige und perlmuttschimmernde Flecken darauf, die glänzten und sich hin- und herwanden, als das Riesentier sich bewegte. Der kleine Kieselregen hatte es aufgestört, das sah der Professor. Wenn das Gehäuse einen Durchmesser von fünf oder sechs Meter hatte, dann war der Schneckenkörper – ausgestreckt – wohl etwa sechs Meter lang. Der Professor stand noch immer wie angenagelt da, gebannt von dem Gedanken an das noch unbekannte X. Claveringi, der hinter seiner Stirn hämmerte, und von dem Bewußtsein, daß er hier etwas vor sich sah, das noch kein Mensch, oder zumindest kein Wissenschaftler, vor ihm gesehen hatte. Ja – den Kistenverschlag mußte er größer machen; aber auf dem Vorderdeck konnte ihn die *Samantha* wohl transportieren.

Jetzt zog sich die Schnecke etwas zusammen, um den Kopf aus dem engeren Teil der Sandrinne zu schieben. Langsam, mit der majestätischen Gelassenheit einer eben erwachenden mächtigen Schlange, erschien der feuchtglitzernde Leib, der die Farbe von Milchtee hatte. Ringsum war alles still bis auf die kleinen Steine, die an dem Schneckenkörper hafteten und jetzt herunterfielen, und bis auf die angespannten Atemzüge des Professors. Der Schneckenkopf war dem Lande zugewandt und stieg höher und höher, und die Fühler mit den Sehorganen schoben sich vor. Clavering sah, er hatte das Tier aus dem Tagesschlaf geweckt; er erschrak und trat nochmals einen Schritt zurück, was wieder einige Steine ins Kollern brachte. Das hörte die Schnecke und wandte ihm langsam den gewaltigen Kopf zu.

Der Anblick lähmte den Professor. Er sah ein ungeheures Gesicht, ein Gesicht mit abfallenden bogenförmigen Backen oder Lippen, mit Fühlern, die jetzt sicher zwei Meter lang waren und an den Enden Augen trugen, die ihn von oben herab musterten und kaum drei Meter von ihm entfernt waren. Es war wie der Blick aus einer überlebensgroßen Lorgnette, mit der unbekannten Sehschärfe eines Riesenfernglases. Die Schnecke war so hoch aufgerichtet, daß sie die Fühler krümmen mußte, um ihn im Auge zu behalten. Sechs Meter –? Das Tier war eher acht bis zehn Meter lang. Es wandte sich um und begann auf den Professor zuzukriechen.

Clavering regte sich noch immer nicht. Schon eine kleine Gartenschnecke, das wußte er, besaß etwa zwanzigtausend Paar Zähne, angeordnet wie bei einem Kamm; die oberen Vorderzähne waren sichtbar und bewegten sich unablässig auf und ab unter dem durchsichtigen Zahnfleisch. Mit entsprechendem Gebiß mußte eine Schnecke von dieser Größe zweifellos mit einem Baumstamm so schnell fertigwerden wie eine Holzfälleraxt. Mit monumentaler Gelassenheit kroch das Tier den Abhang herauf. Clavering mußte noch ein paar Sekunden stehen bleiben, einfach um es zu bewundern. Seine Schnecke! Er öffnete die Kamera und machte schnell eine Aufnahme in dem Augenblick, als die Schnecke ihr Gehäuse über den Rand der Sandrinne wälzte.

»Wunderbar bist du!« sagte er ehrfurchtsvoll mit halblauter Stimme und trat dann einige Schritte zurück.

Immerhin: es war angenehm, daß er in der Lage war, einigermaßen frei hin- und herzulaufen und die Schnekke von allen Seiten zu betrachten, während sie nur in einem Tempo von etwa zehn Sekunden pro Meter auf ihn zukriechen konnte. Er nahm sich vor, sie noch eine Stunde lang zu beobachten; dann wollte er auf die *Samantha* zurückkehren und sich Notizen machen. Er wollte an Bord schlafen, morgen früh noch ein paar Aufnahmen machen und dann mit Hilfe des Bordmotors zu den Matusas zurückfahren. Er trabte zwanzig Schritt weit und wandte sich dann um.

Die Schnecke schob sich heran, den Kopf etwa einen Meter hoch erhoben und die Augen auf den Professor gerichtet. Sie kroch jetzt schneller, und Clavering zog sich eher zurück als geplant, und ohne noch eine Aufnahme zu machen.

Als nächstes sah er sich nach dem Ehepartner der Schnecke um. Er war ganz froh, daß keiner in Sicht war, aber immerhin, die Möglichkeit durfte man nicht außer acht lassen. Es wäre wenig angenehm, sich zwei Riesenschnecken gegenüberzusehen, obgleich ihn der Gedanke geradezu faszinierte. Es konnte ja gar keine Situation geben, in der er sich nicht zu behaupten vermochte gegen zwei so langsame und schwerfällige Geschöpfe wie diese – diese – na was? Amygdalus persica (wegen der pfirsichfarbenen Gehäuse) carnivora (wer weiß!) Claveringi. ›Den Namen könnte man sicher noch besser formulieren‹, dachte der Professor, als er jetzt langsam und beobachtend rückwärts ging.

Vor einer kleinen engen Baumgruppe kam ihm eine Idee. Wenn er sich einfach zwischen die Bäume stellte, konnte ihn die Schnecke nicht erreichen, und er blieb trotzdem nahe und konnte sie weiter beobachten. Es waren etwa zwölf oder fünfzehn Bäume, alle sechs bis sieben Meter hoch; er stellte sich in die Mitte. Die Schnekke behielt ihr Tempo bei und ließ den Professor nicht aus den Augen. Die Bäume standen so eng, daß sie keine Öffnung fand; sie hob den Kopf höher und immer höher, fünf Meter hoch, und begann an den Bäumen hochzukriechen. Zweige knackten. Ein Stamm brach.

Professor Clavering zog den Kopf ein und trat einen

Schritt zurück. Ein schneller Blick zeigte ihm einen mächtigen hellen Bauch, der sich gleichmütig über den Zackenrand des gebrochenen Baumstammes schob, ein rundes offenes Maul von mehr als einem halben Meter Durchmesser, versehen mit einem noch weiteren Oberkiefer, in dem Zähne wie von einem Haifisch sich automatisch kauend auf und ab bewegten. Behutsam glitt die Schnecke über die Baumkronen dem Boden zu. Einige der Bäume richteten sich wieder auf, sobald sie das Gewicht los waren.

Klick! machte die Kamera. War das ein Aufnahme! Beinahe wie ein Hürdensprung in Zeitlupe. Clavering malte sich aus, wie er nach seiner Rückkehr Freunden davon berichten und ihnen das Bild zeigen würde. Der alte Professor McIlroy vom Biologischen Institut – der hatte ihn ausgelacht, weil er siebentausend Dollar für ein Unternehmen ausgab, das natürlich erfolglos bleiben mußte!

Er wurde allmählich müde und beschloß, jetzt direkt zur *Samantha* zurückzukehren. Die Schnecke – das sah er – schwenkte ebenfalls um, und zwar so, daß sie ihn abfangen mußte, wenn sie beide ihr gleichmäßiges, wenn auch unterschiedliches Tempo beibehielten. Er lachte vor sich hin und beschleunigte den Schritt, woraufhin auch die Schnecke schneller kroch. Er dachte an die weiten Aufwärtswindungen, mit denen sich das Tier über die Bäume geschoben hatte. Es mußte interessant sein festzustellen, wie schnell es sich auf ebenem Boden fortbewegen konnte. Aber dieses Experiment hatte zu warten, bis er wieder zu Hause war.

Jetzt hatte er das Wasser erreicht und sah ganz in

der Nähe seinen kleinen Strand, doch ein Schiff war nicht da. Sicher hatte er sich geirrt, sein Strand lag auf der anderen Inselseite. Aber dann sah er die *Samantha.* Sie schwamm etwa eine Meile weit draußen auf dem Meer und trieb langsam und stetig weiter hinaus.

»Verdammt!« sagte Clavering laut. Irgend etwas hatte er falsch gemacht mit den Ankern. Ob er es wagen sollte, hinauszuschwimmen? Die Entfernung machte ihm ein wenig Angst, und mit jedem Augenblick wurde sie größer.

Das Geräusch von kollernden Steinchen ließ ihn sich umdrehen. Die Schnecke war nur noch sechs Meter entfernt.

Clavering stieg hinunter zum Strand. Irgendwo mußte es einen Spalt im Boden geben, eine noch so kleine Vertiefung, wo ihn die Schnecke nicht erreichen konnte. Er brauchte eine Weile Ruhe. Sehr ärgerlich war – das fiel ihm jetzt ein – die Aussicht auf eine kalte Nacht ohne Decken und Nahrungsmittel. Die Einheimischen auf den Matusas hatten recht gehabt: es gab nichts Eßbares auf Kuwa.

Erstarrt blieb er stehen; die Schuhe rutschten noch ein wenig auf Sand und kleinen Kieseln. Vor ihm auf dem Strand, keine zwanzig Meter entfernt, lag noch eine Schnecke, ebenso groß wie die andere und in der Farbe etwas heller. Der Schwanz lag im Wasser, und aus dem Maul tropfte es, als sie sich jetzt aufrichtete, um ihm ins Gesicht zu sehen.

Dies war die Schnecke, soviel war ihm nun klar, die die Hanfseile durchgebissen und damit das Boot von den Ankern gelöst hatte. Ob Schnecken eine Vorliebe für neue Hanfseile hatten? Doch für diese Frage war jetzt nicht die Zeit: er hatte nun eine Schnecke vor sich und eine hinter sich. Er trabte am Strand entlang. Die einzige Zuflucht, die er auf der Insel kannte, war die Sandrinne auf der anderen Seite. Er zwang sich, eine Weile mäßig schnell zu gehen und normal zu atmen, dann setzte er sich hin und gönnte sich eine Ruhepause.

Die erste Schnecke erschien zuerst; und da sie ihn aus den Augen verloren hatte, hob sie den Kopf und blickte sich langsam nach rechts und links um, behielt aber ihr Tempo bei. Clavering blieb regungslos sitzen, senkte den Kopf und hoffte, sie werde ihn nicht sehen. Er hatte kein Glück. Die Schnecke erblickte ihn, änderte ihren Kurs und schob sich direkt auf ihn zu. Hinter ihr kroch die zweite heran – was war es, das Männchen oder das Weibchen? Der Professor wußte es nicht, und es ließ sich auch nicht feststellen.

Er mußte seinen Ruheplatz verlassen. Beim Aufstehen spürte er das Gewicht des Handbeils, das er bei sich trug: er hatte also wenigstens eine Waffe. Vielleicht genügte es, den beiden Tieren einen gründlichen Schrecken einzujagen oder ihnen eine geringfügige Wunde beizubringen. Er wußte, sie waren hungrig, und ihre Zähne wurden mit seinem Körper bestimmt noch viel leichter fertig als mit Baumstämmen. Tot oder lebendig: er würde von den Schnecken gefressen werden, wenn er sich nicht zur Wehr setzte. Er nahm das Beil und stellte sich entschlossen vor die Tiere hin. Er wußte, er machte nicht gerade eine großartige Figur mit dem Rundbauch, den knochig-blassen Beinen und der Größe von knapp einem Meter siebzig, einem Drittel der Schneckenlänge. Doch auf der Stirn über den Brillengläsern stand der feste Entschluß, um sein Leben zu kämpfen.

Die erste Schnecke bäumte sich auf, als sie gut drei Meter von ihm entfernt war. Der Professor trat vor und schwang sein Beil gegen den vorstehenden Hautsack auf der linken Seite. Aber er war – aus Furcht – nicht nahe genug herangetreten, das Beil traf das Ziel nicht, und durch den Schwung verlor er das Gleichgewicht und fiel hin, direkt unter das hocherhobene Schneckenmaul. Er konnte sich gerade noch zur Seite rollen, bevor es die Stelle berührte, wo er gefallen war. Zornig lief er um das Tier herum und ließ das Beil jetzt gegen das perlmuttfarbene Gehäuse sausen. Ein kleiner Splitter von etwa drei Zentimetern sprang heraus, das war alles; und die Schneide war jetzt verbogen. Wieder schwang er das Beil, diesmal höher und direkt gegen den hinteren Teil des Schneckenleibes, in dem sich der Lungensack befand, aber er wußte, der saß noch höher, sicher gut drei Meter vom Boden, und das Beil drang auch diesmal kaum ein. Die Schnekke wälzte sich herum und blickte ihn starr an.

Jetzt nahm sich der Professor die zweite Schnecke vor. Er lief auf sie zu, schwang das Beil und schlug es ihr seitlich ins Gesicht. Das Beil blieb bis zum Griff stecken, er mußte mit aller Kraft ziehen, um es herauszureißen, und dann mußte er erstmal ein paar Schritte weglaufen, denn die Schnecke beschleunigte ihr Tempo und hob den Kopf, um ihn mit den Zähnen zu packen. Er warf einen Blick zurück und sah, daß keinerlei Flüssigkeit (Blut hatte er natürlich nicht erwartet) aus dem Schnitt herauslief; die Wunde war gar nicht mehr zu sehen. Sie hatte dem Tier offensichtlich nicht das geringste ausgemacht.

Professor Clavering machte sich jetzt in vernünftigem Schrittempo auf den Weg zur Lagerstatt der Schnecken auf der anderen Seite der Insel. Als er an der Sandrinne hinunterkletterte, war er erschöpft, und die Beine taten ihm weh, aber er sah zu seiner Erleichterung, daß die Rinne sich zu einem scharfen V verengte. Wenn er sich da hineinklemmte, war er sicher. Er begann den Abstieg in das V, das oben etwas wulstartig überstand, als er plötzlich merkte, daß das, was er für rundliche Steine gehalten hatte, sich bewegte – jedenfalls einige bewegten sich. Es waren junge Schnecken, größer als Wasserbälle, und an der Art, wie mehrere von ihnen sich über Grashalme hermachten, sah er, daß sie hungrig waren.

Oben links von ihm erschien jetzt ein Schneckenkopf: der eine Elternteil begann den Abstieg. Sand knirschte, zwei Fühler reckten sich rechts gegen den Himmel: auch die zweite Schnecke kroch heran. Ihm blieb nur noch das Meer, was vielleicht nicht schlecht war, denn dies waren ja Landschnecken. Er watete ins Wasser und bog dann ein nach links; das Wasser ging ihm bis zur Hüfte. Er kam nur langsam voran, und die eine Schnecke kam hinter ihm her. Er ging ein paar Schritte zurück in Richtung auf den Strand; hier reichte ihm das Wasser bis zum Oberschenkel.

Die erste Schnecke – die dunklere – ließ sich furchtlos ins Wasser gleiten und kroch in einer Tiefe von einigen Zentimetern weiter; sie ließ jedoch erkennen, daß sie ohne weiteres tiefer hineingehen werde, sobald sie den Professor erreichte. Hoffentlich war die andere – vielleicht die Mutter – bei den Jungen geblieben. Aber nein: da schleifte sie schon heran, auf dem Landweg, und ihr Tempo nahm zu. Clavering stürzte zurück auf den Strand, wo er sich schneller fortbewegen konnte.

Gott sei gedankt – jetzt sah er Steine vor sich – große Massen eines Vulkangesteins auf einem Abhang, der zum Meer hinunterführte. Irgendwo dort mußte sich eine Nische, eine Aushöhlung finden, wo er Zuflucht suchen konnte. Die Sonne versank im Meer, bald kam die Nacht – eine mondlose Nacht, das wußte er. Der Professor war durstig. Als er den Abhang erreicht hatte, ließ er sich wie tot in eine von vier oder fünf großen rauhen Steinen geformte Mulde fallen, in der er nur gekrümmt liegen konnte. Die Wände, zwischen denen er lag, waren etwa einen halben Meter hoch und die Mulde nicht mehr als dreißig Zentimeter breit. Keine der Schnecken konnte hier ihren Kopf hineinstecken und ihn mit den Zähnen packen.

Jetzt kamen die rosigen Kurven der Gehäuse in Sicht, und die zweite Schnecke wand sich heran.

›Wenn die hier herankommt, geh ich mit dem Beil auf sie los‹, schwor sich der Professor. ›Und das Gesicht zerfetze ich ihr mit dem Messer.‹ Er hatte sich jetzt mit dem Gedanken abgefunden, die beiden Schnecken umbringen zu müssen; er konnte ja zwei von den Jungen mitnehmen, was sogar einfacher war, weil sie viel kleiner waren.

Wie ein Hund, aber lautlos, schnüffelte die Schnecke oben an der steinernen Spalte, das weiche Maul schob sich an der Öffnung entlang, dann ließ sie sich mit majestätischer Ruhe auf den Steinen nieder, zwischen denen Clavering lag. Der schleimige Körper ruhte über der Öffnung, und in wenigen Sekunden wurde es fast völlig dunkel.

Ergrimmt und angstvoll zog Clavering sein Jagdmesser und stieß es in das weiche Fleisch, noch einmal und noch einmal. Die Schnecke rührte sich nicht. Sie hatte aufgehört, sich zu bewegen, aber er wußte, sie war keineswegs tot, denn das Messer hatte keine lebenswichtigen Organe getroffen; sie hatte sich einfach so fest wie möglich über die Öffnung geklebt. Kein Funken Licht war mehr zu sehen. Dank der ungleichmäßigen Formierung der Steine war wenigstens die Luftzufuhr nicht ganz abgeschnitten. Mit aller Kraft stemmte er die Handballen gegen den Schneckenleib, doch die Hände glitten ab und scheuerten sich wund an dem rauhen Gestein. Die Schnecke lag unbeweglich fest, er brachte sie nicht von der Stelle. Einen Augenblick wurde ihm übel.

Eine Stunde verging so. Clavering war fast eingeschlafen, doch der Schlaf glich mehr einer anhaltenden Halluzination, einem angsterfüllten Traum, in dem er von zwanzigtausend Paar scharfer Zähne zu einem Brei zerkaut wurde, den die beiden Riesenweichtiere mit ihren Jungen teilten. Außerdem war ihm kalt, und er hatte Hunger. Der glatte Schneckenleib gab keine Wärme.

Stunden später erwachte er und sah über sich den

Sternenhimmel. Die Schnecke war nicht mehr da. Es war tiefe Nacht. Vorsichtig erhob er sich; er versuchte, jedes Geräusch zu vermeiden, und trat aus der Mulde heraus. Er war frei! Auf einem Stück Sandstrand in der Nähe fand er ein aufrecht stehendes Stück Felsgestein, dort legte er sich nieder, drückte sich an den Stein und schlief bis zur Morgendämmerung.

Er wachte gerade noch rechtzeitig auf – vielleicht war es nicht die Dämmerung, sondern ein sechster Sinn, der ihn geweckt hatte. Die erste Schnecke schob sich auf ihn zu und war nur noch drei Meter entfernt. Mit zitternden Knien erhob er sich und machte sich auf den Weg, landeinwärts, einen Abhang hinauf. Ihm war etwas eingefallen. Wenn es ihm gelang, vielleicht mit Hilfe einer Art von Hebelarm einen Felsstein von etwa fünfhundert Pfund in die Sandrinne auf eine der beiden Schnecken fallen zu lassen und dabei die Körperstelle zu zerschmettern, unter der die Lunge lag, dann konnte er sie auf diese Weise umbringen. Ein anderes tödliches Instrument hatte er nicht zur Verfügung. Mit der Winchester wäre es gegangen, doch sie war auf der *Samantha*. Er hatte über seine Lage nachgedacht und war zu dem Schluß gekommen, es könne Wochen dauern, bis Hilfe von der anderen Inselgruppe kam. Vielleicht kam sie niemals. Es war ja nicht gesagt, daß die *Samantha* direkt zu den Matusas zurücktrieb; vielleicht wurde sie tagelang von keinem anderen Schiff gesichtet, und selbst wenn jemand sie sah, brauchte er keineswegs zu erkennen, daß sie ziellos und unbemannt auf dem Wasser trieb. Und auch wenn einer das merkte, so war damit noch lange nicht garantiert, daß er sofort Kurs auf die Matusas nahm und die Sache meldete. Der Professor bückte sich eilig und leckte den Tau von einem Blatt. Die Schnecken waren jetzt zwanzig Meter hinter ihm.

›Das schlimme ist, ich halt's nicht mehr lange aus‹, sagte er sich.

Gegen Mittag hatte seine Müdigkeit noch zugenommen. Jetzt war nur eine Schnecke hinter ihm her; doch er malte sich aus, wie die andere sich inzwischen ausruhte oder eine Baumkrone zernagte, um später wieder frisch und bei Kräften zu sein. Er selbst marschierte immer etwa hundert Meter und ruhte sich dann eine Weile aus, aber er wagte es nicht, richtig die Augen zu schließen. Er durfte nicht einschlafen. Und er merkte, wie schwach er war vor Hunger.

So verging der Tag. Sein Plan, einen Stein in die Sandrinne hinunter auf eine der Schnecken zu werfen, erwies sich aus zwei Gründen als undurchführbar: die Rinne wurde von der zweiten Schnecke bewacht, die oben über die V-Spalte lag und sich nicht regte. Und im Umkreis von hundert Metern gab es keinen geeigneten Stein.

Die Dämmerung kam. Clavering suchte den Abhang mit den Vulkansteinen und konnte ihn nicht wiederfinden. Beide Schnecken hielten ihm starr ihr Gesicht zugewandt. Seine Uhr zeigte auf Viertel vor sieben. Er tat einen tiefen Atemzug. Es half nichts, er mußte den Versuch machen, eine oder beide Schnecken umzubringen, bevor es ganz dunkel wurde. Fast ohne Nachdenken und Plan – er war zu erschöpft – fällte er einen schlanken Baum und hackte die Zweige ab. Alles Laub an den Zweigen hatten die beiden Schnecken gleich darauf restlos verzehrt. Clavering schleppte den Baumstamm ein paar Meter landeinwärts und spitzte das eine Ende mit dem Beil zu. Für eine Hand allein war das Ding zu schwer, doch zwei Hände konnten es gut als eine Art Rammbock oder als Riesenspeer verwenden.

Ohne Zögern drehte sich der Professor jetzt um und griff an. Er lief auf die erste Schnecke zu, wobei er den Speer leicht nach oben gerichtet hielt, und zielte auf die Maulöffnung, stieß aber nicht hoch genug zu, und der Pfahl drang etwa zwölf Zentimeter in den Hals der Schnecke ein, unterhalb des Kopfes. Dort lagen keine wichtigen Organe außer der langen geraden Speiseröhre, und die mußte bei diesen enormen Tieren tiefer liegen als zwölf Zentimeter. Der Stoß brachte ihm nichts als aufgerissene Hände. Sekundenlang blieb der Pfahl im Hals der Schnecke hängen, schwankte und fiel dann zu Boden. Der Professor trat zurück und zog das Beil aus dem Gürtel. Die zweite Schnecke schob sich jetzt neben die andere; sie hielt einen Augenblick an und fraß etwas von dem Baumstamm ab, dann gesellte sie sich zu der andern und richtete ebenfalls den starren Blick auf Professor Clavering. Es lag etwas wie Verachtung, wie absolut souveräne Sicherheit in dem langsamen Herankriechen; es war, als wollten die Tiere damit ausdrücken: ›Auch wenn du uns hundert- oder tausendmal entkommst – einmal kriegen wir dich doch, und dann wird keine Spur von dir übrigbleiben.‹

Wieder machte Clavering einen Schritt nach vorn; dann lief er um die Schnecke herum, die er eben mit dem Speer angegriffen hatte, und ließ das Beil auf den hinteren Teil des Gehäuses krachen. Verzweifelt hackte er wieder und wieder auf die gleiche Stelle los – er hatte jetzt einen Plan, mußte jedoch innehalten, weil die andere Schnecke ihn von hinten erreicht hatte. Feucht strichen die Schnauze und einer der Fühler um seine Beine, er stolperte und konnte gerade noch ausweichen. Noch zweimal schmetterte er das Beil gegen das Gehäuse der anderen Schnecke, dann tat ihm der Arm so weh, daß er aufhören mußte. Es war keine Rede davon, daß die Klinge durch das Gehäuse gedrungen war, aber für weitere Schläge hatte er keine Kraft mehr. Er holte sich den Pfahl wieder heran. Die Stelle im Schneckenleib, die er sich vorgenommen hatte, war nur klein, doch die Verzweiflung gab ihm Kraft, und er rammte den Pfahl hinein.

Diesmal gelang es. Der Pfahl durchdrang das Gehäuse.

Claverings Hände waren jetzt noch stärker aufgerissen – er merkte nichts davon. Der Erfolg machte ihn so selig, als hätte er seine beiden Feinde gleichzeitig erledigt, als sei ein Rettungsboot mit Wasser, Lebensmitteln und einem Bett bereits in Sicht vor dem Strand von Kuwa.

Die Schnecke wand sich und bäumte sich auf vor Schmerz. Er lief hin, hob den herunterhängenden Pfahl und stieß ihn der Schnecke mit aller Kraft weiter in den Leib, wobei er so hoch wie möglich zielte, um in die Nähe der Lunge zu kommen. Ob das Tier jetzt schnell starb oder erst später: es war jedenfalls *hors de combat*, das erkannte der Professor. Als er sah, wie es zugerichtet war, drehte sich alles um ihn, und er fiel fast um. Ausgeschlossen, daß er sich jetzt auch noch die andere Schnecke, die eben hinter ihm her kam, auf die gleiche Art vornahm. Er versuchte, sich auf geradem Weg von beiden Tieren zu entfernen, aber er schwankte vor Schwäche und Müdigkeit. Er blickte sich um. Die unverletzte Schnecke war zehn Meter weit weg. Die verwundete Schnecke sah ihn an, bewegte sich jedoch nicht, sie lag halb in ihrem Gehäuse und halb außerhalb und quälte sich ohne einen Laut durch die Agonie des Erstickens. Professor Clavering ging weiter.

Ganz zufällig fand er, als es gerade dunkel wurde, den Abhang mit dem Vulkangestein wieder, wo er nun zum zweitenmal Zuflucht fand. Die Schnecke suchte mit der Schnauze am Rande der Vertiefung entlang, in der er lag, konnte ihn jedoch nicht ganz erreichen. Ob es nicht besser war, auch morgen hier liegen zu bleiben? Vielleicht regnete es, dann hatte er Wasser zum Trinken. Und dann war er eingeschlafen, bevor er einen Entschluß gefaßt hatte.

Wieder war die Schnecke verschwunden, als er in der Morgenfrühe erwachte. Er fühlte, wie es in seinen Händen pochte, die Handballen waren von Blut und Sand verkrustet. Es war sicher ratsam, ans Meer hinunterzugehen und sie im Salzwasser zu waschen.

Die Riesenschnecke lag zwischen ihm und dem Wasser, und als er ein paar Schritte tat, begann sie langsam auf ihn zuzukriechen. Clavering stolperte auf einem Umweg ans Wasser, tauchte die Hände hinein und bewegte sie schnell hin und her; dann benetzte er auch das Gesicht mit Wasser, öffnete sehnsüchtig den

Sammelbild 14 Geranien

14

Mai

Immer noch am höchsten in der Gunst aller Balkongärtner stehen die Geranien mit ihren roten, rosafarbenen oder weißen Blütenbällen. Und das aus gutem Grund: keine Balkonblume ist so widerstandsfähig, blühfähig und bleibt uns so lange erhalten wie die gute alte Geranie, die aufrecht oder herabhängend seit Jahrzehnten Häuser verschönt.

DIE RHEINPFALZ

Abonnement-Quittung Mai 1974 DM 8.50

Bezugsgebühr einschließlich Zustellung frei Haus und 44 Pf. = 5,5% Mehrwertsteuer dankend erhalten.

Rheinpfalz Verlag und Druckerei-GmbH

67 Ludwigshafen/Rhein, Pressehaus

zieher: Kress

Wolfsburgstr. 60

chtige Hinweise!

sere Träger dürfen nicht ohne Quittungen kassieren. Die Quittung nur gültig, wenn der Name des Beziehers eingetragen ist.

ne Abbestellung des Abonnements kann nur bis zum 5. eines jeden nats für den darauffolgenden Monat direkt beim Verlag erfolgen.

sere Träger sind nicht berechtigt, Abbestellungen anzunehmen.

trockenen Mund, sagte sich warnend, er dürfe das Wasser nicht trinken, gab dann aber doch nach und spuckte es schnell wieder aus. Landschnecken haßten Salz, das wußte er; Salzkristalle konnten sie töten. Voller Zorn schöpfte er Wasser mit beiden Händen und spritzte es der Schnecke ins Gesicht. Sie hob nur den Kopf höher, so daß er sie nicht erreichen konnte. In diesem Augenblick sah sie ganz schlank aus, seltsam – sie hatte die Grazie einer gehörnten Gazelle oder sonst einer Abart der Hochwildfamilie. Jetzt senkte sie die Schnauze, und der Professor trat platschend beiseite, aber nicht schnell genug: die Schnecke faßte seine Schulter, und das saugende Maul biß sich fest.

Clavering schrie auf. ›Mein Gott, warum bin ich nicht weggelaufen?‹ dachte er in panischer Angst, als er fühlte, wie ihm ein Streifen seines Hemdes, ein Stück Fleisch und wahrscheinlich auch Knochen aus der linken Schulter gerissen wurden. Das Gewicht der Schnekke drückte ihn unter Wasser, aber es war hier zum Glück flach, er kam wieder auf die Füße und watete an Land. Warm strömte an der Seite das Blut herab. Er wagte nicht, sich die Schulter näher anzusehen; es hätte ihn nicht überrascht, wenn im nächsten Augenblick der Arm heruntergefallen wäre. Ziellos ging er in dem seichten Wasser weiter. Er kam immer noch schneller vorwärts als die Schnecke.

Jetzt hob er die Augen zum leeren Horizont und sah auf halbem Wege einen dunklen Punkt im Wasser. Er blieb stehen – war das Wirklichkeit oder Täuschung? Doch jetzt erkannte er die Doppelform eines Katamaran, und er meinte auch Dr. Steads Strohhut zu erkennen. Sie kamen von den Matusas – sie wollten ihn holen!

»Hallo!« schrie er und merkte erschrocken, wie heiser und schwach seine Stimme war. Das konnten sie da draußen unmöglich hören.

Doch mit der neuen Hoffnung nahmen auch die Kräfte zu. Er sah vor sich einen flachen Strand – es war nicht der vom Vortag, dieser war kleiner –, und als er ihn erreicht hatte, stellte er sich mitten auf den Sand, hob den unverletzten Arm und schrie: »Dr. Stead! Hierher – auf den Strand!« Jetzt erkannte er deutlich Dr. Steads Strohhut und vier dunkle Köpfe.

Kein Antwortruf kam zurück. Er hatte keine Ahnung, ob sie ihn gehört hatten oder nicht. Und die verfluchte Schnecke war nur noch zehn Meter entfernt! Sein Beil hatte er auch verloren. Und die Kamera, die mit ihm untergetaucht war, die war nun ruiniert, genauso wie die beiden Aufnahmen, die er gemacht hatte. Aber was machte das schon. Er war gerettet.

»Hierher!« schrie er noch einmal und hob den Arm.

Jetzt hatten ihn die Eingeborenen gehört. Alle Köpfe im Boot wandten sich ihm zu.

Dr. Stead machte einige heftige Bewegungen mit dem Arm und zeigte auf Clavering. Undeutlich vernahm Clavering, wie der gute Doktor, der sich jetzt halb erhoben hatte, den Bootsmann anwies, auf den Strand zuzuhalten.

Die Eingeborenen stießen einen Schrei aus. Clavering dachte zuerst, es sei ein Schrei der Freude oder des Wiedererkennens, doch gleich darauf sah er, wie das

Segel herumgerissen und das Ruderwerk in wilde Bewegung gesetzt wurde. Das Boot änderte den Kurs.

Kleine Steinchen kollerten. Die Schnecke war ganz nahe. Und das war es natürlich auch, was die Eingeborenen von fern gesehen hatten – die Riesenschnecke.

»Bitte – hierher! Hierher!« heulte der Professor. Er lief ins Wasser zurück. »Hierher – bitte!!«

Dr. Stead tat, was er konnte, das war deutlich zu erkennen. Aber die Eingeborenen ruderten wie wild, sie nahmen sogar die Hände zu Hilfe; und boshaft blähte sich das Segel und trug das Boot davon.

Mit lautem Platsch glitt die Schnecke ins Wasser. ›Was steht mir jetzt bevor‹, dachte der Professor, ›ertrinken oder lebendig gefressen werden?‹ Er stand nur bis zur Hüfte im Wasser, als er ausglitt und nicht wieder hochkam, denn die Schnecke ließ sich mit ihrem ganzen Gewicht auf ihm nieder; und während Tausende von Zähnen an seinem Rücken zu nagen begannen, erkannte er noch, daß es ihm bestimmt war, sowohl ertränkt wie gefressen zu werden.

... geht seltsame Wege

Mit vorsichtigem Ruck an der Schnur der Leselampe löschte Hattie das Licht. Dann zog sie die Bettdecke bis zum Hals hoch und blieb angespannt wartend liegen. Das leise Schnüffeln und Ächzen im Nebenbett mußte erst aufhören ... »Alice?« fragte sie halblaut in die Dunkelheit. Keine Antwort. Natürlich schlief sie schon, auch wenn sie zehnmal behauptete, nie ein Auge zuzutun, bevor die Uhr im Schlafzimmer elf schlug.

Behutsam schob sich Hattie an den Bettrand. Ein weißbestrumpfter Fuß kroch unter der Decke hervor. Schwerfällig drehte sie sich um und warf einen Blick auf Alice, von der nur die dünne Nase zu sehen war, die zwischen den Rüschen der Nachthaube und dem bis über den Mund gezogenen Laken in die Höhe stand. Sie lag ganz still.

Hattie stand vorsichtig auf; die Erregung ließ sie schneller atmen. Im Halbdunkel sah sie die beiden Wassergläser, jedes mit einer Zahnprothese, auf dem Tischchen stehen. Sie kicherte nervös vor sich hin.

Jetzt. Wie ein weißer Geist schob sie sich leise durch das Zimmer, vorbei an dem altmodischen Lehnstuhl bis zum Nähtisch. Hier blieb sie stehen, hob die Platte hoch und suchte mit den Fingern unter Garnspulen und Schnittmustern. Sie fand die Schere, nahm sie fest in die Hand und ging quer durch das Zimmer zum Kleiderschrank. Die Schranktür hatte sie abends angelehnt, so daß sie sich jetzt lautlos öffnete. Mit zitternder Hand langte Hattie ins dunkle Schrankinnere. Da hingen die beiden warmen Mäntel, ein paar Kleider und anderes ... Dann fand die Hand etwas Weichwolliges, sie griff nach dem Kleiderbügel und nahm ihn heraus. Klappernd fiel die Schere zu Boden. Hattie unterdrückte ein Lachen.

Sie spähte um die Schranktür herum zu Alice hinüber, die reglos im Bett lag. Nun ja, sie war schwerhörig.

Mit hochgestellten Zehen tappte Hattie hinüber zum Sessel am Fenster, durch das ein Mondstrahl hereinfiel, und setzte sich hin, mit der Schere und der Angorajacke auf dem Schoß. Boshaft-zahnlos grinste das Gesicht im blassen Mondlicht. Sie ließ die Jacke prüfend durch die Hand gleiten wie ein Mann, der ein saftiges Steak vor sich hat und überlegt, wo er das Messer ansetzen soll. Es war eine sehr schöne Jacke, das mußte man sagen – ein Geburtstagsgeschenk, das Alice letzte Woche von ihrer Nichte erhalten hatte. Alice selber hätte sich einen solchen Luxus nie geleistet. Sie hatte sich wie ein Kind darüber gefreut und die Jacke seither täglich getragen.

Ratz – schnurrend glitt die Schere durch die weichen Wollfäden und schnitt die Ärmel der Länge nach auf, vom Handgelenk bis zur Schulter. Dann hielt Hattie inne. Ein Schnitt noch – im Rücken, und nicht mehr als einen Fuß lang, damit man es nicht sofort sah.

Sekunden später lag die Schere wieder im Nähtisch, die Jacke hing im Schrank und Hattie war im Bett und seufzte tief auf. Sie dachte an die weitklaffenden Ärmel und an Alices Gesicht am nächsten Morgen. Die

Jacke war hinüber, da war nichts mehr zu machen. Hattie war sehr zufrieden.

Um halb neun wurden sie vom Zimmermädchen geweckt, immer mit dem gleichen Ritual: drei harte Klopftöne an der Tür und eine laute Stimme mit einer Spur von Anmaßung: »Halb neun. Frühstück ist fertig!« Hattie war immer zuerst wach und stieß dann Alice an.

Mechanisch setzten sich beide in ihrer Betthälfte auf und zogen die Nachthemden über den Kopf, wobei saubere weiße Unterwäsche zutage kam. Geredet wurde nicht. Sieben Jahre Gemeinsamkeit hatten die Unterhaltung auf ein sparsames Minimum abgeschliffen.

Heute morgen mußte Hattie unentwegt an die Jacke denken. Sie fühlte sich unsicher, aber ihr fiel nichts ein, das die Spannung hätte mindern können, deshalb beschäftigte sie sich länger als sonst mit ihrem Haar. Der Zopf war mehr als einen halben Meter lang, stark und fest, sie trug ihn um den Kopf geschlungen; und jeden Morgen löste sie das Haar und ließ ihm die täglichen hundert Bürstenstriche zuteil werden. Das Haar war ihr einziger Stolz. Schließlich war sie fertig und trat etwas unsicher von einem Fuß auf den anderen, wobei sie sich angelegentlich mit den Schnallen an ihrem Kleid zu schaffen machte.

Alice brauchte heute aber auch ewig lange Zeit am Waschtisch, vor allem mit dem Gurgeln; sie gurgelte jeden Morgen mit einer Lösung aus lauwarmem Wasser und Salz, an der sie eigensinnig festhielt, obgleich Hattie eine hübsche Flasche mit rotem Mundwasser auf das Glasbord gestellt hatte.

»Was lachst du denn?« fragte Alice und wandte ihr lächelnd das nasse Gesicht zu.

Hattie wußte nichts zu sagen; sie blickte auf die Zahnprothese, die im Wasserglas auf dem Nachttisch stand, und kicherte noch einmal. »Deine Zähne.« Ungeschickt langte sie nach dem Glas und reichte es Alice hinüber. »Ich dachte schon, du wolltest ohne deine Zähne 'runtergehen.«

»Also Hattie, bin ich schon jemals ohne Zähne ausgegangen?« Alice lächelte. Heute war ein netter Tag – Mrs. Crumm und ihre Schwester waren nach einem Wochenendbesuch wieder zurück, und nachmittags konnte man zu viert Rommé spielen. Heiter ging sie auf Strümpfen hinüber zum Kleiderschrank.

Hattie beobachtete, wie sie das blaue Kleid herausnahm, das am besten zu der beigen Angorajacke paßte. Sie machte die kleinen Knöpfe auf, dann nahm sie die Jacke vom Kleiderbügel und fuhr mit einem Arm hinein.

»Oh!« stieß sie erschrocken aus. Sie kniff die Augen zusammen wie ein geschlagenes Kind, ihr Gesicht verzog sich, und Tränen liefen eilig über die faltigen Wangen. »Hattie!«

Hattie stieß ein unsicheres Lachen aus. Innerlich war sie voller Freude. »Also so was!« rief sie aus. »Wer kriegt bloß so etwas fertig, möchte ich wissen!« Sie ging zu ihrem Bett hinüber und setzte sich. Und jetzt konnte sie sich nicht mehr beherrschen. Alles Schlucken und Prusten half nichts – sie hielt sich die Seiten vor Lachen.

»Hattie, das bist du gewesen!« erklärte Alice mit

schwankender Stimme und drückte die Jacke an sich. »Du bist eine ganz schlechte, boshafte Person, Hattie!«

Hattie lag quer über dem Bett, fast hysterisch vor Lachen. »Wieso denn, Alice – wie kommst du darauf – hahaha – warum sollte ich –« Das Lachen schüttelte sie so, daß sie nicht weiterreden konnte. Erst nach Minuten hatte sie sich so weit gefaßt, daß sie zum Frühstück nach unten gehen konnte. Als sie das Zimmer verließ, saß Alice im Sessel am Fenster und schluchzte, das Gesicht in die Jacke vergraben.

Alice kam erst nach unten, als man sie zum Mittagessen rief. Sie unterhielt sich bei Tisch mit Mrs. Crumm und ihrer Schwester; von Hattie nahm sie keine Notiz. Hattie saß ihr gegenüber, schweigend und ruhelos, aber ohne Reue. Alices ablehnende Haltung hätte sie tagelang ertragen. Was sie getan hatte, tat ihr nicht leid.

Es war herrliches Wetter. Nach dem Essen gingen sie mit Mrs. Crumm, ihrer Schwester und der Pensionswirtin, Mrs. Holland, in den Park und blieben dort auf einer Bank sitzen. Alice hatte ein Buch mitgenommen und tat, als sei sie vertieft in die Lektüre. Es war ein Kriminalroman ihres Lieblingsautors aus der Hausbücherei. Mrs. Crumm und ihre Schwester redeten fast ununterbrochen. Eine Wochenendfahrt bot Unterhaltungsstoff für mehrere Nachmittage, und Mrs. Crumm hatte ein großartiges Gedächtnis für jedes bißchen an Speise und Trank, das sie an diesen Tagen vorgesetzt bekommen hatte.

Die monotonen Stimmen und die warme Sonne lullten Alice in halben Schlaf. Die Buchstaben verschwammen vor ihren Augen.

Sie hatte sich morgens vorgenommen, Hattie gegenüber eine neue Haltung einzunehmen. Kühl und reserviert wollte sie sein. Denn dies war nicht das erstemal, daß Hattie so etwas angestellt hatte. Vor wenigen Monaten war da der Fall mit der Tinte auf der Spitzendecke gewesen, genau am Tage bevor Alice die Decke ihrer Nichte hatte schenken wollen. Und dann der Band Tennyson, in Saffian gebunden, der auf einmal verschwunden war. Ganz bestimmt hatte ihn Hattie irgendwo versteckt. Alice war daher zu dem Schluß gekommen, daß sie abends einfach ihre Sachen packen und ausziehen wollte. Hattie würde sie eine Nachricht hinterlassen, kurz, aber gut abgefaßt. Dann würde sie irgendwo in der Nähe in einer anderen Pension ein Zimmer nehmen und Mrs. Crumm wissen lassen, wo sie war, damit es auch die anderen erfuhren, und sie hatte dann die Genugtuung, daß Hattie zu ihr kommen und sich entschuldigen würde. Das Dumme an der Sache war nur: sie war keineswegs sicher, daß Hattie kommen würde, und diese Eventualität hinderte sie daran, den riskanten Entschluß auszuführen. Was sollte sie machen, wenn sie dann vielleicht für den Rest ihres Lebens allein blieb? Es war doch wohl einfacher, alles beim alten zu lassen, nachmittags manchmal gemütlich Rommé zu spielen und sich irgendwann auf andere Weise, in kleinerer Münze zu rächen. Übrigens auch viel damenhafter, sagte sie sich zum Trost. Weiter gingen ihre Pläne vorläufig nicht; sie malte sich noch nicht aus, was sie im einzelnen tun oder sagen wollte, um Hattie zu verletzen. Solche Gelegenheiten ergaben sich schon von selbst.

Mrs. Holland stieß sie leicht an. »Wir wollen ein Eis essen – kommen Sie mit? Und dann gehen wir nach Hause und machen ein Spielchen Rommé.«

»Ach – ich war gerade an der spannendsten Stelle.« Aber Alice stand ebenfalls auf. Ihr war ganz vergnügt zumute, als sie mit den anderen zum Drugstore ging.

Beim Rommé gewann Alice, und das freute sie. Hattie, die sie den ganzen Tag nicht aus den Augen gelassen hatte, war erleichtert, als Alice wieder das Wort an sie richtete.

Doch der Gedanke an die zerschnittene Jacke ging Alice keinen Augenblick aus dem Kopf. Es war so gemein – so schrecklich unfair, und sie fand es auch beschämend, daß sie es einfach so hinnahm. Als ob Hattie mit ihr machen konnte, was sie wollte. Wenn sie bloß einen richtigen gründlichen Haß aufbrächte ...

Abends um neun waren sie oben in ihrem Zimmer. Hattie war nicht das geringste an Zurückhaltung oder geheuchelter Reue mehr anzumerken. »War ein schöner Tag heute, nicht?« fragte sie.

»Hm-mm.« Alice hielt den Kopf abgewandt.

»Na ja–ha –« Hattie gähnte wie immer und machte wie immer die gleiche Bemerkung dazu. »Dann will ich mal schlafen gehen.«

Und bald darauf lagen beide im Bett, an vier Kissen gelehnt; Hattie hatte die Zeitung vor sich und Alice ihren Kriminalroman. Eine Weile herrschte Schweigen, dann schob Hattie ihre Kissen zurecht und legte sich hin. »Gute Nacht, Alice.«

»Gute Nacht.«

Kurz darauf löschte Alice das Licht, und nichts war mehr zu hören als das Ticken der Uhr und manchmal das weiche Purren der vorbeifahrenden Autos. Die Uhr auf dem Kamin setzte mit leisem Schwirren zum Schlage an: zehn dünne Schläge.

Mit offenen Augen lag Alice im Bett. Die Tränen, die sie den ganzen Tag zurückgedrängt hatte, begannen zu fließen, aber es waren andere Tränen als die von heute morgen. Sie wischte sich die Nase am Laken ab.

Auf einen Ellbogen gestützt, blickte sie hinüber zu Hattie. Deutlich hoben sich Hatties Hals und Schultern durch den dunklen Zopf vom Kissen ab. Alice fühlte, wie ihr Kräfte wuchsen. Sie hätte Hattie mit den Händen erwürgen können. Doch der Gedanke an Mord verschwand so schnell, wie er gekommen war. Die Rache mußte anders aussehen, mußte etwas Bleibendes und wirklich Schmerzhaftes sein, etwas, das Hattie auszuhalten hatte und das ihr selbst Freude machte.

Und dann fiel es ihr ein. Mit einem Satz war sie aus dem Bett und ging mit festen Schritten zum Nähtisch, wie es Hattie vor vierundzwanzig Stunden getan hatte. Dann stand sie am Bett, beugte sich über Hattie und spähte durch die kurzsichtigen tränenden Augen auf das friedlich schlafende Gesicht. Zwei schnelle Schnitte, damit wäre es getan und der Zopf wäre nahe am Kopf abgeschnitten. Aber Alice senkte die Schere noch ein wenig bis zu dem fester geflochtenen dicken Zopfteil, nahm sie dann in beide Hände und setzte fest und sicher zum Schnitt an. Knirschend biß sich die Schere durch das dicke Haar und weckte Hattie, als sie das kalte Metall am Hals fühlte. Whhack – es war geschehen.

»Was ist los? . . . Was ist –?« fragte Hattie.

Der Zopf war ab und lag wie eine dunkelgraue Schlange auf dem Laken.

»Alice –!!« rief Hattie. Sie griff sich in den Nacken und fühlte den borstigen Haarstumpf. »Alice –«

Alice stand ihr gegenüber und starrte Hattie an, die sich im Bett hingesetzt hatte, und plötzlich überkam es sie: sie mußte lachen. Sie lachte prustend und schlukkend, und gleichzeitig stiegen ihr die Tränen in die Augen. »Das hast du davon!« sagte sie. »Du hast meine Jacke kaputtgeschnitten!«

Die Verteidigung war unnötig, denn Hattie war völlig verstört. Sie machte eine Bewegung, als wolle sie aufstehen und zum Spiegel hinübergehen, blieb aber dann im Bett sitzen, weinend und ächzend, und griff immer wieder nach der schrecklichen kahlen Stelle, wo der Zopf gesessen hatte. Dann legte sie sich hin und stöhnte ins Kissen. Alice blieb auf und setzte sich schließlich in den Sessel. Sie war wie beschwingt, voller Energie und nicht im geringsten müde. Doch als der Morgen dämmerte und Hattie eingeschlafen war, kroch Alice ebenfalls ins Bett.

Beim Aufstehen sprach Hattie kein Wort zu ihr, sie sah sie nicht einmal an. Den Zopf legte sie in eine Schublade. Dann wickelte sie sich einen Schal um den Kopf und ging zum Frühstück nach unten. Im Speisezimmer setzte sie sich an einen entfernten Tisch. Nach dem Frühstück sah Alice, wie sie mit Mrs. Holland tuschelte.

Etwas später kam Mrs. Holland zu Alice, die mit ihrem Buch im Wohnzimmer saß und las.

»Ich glaube, es wäre besser, wenn Sie und Ihre Freundin eine Weile getrennte Zimmer hätten, meinen Sie nicht?« fragte Mrs. Holland freundlich.

Das überraschte Alice, obgleich sie eigentlich noch Schlimmeres erwartet hatte. Alles, was sie sich im Geist zurechtgelegt hatte wegen der vergossenen Tinte, des verschwundenen Buches und der ruinierten Jacke, war plötzlich vergessen, und sie sagte bereitwillig: »Ja, Mrs. Holland, das wäre sicher gut. Ich bin mit allem einverstanden, was Hattie will.«

Alice erbot sich, aus dem Zimmer auszuziehen, doch es war dann Hattie, die ein kleineres Zimmer bezog, drei Türen weiter unten auf dem gleichen Flur.

In dieser Nacht konnte Alice nicht schlafen. Nicht weil sie etwa dauernd an Hattie dachte, oder weil es ihr leid tat, was sie getan hatte. Keineswegs. Doch die Umgebung, das Zimmer, die Dunkelheit, sogar das Tikken der Uhr: alles war so anders als sonst – weil sie allein war. Ein paarmal hörte sie in der Nacht Schritte vor ihrer Tür und dachte, es sei Hattie, die zurückkommen wolle, aber es waren nur andere Gäste, die das WC am Ende des Korridors aufsuchten. Einmal kam ihr der Gedanke, daß sie ja auch bei Hattie anklopfen und um Verzeihung bitten könnte. Aber wie kam sie dazu?

Am Morgen stellte Alice fest, daß Hattie auch nicht geschlafen hatte, das war ihr anzusehen. Wieder wechselten sie den ganzen Tag weder Worte noch Blicke, und beim Nachmittagstee und Rommé um halb fünf nahmen sie an verschiedenen Tischen Platz. Alice schlief auch in der folgenden Nacht sehr schlecht und schob das auf das Hammelfleisch beim Dinner, das sie nicht recht vertrug. Hattie ging es sicher ebenso, ihre Verdauung war eher noch schlechter.

Nach drei weiteren Tagen und Nächten begann die Schlaflosigkeit sowohl bei Hattie wie bei Alice sichtbare Spuren zu hinterlassen. Auch Mrs. Holland bemerkte das und bot Alice ein Schlafmittel an, das höflich abgelehnt wurde. Sie hatte ihren Stolz und gedachte nicht, irgend jemandem zu zeigen, daß Hatties Auszug ihr etwas ausmachte. Außerdem war es in ihren Augen ein Zeichen von Schwäche, wenn man zu Schlafmitteln griff. So was tat vielleicht Hattie – *sie* nicht.

Am fünften Tag um drei Uhr nachmittags klopfte Hattie an Alices Tür. Ihr Kopf war noch immer in einen Schal gehüllt; es war einer von den drei Schals, die sie besaß, und diesen hatte ihr Alice zum letzten Weihnachtsfest geschenkt. »Ich wollte nur sagen, daß es mir leid tut, wenn es dir auch leid tut, Alice«, sagte Hattie und biß sich heftig auf die Lippen. Sie kämpfte mit den Tränen.

Dies war für Alice der Augenblick höchsten Triumphes, oder er hätte es sein sollen. Er war es auch, nur irgend etwas – sie konnte nicht sagen, was – minderte ihn etwas, goß ein wenig Wasser in den Siegeswein. »Es tut mir leid, das mit deinem Zopf, wenn es dir leid tut mit meiner Jacke«, erwiderte sie.

»Ja, das tut mir leid.«

»Und mit der Tinte auf meiner Tischdecke, und mit – wo ist mein Tennyson-Gedichtband?«

»Ich habe ihn nicht«, gab Hattie zur Antwort, immer noch mit tränenerstickter Stimme.

»Du hast ihn nicht –?«

»Nein«, sagte Hattie mit fester Stimme.

Und plötzlich wußte Alice, was da vorgefallen war: irgendwann und irgendwo hatte Hattie das Buch vernichtet, so daß sie jetzt wahrheitsgemäß behaupten konnte, sie habe es nicht. Alice erkannte auch, daß sie diesen Punkt jetzt ruhen lassen mußte, sie mußte vergeben und vergessen, obgleich dieser Entschluß weder gefühlsmäßig noch intellektuell gefaßt wurde. Sie wußte es einfach und verhielt sich danach. »Gut, Hattie«, sagte sie jetzt. »Wenn du willst, kannst du hier wieder einziehen.«

Hattie zog also zurück in das gemeinsame Zimmer; doch beim Kartenspiel um halb fünf saßen sie weiterhin an getrennten Tischen.

Hattie war der Entschluß, zu Alice zu gehen und sie um Verzeihung zu bitten, sehr schwergefallen. Es hatte sie gewaltige Überwindung gekostet, und obgleich sie jetzt, wieder eingenistet in ihrem alten Zimmer, sehr viel besser schlief, war da ein Stachel zurückgeblieben, ein Gefühl, als habe sie hier den kürzeren gezogen. Ein Gedichtband und eine Wolljacke – das ließ sich schließlich ersetzen, aber ihr Haar? Alice, so schien es ihr, war hier allzu leicht davongekommen. Die Rechnung ging nicht ganz auf.

Nach einigen Tagen hatte sich die Lage normalisiert. Hattie und Alice sprachen wenig miteinander, aber nach außen hin schien alles in Ordnung. Sie saßen beim Essen und auch beim Kartenspiel wieder am gleichen Tisch, und Mrs. Holland war zufrieden.

Einmal kam Alice die Idee, ob sie Hattie ein teures

Haarwasser kaufen sollte, das sie in einem Schaufenster der Madison Avenue sah, als Mrs. Holland mit der Damengruppe einen Spaziergang machte. Aber sie unterließ es dann doch. Auch das ›Spezial-Haarwuchsmittel‹, das sie in einer Illustrierten angezeigt fand und das schnellen und reichlichen Haarwuchs garantierte, erstand sie nicht, doch sie las den Werbetext mit großer Aufmerksamkeit.

Inzwischen kämpfte Hattie verbissen und wortlos mit ihrem Zopfrest. Wie immer bürstete sie ihr Haar gründlich und regelmäßig, aber nur wenn Alice im Bad war oder nicht im Zimmer, so daß sie es nicht sah. Nichts, was Alice besaß, schien Hattie jetzt einen Racheakt wert. Aber Weihnachten war ja nicht mehr fern. Hattie hatte Geduld und konnte warten. Zu Weihnachten würde sich ja zeigen, was Alice an Geschenken bekam. Dann konnte man weitersehen.

Mrs. Afton kommt zum Arzt

Der Nachmittag, so schien es Dr. Felix Bauer, als er aus dem Erdgeschoßfenster seines Sprechzimmers auf die Lexington Avenue hinausblickte, war zu einem zähen stagnierenden Fluß ohne Leben geworden. Keinerlei Strömung war mehr zu erkennen. Der Verkehr draußen hatte zugenommen, doch in dem bleiernen Sonnenglast kamen die Wagen nur schrittweise voran. Die Chromteile glänzten weiß vor Hitze. Dr. Bauers Räume waren klimatisiert und angenehm kühl, und doch sagte ihm irgend etwas – seine Logik oder sein Blut –, es sei heiß, und das deprimierte ihn.

Ein Blick auf die Armbanduhr: um halb vier hätte Miss Vavrica hier sein sollen und war wieder einmal nicht erschienen. Er sah sie vor sich: wahrscheinlich saß sie mit großen Augen irgendwo im Kino und versuchte, nicht an das zu denken, was sie hätte tun sollen. Er konnte die Zeit noch nutzen, bevor um vier Uhr fünfzehn der nächste Patient erschien, doch er blieb stehen und starrte aus dem Fenster. Woran lag es nur, daß New York, eine Stadt voller Tempo und Vitalität, ihm so sehr die Initiative nahm? Sicher, er arbeitete viel, aber das war nie anders gewesen, nur kam ihm in Amerika die Härte der Arbeit weit mehr zum Bewußtsein als in Wien oder in Paris. Dort hatte er gelebt und gearbeitet, die Abende fröhlich gelöst mit seiner Frau und mit Freunden verbracht und immer noch Kraft gehabt für weitere Arbeit und Bücherlesen bis in die frühen Morgenstunden.

Ein anderes Bild schob sich über die Erinnerungen aus Europa: Mrs. Afton, klein, rundlich, immer noch hübsch, mit der reizend strahlenden Art der nicht mehr ganz Jungen. Sie benutzte ein Gardenienparfüm, das fiel ihm jetzt ein. Eine wirklich charmante Frau. Sie kam aus den Südstaaten und war ein Beweis für die oft gehörte Behauptung, der Süden habe sich einen eigenen Lebensstil bewahrt, der noch Muße kannte, Zeit für Mahlzeiten, für Besuche und Gespräche und auch für einfaches Nichtstun. Bei Mrs. Afton fand er das bestätigt in einigen Redewendungen, die nicht unbedingt notwendig, aber angenehm zu hören waren; in den unauffällig guten Manieren – gewöhnlich irritierten ihn gute Manieren –, die sie trotz ihrer Sorgen nicht einen Augenblick außer acht gelassen hatte. Ihre Lebensart wirkte auf ihn wie ein alchimistisches Elixier: sie verwandelte und verschönte die Welt, wenn er mit ihr zusammen war. Er hatte nicht viele so charmante Leute unter seinen Patienten; aber sie war am letzten Montag auch nicht als Patientin zu ihm gekommen, sondern hatte ihn wegen ihres Mannes aufgesucht.

Um vier Uhr fünfzehn erschien Mr. Schriever, ein ernsthafter junger Mann, der jeden Pfennig des Honorars für die 45-Minuten-Behandlungen selber verdiente und das nicht einen Augenblick vergaß. Er kam und ging, und nichts blieb von ihm zurück auf der bleiernen Oberfläche des Nachmittags. Als Dr. Bauer wieder allein war, fuhr er sich ungeduldig mit der starken Hand über die Stirn, glättete die Falten und machte dann eine abschließende Notiz über Mr. Schriever. Der junge Mann hatte heute wieder geredet und geredet, zuerst zögernd, dann unaufhaltsam und ohne auf vorsichtig steuernde Fragen einzugehen. Bei Leuten wie Mr. Schriever blieb einem Arzt tatsächlich nichts als die Hoffnung, schließlich doch irgendwie noch helfen zu können. Die erste Barriere, so schien es Dr. Bauer, bestand stets aus Spannung, und zwar nicht aus der fast neutralen Spannung, die in Europa von Krieg oder Armut hervorgerufen wurde, sondern aus der amerikanischen Verkrampfung, die bei allen Menschen verschieden aussah und die jeder noch besonders festzuhalten schien, sobald er zum Psychoanalytiker kam, der sie beruhigen und auflösen sollte. Bei Mrs. Afton hatte er eine solche Spannung nicht festgestellt. Es war ein Jammer, daß eine zum Glücklichsein geborene und erzogene Frau an einen Mann gebunden war, für den es Glücklichsein nicht gab. Und es war ein Jammer, daß er als Arzt nichts für sie tun konnte. Er mußte ihr heute sagen, daß sie bei ihm nicht auf Hilfe zählen konnte.

Um Punkt fünf Uhr setzte Dr. Bauer den Fuß auf die Taste unter dem blauen Teppich und drückte zweimal darauf. Er blickte auf die Tür, erhob sich und öffnete sie.

Mrs. Afton trat sofort ins Zimmer. Trotz der rundlichen Figur war ihr Schritt schnell und beschwingt, und sie trug den sorgfältig frisierten hellbraunen Kopf hoch. Sie war an diesem Nachmittag sicher das einzige Wesen, das sich aus eigener Kraft zu bewegen vermochte, dachte er.

»Guten Tag, Dr. Bauer.« Sie lockerte den Chiffonschal – das Blau verschmolz ohne Kontrast mit dem

Blau des Teppichs – und nahm in dem Ledersessel Platz. »Wie ist es hier wunderbar kühl! Ich werde gar nicht wieder hinauswollen.«

»Ja«, meinte er lächelnd. »Die Klimaanlage verwöhnt einen.« Er beugte sich über den Schreibtisch und überflog noch einmal die Notizen, die er sich Montag gemacht hatte:

> Thomas Bainbridge Afton, 55 J. Im ganzen gesund. Reizbar. Legt Wert auf physische Kraft und sportl. Training. Seit einigen Monaten strenge Diät und viel Gymnastik. Hotelzimmer mit Sportgeräten, anstrengende Turnübungen. Schizoide, sadist.-masochist. Züge. Lehnt Behandlung ab.

Zum Arzt war Mrs. Afton eigens gekommen, um zu fragen, wie man ihren Mann dazu bewegen könne, sein extremes Training aufzugeben oder wenigstens zu mäßigen.

Mit etwas unsicherem Lächeln blickte Dr. Bauer sie über den Schreibtisch hinweg an. Eigentlich müßte er sie jetzt wegschicken, ihr noch einmal erklären, warum er unmöglich einen Patienten durch einen anderen behandeln konnte. Er hatte sie nur auf ihr Drängen hin heute noch einmal herkommen lassen. Und sie sah nun so viel hoffnungsvoller aus, daß ihm die Einleitung schwerfiel. »Wie geht's denn heute?« fragte er zunächst wie jedesmal.

»Sehr gut.« Sie zögerte. »Ich glaube eigentlich, ich habe Ihnen schon alles gesagt, was zu sagen war. Wenn Sie vielleicht noch Fragen haben –?« Und als ob sie jetzt merkte, wie eindringlich sie wirken mußte, lehnte sie sich in den Sessel zurück, blinzelte ein wenig und lächelte, und das Lächeln wiederholte, was sie am Montag ausgesprochen hatte: ›Ich weiß, wie komisch sich das anhört – ein Mann steht vor dem Spiegel und spannt die Arme wie ein kleiner zwölfjähriger Muskelprotz. Aber wenn er hinterher immer zittert vor Erschöpfung, dann werden Sie sicher verstehen, daß mir angst und bange wird.‹

Mit dem gleichen Lächeln und einem verständnisvollen Nicken würde sie, wenn er jetzt sagte: ›Ja – da Ihr Mann nun mal eine Behandlung ablehnt . . .‹, aus dem Sessel aufstehen, sich verabschieden und das Sprechzimmer verlassen, ohne ihre Ängste losgeworden zu sein. Sie gehörte nicht zu den Frauen, die ihre Sorgen und Kümmernisse hemmungslos ausschütteten; sie war zu stolz für peinliche Enthüllungen. Daß ihr Mann sie jemals geschlagen hatte, davon hatte sie zum Beispiel kein Wort gesagt, und Dr. Bauer war überzeugt, daß so etwas vorgekommen war.

»Ich möchte annehmen«, begann er, »daß Ihr Mann mit seiner Sucht nach körperlicher Ertüchtigung sein angeschlagenes Ego wiederherzustellen versucht. Er hat das Gefühl, auf anderen Gebieten versagt zu haben: geschäftlich oder gesellschaftlich. Sie sagten ja, er habe seinen Besitz in Kentucky aufgeben müssen. Vielleicht möchte er Ihnen ein besseres Leben bieten können. Das alles will er – unbewußt natürlich – kompensieren durch Körperkraft.«

Mrs. Afton wandte den Blick ab; ihre Augen weiteten sich. So hatte sie auch ausgesehen, wenn er sie mit einer Bemerkung herausforderte, wenn sie versuchte, sich an etwas zu erinnern; und er hatte die Augen auch plötzlich enger werden sehen, wenn sie amüsiert war; dann blitzte es geradezu jugendlich-lockend unter den braunen geschwungenen Wimpern. Die Haltung des jetzt leicht zur Seite geneigten Kopfes betonte die breiten Backenknochen, die schmale Stirn, das rundliche Kinn: es war ein mütterliches Gesicht, obgleich sie keine Kinder hatte. Nach einer Weile erwiderte sie deutlich zweifelhaft: »Ja – das klingt logisch.«

»Aber ganz einverstanden sind Sie nicht?«

»Nein, nicht ganz.« Sie hob den Kopf. »Ich glaube nicht, daß mein Mann sich wirklich für einen Versager hält. Es geht uns immer noch recht gut.«

»Ja – selbstverständlich.«

Sie warf einen Blick auf die elektrische Uhr, deren großer Zeiger lautlos die kostbaren fünfundvierzig Minuten wegwischte. Ihre Knie spreizten sich ein wenig, als sie sich jetzt vorbeugte; die Waden bogen sich wie ein Ornament symmetrisch nach unten bis zu den schlanken Fußgelenken, die sie dicht zusammenhielt. »Und Sie können mir nicht raten, wie ich seine – seine Übungen ein wenig mäßigen könnte, Dr. Bauer?«

»Gibt es keine Möglichkeit, ihn dazu zu bewegen, daß er zu mir kommt?«

»Nein, ich glaube nicht. Ich sagte Ihnen ja, was er von Ärzten hält. Wenn er mal tot ist, können sie sich mit ihm befassen, sagt er, aber solange er lebt, will er nichts mit ihnen zu tun haben. Ach ja, ich glaube, ich habe Ihnen noch nicht erzählt, daß er seinen Körper der Anatomie vermacht hat.« Wieder lächelte sie, doch mit einem Anflug von Scham oder Ärger. »Vor ungefähr sechs Monaten hat er das getan. Vielleicht interessiert es Sie.«

»Ja.«

Ein wenig dringlicher fuhr sie fort: »Wenn Sie ihn nur mal einen Augenblick sehen könnten – ich meine so, daß er nicht weiß, wer Sie sind –, dann könnten Sie bestimmt viel mehr Schlüsse daraus ziehen, als ich Ihnen geben kann.«

Dr. Bauer seufzte. »Mrs. Afton, alles, was ich Ihnen nachher sagen könnte, wäre doch reine Vermutung. Den Grund für seine Manie mit dem Turnen kann ich weder von Ihnen erfahren noch dadurch, daß ich ihn ein paar Minuten lang sehe. Ich könnte Ihnen höchstens raten, wie Sie ihm dazu verhelfen können, das Verlorene zurückzugewinnen – seine Freunde und Bekannten, seine Hobbies und so weiter. Aber das haben Sie ja sicher längst selber versucht.«

Mit unsicherem Lächeln bestätigte sie seine Annahme.

»Und psychologisch gesehen wäre damit auch so gut wie nichts gewonnen. Ich käme nicht über die Fassade hinaus.«

Darauf sagte sie nichts, und die Lippen in den Mundwinkeln wurden schmal. Sie blickte hinüber auf die hellgelben Stufenmuster der Jalousien in der Zimmerecke. Trotz der dringlich bittenden Haltung lag jetzt ein Ausdruck von Hoffnungslosigkeit auf ihren Zügen, und Dr. Bauer senkte die Augen auf den Füllfederhalter, den er auf dem Schreibtisch hin- und herrollte.

»Ja – aber ich wäre Ihnen doch schrecklich dankbar, wenn Sie ihn nur mal kurz ansehen würden«, sagte sie dann. »Auch wenn es nur in der Hotelhalle wäre. Ich hätte dann das Gefühl, daß alles, was Sie sagen, wirklich endgültig wäre.«

Was ich sage, ist immer endgültig, dachte er, aber er ließ den Gedanken fallen, als er sich dem nächsten Schritt zuwandte. Er mußte ihr klarmachen, daß ihr nichts übrigblieb als die Vormundschaftsbehörde. Dort würde man ihr vermutlich anraten, ihren Mann abholen zu lassen, in Behandlung zu geben, und das wäre ihr tausendmal schrecklicher als seine – Bauers – Andeutung vom Versagen ihres Mannes. Sie liebte ihn immer noch, hatte sie gesagt, und sie wollte weder Scheidung noch vorübergehende Trennung in Betracht ziehen. Sie liebte ihn nicht nur, sie war sogar stolz auf ihn, das erkannte Dr. Bauer. Wenn er nun doch auf ihren Wunsch einginge und sich den Mann einmal kurz ansah? Vielleicht war dies das letzte, was er für sie tun konnte, die letzte freundliche Geste, nach der er die ganze Zeit gesucht hatte. Wenn er hinging und sich den Mann ansah, dann hatte er wirklich alles getan, was in seiner Macht stand.

»Gut – ich kann's versuchen«, sagte er schließlich.

»Oh – ich danke Ihnen. Das wird ganz sicher helfen, ich weiß es.« Sie lächelte und setzte sich aufrecht. Die Zigarette, die er ihr anbot, lehnte sie ab. Dann fuhr sie fort: »Ich werde Ihnen noch etwas erzählen.« Er spürte die Dankbarkeit, die von ihr ausging. »Ich sollte doch letzten Montag um halb drei hier bei Ihnen sein, und damit ich allein weg konnte, hatte ich Thomas gesagt, ich hätte mich um halb drei mit Mrs. Hatfield verabredet, das ist eine gute Freundin von mir im Hotel. Um zwei Uhr saß ich also allein im Speisesaal beim Lunch, und auf einmal kam Thomas herein. Wir essen mittags nie zusammen, weil er immer in eine Frühstücksstube in der Madison Avenue geht, da haben sie so eine spezielle Salatbar. Und nun saß ich da im Speisesaal und aß Hummer, was Thomas sowieso schon für Selbstmord hält. Montags gibt es im Hotel nämlich eine spezielle Art Hummer, den bestelle ich mir immer. Ich erzählte also Thomas, daß ich um halb drei Mrs. Hatfield treffen wollte, und da kam sie auf einmal selbst in den Speisesaal. Sie ist kurzsichtig und sah uns nicht, aber mein Mann sah sie sehr wohl, genausogut wie ich. Sie setzte sich an einen Tisch und bestellte ihren Lunch und machte ganz den Eindruck, als ob sie da eine Stunde sitzen bleiben wollte. Thomas saß mir stumm gegenüber und wußte natürlich, daß ich gelogen hatte. So ist er manchmal. Er sagt nichts, aber irgendwann später kommt er dann damit heraus, wenn ich am wenigsten darauf gefaßt bin.« Sie hielt an. Ihr Atem ging schnell.

»Und wann kam er damit heraus?« fragte Dr. Bauer.

»Gestern nachmittag. Er wußte diesmal, daß ich mit Mrs. Hatfield zum Essen gegangen war; sie kam nämlich 'rauf und wollte mich abholen. Wir aßen zusammen mit ein paar Bekannten im Algonquin. Als ich gegen drei nach Hause kam, war Thomas sehr böse, er behauptete, ich sei an beiden Nachmittagen ins Kino gegangen, obgleich davon gestern ja gar keine Rede sein konnte – die Zeit nach dem Essen war viel zu kurz.«

»Er mag also nicht, daß Sie ins Kino gehen?«

Sie schüttelte den Kopf und lachte nachsichtig, fast

heiter. »Ach wissen Sie, die schlechte Luft. Er findet, Theater und Kinos müßten alle abgerissen werden. Manchmal ist er wirklich sehr komisch. Die Filme, die mir gefallen, die hält er für den größten Kitsch. Ich gebe zu, ich mag manchmal ganz gern ein nettes Musical, und ich werde auch weiter hingehen, wenn ich Lust habe.«

Das würde sie gewiß nicht tun, dachte Dr. Bauer. »Und was hat er noch gesagt?«

»Ach, gesagt hat er nicht mehr viel, aber er hat seine goldene Uhr auf den Boden gepfeffert wie ein trotziges Kind. Ich traute meinen Augen kaum.«

Sie blickte ihn an, als erwarte sie eine Reaktion, dann öffnete sie ihre Handtasche, nahm eine goldene Uhr heraus und wickelte sich die Kette um den Zeigefinger, als wolle sie sie von allen Seiten vorweisen. Beim Umdrehen sah Dr. Bauer auf der Rückseite ein Monogramm aus verschlungenen Initialen.

»Das ist die Uhr – ich hab sie ihm im ersten Jahr unserer Ehe geschenkt. Sicher bin ich darin altmodisch – ich hab's gern, wenn ein Mann eine große Taschenuhr trägt. Sie geht sogar noch – wirklich ein Wunder. Ich hab sie einfach aufgehoben, ohne was zu sagen, und er nahm seinen Mantel und ging aus dem Zimmer. Er macht jeden Nachmittag einen Spaziergang von drei bis etwa halb sechs, dann kommt er nach Hause und stellt sich unter die Dusche – kalt –, und dann gehen wir essen, außer an den Abenden, die er mit Major Sterns verbringt. Ich sagte schon, daß das sein bester Freund ist. Sie spielen Schach oder Pinokel, mehrmals in der Woche, abends. – Könnten Sie wohl noch diese Woche zu meinem Mann kommen, Dr. Bauer?«

»Ich denke, Freitag mittag wird es gehen, Mrs. Afton«, sagte er. Freitag nachmittags arbeitete er in einer Klinik, da konnte er vorher schnell im Hotel vorbeischauen. »Soll ich Sie Freitag morgen noch einmal anrufen, damit wir etwas verabreden können? Kurzfristig geht so etwas immer am besten, finde ich.«

Sie erhob sich mit ihm zusammen und stand aufrecht, mit lächelndem Gesicht, vor ihm. »Ja, sehr schön, dann erwarte ich also Ihren Anruf. Auf Wiedersehen, Dr. Bauer. Mir ist so viel leichter zumute jetzt. Aber ich glaube, ich bin zwei Minuten zu lange geblieben.«

Er winkte abwehrend mit der Hand und öffnete ihr die Tür. Gleich darauf war sie verschwunden, nur der Duft ihres Parfüms hing noch im Zimmer, als er an der geschlossenen Tür stand und zum Fenster hinüberblickte, wo nun die Dämmerung sank.

Als Dr. Bauer am nächsten Morgen um neun sein Vorzimmer betrat, hatte Mrs. Afton schon zweimal angerufen. Er sollte sie bitte gleich zurückrufen, sagte die Sekretärin, und er ging in sein Zimmer, um nur vorher noch seinen Hut aufzuhängen, als das Telefon schon wieder klingelte.

»Könnten Sie wohl heute morgen schon kommen?« fragte Mrs. Afton. Die zitternde Stimme erschreckte ihn.

»Ja, sicher, das kann ich, Mrs. Afton, was ist denn los?«

»Er weiß, daß ich seinetwegen bei Ihnen gewesen bin. Bei irgend jemandem jedenfalls. Er hat es mir heute morgen auf den Kopf zugesagt, als er vom Spaziergang zurückkam – als ob er es einfach aus der Luft geholt hätte. Er sagt, ich hätte ihn verraten, und dann packte er seine Koffer und sagte, er gehe weg. Jetzt ist er ausgegangen – aber ohne die Koffer, die sind noch hier, er ist sicher nur spazierengegangen, wahrscheinlich ist er um zehn zurück. Wäre es möglich, daß Sie jetzt gleich kommen?«

»Ist er denn sehr aufgeregt? Hat er Sie geschlagen?«

»Nein, nein, davon ist keine Rede. Aber ich weiß, dies ist das Ende. Weiter geht es nicht mehr, das weiß ich.«

Dr. Bauer überschlug in Gedanken, wie viele Termine er ändern mußte. Dem Zehnuhrfünfzehn-Patienten mußte er jedenfalls absagen, vielleicht auch noch dem nächsten um elf. »Können Sie um Viertel nach zehn in der Halle sein?«

»Ja, Dr. Bauer, selbstverständlich.«

Es fiel ihm schwer, die Neunuhrfünfzehn-Behandlung ruhig und konzentriert zu Ende zu bringen. Wenn er an Mrs. Aftons Stimme dachte, wünschte er, er hätte sich gleich auf den Weg gemacht. Was immer vorgefallen war, sie hatte ihn um Rat und Hilfe gebeten, und er war daher für sie verantwortlich.

Um zehn Uhr saß er im Taxi, zündete sich eine Zigarette an und blieb reglos sitzen, ohne einen Blick auf die mitgebrachte Zeitung zu werfen. Ein Vormittag in der Junimitte. Da saß er nun im Wagen und ließ sich über viele Straßen und Ampelkreuzungen hinweg zu Mrs. Thomas Bainbridge Afton fahren, die nach mehr als fünfundzwanzig Ehejahren an einer Krise angekommen war. Was konnte er dabei tun? Er konnte Hilfe besorgen, wenn ihr etwas zugestoßen war, und er konnte ihr mit dem üblichen Trost und Rat beistehen, wenn ihr Mann zurückgekommen war und seine Koffer abgeholt hatte. Jedenfalls war es nun aus mit dem freundlich-heiteren Leben für Mrs. Afton, denn ohne ihren Mann würde sie nie wieder so glücklich sein inmitten ihrer Freunde. Er hörte im Geist die Bemerkungen, die sie im Bekanntenkreis vermutlich gemacht hatte: »Thomas ist manchmal recht sonderbar – er hat ganz merkwürdige Angewohnheiten.« Und schließlich, nach peinlichen Zugeständnissen und Kompromissen, zu sich selbst: »Er ist unmöglich.« Und doch: Stolz, Erziehung oder Pflichtbewußtsein und nicht zuletzt ihr Sinn für Humor hatten bisher die Fassade der glücklich verheirateten Frau aufrechterhalten. »Thomas ist der ideale Ehemann – er *war* es jedenfalls . . .«

Der Wagen machte einen Bogen, der seine Gedanken unterbrach, und hielt dann an einem Häuserblock zwischen Fifth und Sixth Avenue. Das Hotel war kleiner und schäbiger, als er erwartet hatte, ein schmaler unauffälliger Bau, der aussah, als sei er angefüllt mit Leuten mittleren Alters wie die Aftons, die hier seit zehn oder mehr Jahren wohnten.

Mrs. Afton kam ihm mit schnellen Schritten über die schwarzweißen Fliesen entgegen; die Spannung in ihrem Gesicht machte einem freudigen Lächeln Platz. Sie fuhr sich mit dem Taschentuch über die Handfläche und streckte ihm die Hand entgegen. »Oh, Dr. Bauer, ich bin Ihnen so dankbar, daß Sie gekommen sind! Er ist wieder da, jetzt ist er oben. Ich dachte, ich wollte Sie als Freund einer Bekannten vorstellen – Mrs. Lanuxe aus Charleston. Ich kann ja sagen, Sie hätten nur eben mal hereingeschaut und müßten gleich weiter, mit dem Zug.«

»Gern – wie Sie wollen.« Er folgte ihr zum Fahrstuhl und war erleichtert, sie vollkommen beherrscht zu sehen.

Sie betraten den klapprigen kleinen Fahrstuhl, den ein ältlicher Neger bediente, und fuhren schweigend nach oben. Sie stand jetzt nahe vor ihm; Dr. Bauer sah einige graue Fäden in dem hellbraunen Haar und hörte das hastige Atmen. Die eine Hand zerknüllte das Taschentuch zu einem festen Ball.

»Hier entlang.«

Der Flur lag im Halbdunkel. Sie stiegen ein paar Stufen hinab und blieben vor einer hohen Tür stehen.

»Er ist sicher in seinem Zimmer, aber ich klopfe immer an«, flüsterte sie und öffnete die Tür. »Dies hier ist das Wohnzimmer.«

Ohne es zu wissen, hatte Dr. Bauer seine Zeitung in die Jackentasche gestopft, um die Hände frei zu haben. Jetzt sah er sich in einem leeren, etwas trübseligen Zimmer mit hoteleigenen Möbeln, ein paar Büchern, einem Messingkronleuchter, der früher an die Gasleitung angeschlossen gewesen war, und einem dürftigen Kamin.

»Er ist da drüben«, sagte sie halblaut und ging auf eine zweite Tür zu. »Thomas?« Vorsichtig machte sie die Tür auf.

Keine Antwort.

»Ist er nicht da?« fragte Dr. Bauer.

Einen Augenblick schien Mrs. Afton verlegen. »Er

muß gerade hinausgegangen sein. Aber Sie können schnell mal hereinkommen und sich alles ansehen – ich habe Ihnen ja erzählt. Hier, das ist sein Trainingsraum; so sagt er immer.«

Das Zimmer, das Dr. Bauer vor sich sah, war etwa halb so groß wie der Wohnraum und viel dunkler; es hatte nur ein schmales Fenster und davor eine Feuerleiter. Er brauchte einen Augenblick, um sich zu orientieren und die merkwürdigen Utensilien zu erkennen, die auf dem Boden lagen und von der Decke herabhingen: ein gewöhnlicher Punching-Ball, ein großer zylindrischer Sandsack zum Boxen, ein Trainingspferd mit Handgriffen und zwei große Basketbälle. Er bückte sich und nahm einen Boxhandschuh vom Boden auf. Der zweite war noch mit den Senkeln daran befestigt.

»Und dann hat er noch einen Ruderapparat, da drüben im Wandschrank«, erklärte Mrs. Afton.

»Können Sie etwas Licht anmachen?«

»Aber ja, natürlich.« Sie zog an einer Schnur. An der Decke ging eine nackte Birne an. »Sonst ist er immer hier um diese Zeit. Das tut mir wirklich sehr leid. Er kommt bestimmt gleich zurück.«

Dr. Bauer hielt die Boxhandschuhe in der Hand und sah, daß die Senkel noch steif und weiß und nur durch die ersten Ösen gezogen waren, als seien sie nie benutzt worden. Jetzt im Lampenlicht sahen sämtliche Geräte völlig neu aus. Das lederne Pferd war staubig, doch das Leder wies keinerlei Spuren von Abnutzung auf. Mit gerunzelter Stirn betrachtete er den bräunlichen Sandsack, der dicht vor seinen Augen hing und an der Seite noch den kleinen Rhombus des Preisschildes trug. Keins der Geräte war jemals benutzt worden, das stand fest. Er war so überrascht, daß er nicht gleich begriff, was das bedeutete.

»Da drüben ist der Spiegel.« Sie zeigte auf einen großen Spiegel, der aufrecht gegen die Wand gelehnt auf dem Boden stand, und lachte leise auf. »Vor dem bleibt Thomas immer stehen, ganz lange.«

Dr. Bauer nickte. Das Lächeln auf ihrem Gesicht war viel starrer als an dem Nachmittag, da sie zuerst zu ihm gekommen war. Es war eine Anspannung, die die dünnen Augenbrauen zu häßlich gequälten Strichen verzerrte. Ihre Hände flogen, als sie jetzt ein Maßband nahm und es sich behende um zwei Finger wickelte, während sie ihn erwartungsvoll ansah.

»Vielleicht ist es besser, wenn ich unten in der Halle warte«, sagte er halblaut.

»Gut – ich rufe dann unten an und gebe Ihnen Bescheid, sobald er wieder da ist. Er steigt immer die Treppe herauf, deshalb haben wir ihn wohl auch verfehlt, als wir kamen.«

Die Treppe lag direkt vor ihm, als er in den Gang hinaustrat. Noch immer verwirrt, ging er die Stufen hinunter. Ein schlanker blonder Mann kam ihm entgegen, sah ihn einen Augenblick an und ging vorüber. Der konnte es unmöglich sein. Er war verstört, ohne zu begreifen, was ihn so verstört hatte. In der Halle sah er sich nach allen Seiten um und trat schließlich an die Rezeption, die halb verborgen war unter einem Treppenpodest.

»Bei Ihnen ist eine Mrs. Afton registriert?« Es war

mehr eine Feststellung als eine Frage. Der junge Mann vor dem Schalterbrett blickte von seiner Zeitung auf.

»Afton? Nein, tut mir leid.«

»Mrs. Afton, Zimmer zweiunddreißig.«

»Sorry – wir haben keinen Gast mit diesem Namen.«

»Wer wohnt dann in Nummer zweiunddreißig?« Die Zimmernummer stimmte, da hatte er sich nicht geirrt.

Der junge Mann schlug schnell die Zimmerliste auf und fuhr mit dem Zeigefinger an den Nummern entlang. »Nummer zweiunddreißig – Miss Gorham, Sir.« Er blickte Dr. Bauer an, und ein amüsiertes Lächeln erschien auf dem nichtssagenden Gesicht.

»Miss Gorham? Und sie ist nicht verheiratet?« Dr. Bauer fuhr sich mit der Zunge über die Lippen. »Sie wohnt allein hier?«

»Jawohl.«

»Wissen Sie auch sicher, welche Dame ich meine? Sie ist ungefähr fünfzig, etwas rundlich, mit hellbraunem Haar.« Er wußte es nun, aber er mußte sichergehen.

»Ja, das ist Miss Gorham. Miss Frances Gorham.«

Dr. Bauer blickte dem jungen Mann, der Miss Gorham sehr wohl kannte, in die vergnügten Augen und überlegte, was dieser Angestellte wissen mochte und er selber nicht. Oft – sehr oft wohl hatte Mrs. Afton diesem jungen Manne zugenickt, ihn ebenso gewinnend angelächelt wie Dr. Bauer in der Sprechstunde. »Danke schön«, sagte er und fügte abwesend hinzu: »Das ist alles.«

Er starrte in die andere Richtung, ins Leere, mit zusammengebissenen Zähnen, bis das Gefühl, die Wirklichkeit zerbröckele ihm in den Händen, langsam verschwand. Die Welt nahm wieder Gestalt an, hart, ein wenig schäbig und verschlissen wie die Hotelhalle hier, aber greifbar und fest wie der knirschende Sand unter den Schuhen der Hotelgäste auf den Fliesen. Mrs. Afton gab es nun nicht mehr. Langsam ging Dr. Bauer auf die Tür zu, als der Zwang der Gewohnheit ihn auf die Armbanduhr blicken ließ. Es war zwanzig Minuten nach zehn, er konnte also den Elfuhr-Termin noch einhalten. Er wandte sich um und ging zu der sargähnlichen Telefonzelle hinüber, die hinter einem Palmenkübel fast verborgen stand. An der Seite war ein beleuchtetes Regal mit Telefonbüchern angebracht, und aus einer unsinnigen hartnäckigen Neugier heraus schlug er im Ortsteil Manhattan den Buchstaben A auf und suchte nach Afton. Es gab nur einen Teilnehmer mit diesem Namen, das war ein Ladengeschäft. Er trat in die Zelle und wählte seine Praxisnummer. Die Sekretärin meldete sich, und er sagte:

»Bitte versuchen Sie doch, Mr. Schriever zu erreichen, und fragen Sie, ob er doch um elf Uhr kommen kann. Ich bitte sehr um Entschuldigung wegen der Terminänderung. Und wann ist Mrs. Aftons nächster Termin?«

»Moment – sie ist provisorisch eingetragen für halb drei am Montag.«

»Würden Sie das bitte umändern auf Miss Gorham?« sagte er deutlich. »Miss Frances Gorham, die gleiche Zeit.«

»Gorham? G-o-r-h-a-m?«

»Ja, das wird stimmen.«

»Eine neue Patientin?«

»Ja«, sagte er. »Eine neue Patientin.«

Die Heldin

Sie hatte keinen Augenblick daran gezweifelt, daß sie die Stellung bekommen werde. Unbekümmert war sie nach Westchester gefahren und hatte ihren Koffer gleich mitgenommen. Nun saß sie in einem bequemen Sessel im Wohnzimmer der Christiansens und sah in dem dunkelblauen Mantel und dem Mützchen womöglich noch jünger aus als einundzwanzig. Ernsthaft gab sie Antwort auf alle Fragen.

»Sind Sie schon mal irgendwo als Kindermädchen angestellt gewesen?« fragte Mr. Christiansen. Er saß auf dem Sofa neben seiner Frau, die Ellbogen auf die Knie der hellgrauen Flanellhose gestützt, die Hände verschränkt. »Ich meine, haben Sie irgendwelche Referenzen?«

»Die letzten sieben Monate war ich als Hausangestellte bei Mrs. Dwight Howell in New York.« Lucilles graue Augen weiteten sich, als sie ihn voll anblickte. »Wenn Sie wollen, könnte ich von ihr sicher eine Referenz bekommen ... Ich wollte bloß nicht erst warten heute morgen, als ich Ihre Anzeige las. Ich habe mir immer eine Stellung bei Kindern gewünscht.«

Mrs. Christiansens Lächeln galt mehr sich selbst, als sie die naive Begeisterung in dem jungen Gesicht sah. Sie nahm eine Silberdose von dem kleinen Tischchen, erhob sich und bot sie dem jungen Mädchen an. »Mögen Sie?«

»Nein danke, ich rauche nicht.«

»Schön«, meinte Mrs. Christiansen und zündete ihre

Zigarette an, »da könnten wir natürlich nachfragen, aber mein Mann und ich finden eigentlich den persönlichen Eindruck wichtiger als Empfehlungen ... Was meinst du, Ronald? Du wolltest doch jemand haben, der Kinder wirklich gern hat.«

Fünfzehn Minuten später stand Lucille Smith in ihrem Zimmer im Dienstbotenflügel etwas weiter hinten im Garten und schloß den Gürtelknopf des neuen weißen Hauskleides. Behutsam fuhr sie sich mit dem Lippenstift über den Mund. »Jetzt fängst du noch einmal ganz von vorn an, Lucille«, hielt sie ihrem Spiegelbild eindringlich vor. »Heute beginnt für dich ein glückliches und nützliches Leben, verstanden? Und alles Gewesene wird vergessen.«

Doch schon wurden ihre Augen groß und dunkel, als wollten sie die Worte widerlegen. Wenn sich die Augen so weiteten, dann sahen sie aus wie die ihrer Mutter, und ihre Mutter gehörte zu dem, was sie vergessen sollte. Sie mußte sich das abgewöhnen, die Augen so weit zu öffnen; sie sah dann so erstaunt und unsicher aus – das ging nicht, wenn man mit Kindern zu tun hatte. Ihre Hand zitterte, als sie jetzt den Lippenstift weglegte. Sie glättete ihr Gesicht vor dem Spiegel und fuhr mit der Hand vorne über die gestärkte weiße Uniform. Es waren ja nur ein paar Kleinigkeiten, die sie sich merken mußte, ein paar dumme Angewohnheiten wie das mit den Augen – Papierfetzen im Aschenbecher verbrennen, manchmal die Uhrzeit vergessen –, Kleinigkeiten, die viele Leute sich angewöhnt hatten, die sie sich aber nicht leisten durfte. Daran mußte sie denken. Und mit der Zeit brauchte sie dann gar nicht mehr aufzupassen, dann unterließ sie das ganz automatisch. Weil sie ja ein Mensch war wie alle anderen (das hatte ihr der Psychiater doch gesagt, oder etwa nicht?), und andere Menschen dachten an so etwas überhaupt nicht.

Sie ging durchs Zimmer, ließ sich am Fenster mit den blauen Vorhängen auf die Fensterbank fallen und blickte hinaus auf den Garten und den Rasen, der zwischen dem großen Haus und dem Haus des Dienstpersonals lag. Der Platz war mehr lang als breit, in der Mitte war ein runder Springbrunnen, und über den Rasen führten zwei Steinplattenwege, die wie ein schiefes Kreuz im Gras lagen. Bänke wie weißes Spitzenwerk standen hier und da unter einem Baum, in einer Laube. Ein herrlicher Garten!

Und das Haus – ach, das war das Haus ihrer Träume. Weiß, zweistöckig mit dunkelroten Fensterläden, mit Türen aus schwerem Eichenholz und Messingklopfern und Riegeln, die sich mit einem Daumendruck öffnen ließen ... weite Rasenflächen und Pappeln, so dicht und hoch, daß man nicht hindurchsehen konnte ... man brauchte gar nicht daran zu denken, ob es irgendwo draußen noch andere Häuser gab ... Das regenfeuchte Haus der Howells in New York mit den Granitsäulen und schwerem Schnitzwerk hatte ausgesehen wie ein altbackener Hochzeitskuchen unter vielen anderen ebenso altbackenen Hochzeitskuchen.

Sie stand schnell auf. Dieses Haus hier war lebendig, freundlich, warm. Hier gab es ja auch Kinder. Gott sei gedankt für die Kinder! Und dabei hatte sie sie noch nicht einmal kennengelernt.

Eilig lief sie nach unten, trat vor der Haustür auf den Weg hinaus und blieb noch einen Augenblick bei dem feisten kleinen Faun stehen, der aus dem Schilf das Wasser in den steingefaßten Teich sprühte ... Wie war das doch noch mit dem Gehalt, das die Christiansens ihr zahlen wollten ... wieviel war es noch? Sie wußte es nicht mehr, es war ja auch egal. In einem so herrlichen Haus würde sie auch umsonst arbeiten.

Mrs. Christiansen führte sie nach oben ins Kinderzimmer. Sie öffnete die Tür, und Lucille stand in einem Raum, dessen Wände mit fröhlichen bäuerlichen Zeichnungen geschmückt waren, mit tanzenden Pärchen und Tieren und blühenden Bäumen in lustigen Verrenkungen. Zwei gleich große helle Betten standen darin, und der mit gelbem Linoleum belegte Fußboden glänzte vor Sauberkeit.

In einer Ecke lagen die beiden Kinder ausgestreckt auf dem Fußboden, Bilderbücher und Malstifte um sich herum.

»Kommt mal her, ihr zwei, und sagt Lucille guten Tag«, forderte die Mutter sie auf.

Der kleine Junge erhob sich und streckte ihr feierlich die buntverschmierte Hand entgegen. »Guten Tag«, sagte er.

Lucille nahm seine Hand, nickte langsam und wiederholte die Worte.

»Und Heloise auch, bitte«, sagte die Mutter und führte die Kleinere zu Lucille. Heloise starrte die weiße Gestalt an und sagte dann ebenfalls: »Guten Tag.«

»Nicky ist neun und Heloise sechs«, erklärte Mrs. Christiansen.

»Ja«, erwiderte Lucille. Beide Kinder hatten, wie ihr Vater, einen Schimmer von Rot in dem blonden Haar. Sie trugen blaue Kittel ohne Blusen, Rücken und Schultern waren sonnengebräunt unter den Trägern. Lucille konnte die Augen nicht abwenden: dies waren die Traumkinder in ihrem Traumhaus. Offen blickten beide sie an, ohne Mißtrauen, ohne Feindseligkeit. Nur Zuneigung und kindliche Neugier sprach aus den Gesichtern.

»... und viele Menschen leben lieber draußen auf dem Lande«, sagte Mrs. Christiansen gerade.

»O ja ... Ja. Hier ist es viel schöner als in der Stadt!«

Mrs. Christiansen strich zärtlich über das Haar des kleinen Mädchens. Wie hübsch das aussah ... »Gleich ist es Zeit zum Lunch für die Kinder«, sagte sie dann. »Sie essen also mit hier oben, Lucille. Was hätten Sie gern – Tee, Kaffee oder Milch?«

»Ich hätte gern Kaffee, bitte.«

»Schön. Lisabeth wird gleich hier sein mit dem Essen.« An der Tür blieb sie stehen und wandte sich um. »Sie haben doch keine Angst, Lucille?« fragte sie halblaut.

»O nein, Ma'am.«

»Das brauchen Sie auch wirklich nicht.« Sie schien noch etwas sagen zu wollen, ging dann aber mit freundlichem Lächeln hinaus. Lucille starrte ihr nach. Was hatte sie sagen wollen?

»Du bist viel hübscher als Catherine«, erklärte Nicky jetzt. Lucille drehte sich um. »Wer ist denn Catherine?« Sie setzte sich auf einen Hocker und wandte sich den

Kindern zu, die sie immer noch betrachteten. Langsam ebbte das Gefühl der Spannung in den Schultern ab.

»Catherine war unser voriges Kindermädchen. Die ist wieder nach Schottland gegangen. Ich bin aber froh, daß du da bist. Catherine mochten wir nicht.«

Heloise stand mit auf dem Rücken verschränkten Händen vor ihr und wippte hin und her, während sie Lucille weiter musterte. »Nö – Catherine mochten wir nicht.«

Nicky sah seine Schwester an. »Das sollst du nicht sagen. *Ich* hab das gesagt!«

Lucille lachte und umschlang ihre Knie, und die Kinder begannen ebenfalls zu lachen.

Ein farbiges Hausmädchen trat mit dampfendem Tablett in die Tür und stellte es auf den hellen Holztisch mitten im Zimmer. Sie war schlank und von unbestimmbarem Alter. »Ich bin Lisabeth Jenkins, Miss«, sagte sie halblaut und versah die drei Gedecke mit bunten Papierservietten.

»Ich heiße Lucille Smith«, sagte Lucille.

»Ja – dann werden Sie wohl allein fertig, Miss. Wenn noch etwas fehlt, brauchen Sie bloß zu rufen.« Sie verließ das Zimmer. Die Hüften unter dem blauen Servierkleid sahen klein und fest aus.

Die drei setzten sich zu Tisch. Lucille hob den Deckel von der großen Schüssel, und zum Vorschein kamen drei mit Petersilie garnierte Omeletten, hell von der Sonne beschienen, die über dem Tisch lag. Doch zuerst mußte Lucille die Tomatensuppe auffüllen und gebutterten Toast herumreichen. Vor ihr stand ein silbernes Kännchen mit Kaffee; die Kinder tranken jedes ein großes Glas Milch. Der Tisch war reichlich niedrig für Lucille, doch das machte ihr nichts aus. Es war wunderbar, einfach hier zu sitzen mit diesen Kindern. Die Sonne schien warm und fröhlich auf den gelben Fußboden, auf den Tisch, auf Heloises kleines braunes Gesicht ihr gegenüber. Wie herrlich, daß sie nicht mehr im Hause Howell war! Immer war sie sich dort linkisch und ungeschickt vorgekommen. Hier wäre gar nichts dabei, wenn sie den Krugdeckel fallen ließe oder wenn der Saucenlöffel bei jemandem auf dem Schoß landete. Darüber würden die Kinder nur lachen.

Lucille trank ihren Kaffee in kleinen Schlucken.

»Willst du gar nichts essen?« fragte Heloise mit vollem Mund.

Die Tasse entglitt Lucilles Hand, und der Kaffee ergoß sich auf die Tischdecke. Nein, Gott sei dank, es war keine Tischdecke, es war bloß Wachstuch. Das konnte sie mit einem Papiertuch aufnehmen, und Lisabeth würde es gar nicht merken.

»Sweinchen!« lachte Heloise.

»Aber Heloise!« mahnte Nicky streng. Er lief ins Badezimmer, um Papiertücher zu holen. Zusammen wischten sie alles auf. Nicky setzte sich wieder und sagte:

»Papa gibt uns immer 'n bißchen von seinem Kaffee ab.«

Lucille hatte gerade überlegt, ob die Kinder wohl ihrer Mutter von dem Mißgeschick erzählen würden. Was Nicky da andeutete, war vermutlich ein Bestechungsversuch. »Ja, wirklich?« fragte sie.

»Er gießt uns immer etwas in unsere Milch«, fuhr

Nicky fort. »Nur 'n bißchen, damit man die Farbe sieht.«

»So viel ungefähr?« Lucille goß ein wenig Kaffee aus der hübschen Silberkanne in jedes der beiden Gläser.

»Ja-ha!« Beide Kinder strahlten.

»Mama will immer nicht, daß wir Kaffee trinken«, erklärte Nicky, »aber wenn sie nicht hinguckt, dann gibt Papa uns ein bißchen – soviel wie du eben. Papa sagt, ohne Kaffee taugt der ganze Tag nichts, und das finde ich auch ... Mensch, aber Catherine hätte uns nie so viel gegeben, nicht, Heloise?«

»Nö – nie!« Heloise hielt ihr Glas in beiden Händen und nahm einen langen genußvollen Schluck.

Lucille fühlte, wie tief innerlich etwas Warmes in ihr wach wurde, es stieg ihr bis in die Wangen und brannte dort weiter. Die Kinder mochten sie, da war kein Zweifel. Sie dachte daran, wie oft sie in der Stadt in einem der städtischen Parks gesessen hatte während ihrer drei Jahre als Hausmädchen in verschiedenen Familien (mehr hatte sie sich damals nicht zugetraut). Sie hatte immer nur auf einer Bank sitzen und den Kindern beim Spielen zusehen wollen. Aber die Kinder dort waren meist schmutzig oder ordinär gewesen, und sie selbst war und blieb ein Outsider. Einmal hatte sie gesehen, wie eine Mutter ihr Kind ins Gesicht schlug; vor Schmerz und Entsetzen war sie sofort davongelaufen ...

»Du, warum hast du so große Augen?« Das war Heloises Stimme.

Lucille fuhr zusammen. »Meine Mutter hatte auch

so große Augen«, sagte sie langsam. Es klang wie ein Geständnis.

»Och.« Die Antwort genügte Heloise.

Behutsam fuhr Lucille mit dem Messer in das Omelette, auf das sie jetzt keinen Appetit mehr hatte. Drei Wochen war ihre Mutter nun tot. Drei Wochen erst – es kam ihr viel, viel länger vor. Sicher lag das daran, daß sie allmählich lernte zu vergessen. Langsam versanken all die hoffnungslosen Hoffnungen der letzten drei Jahre, die aussichtslose Erwartung, daß die Mutter im Sanatorium vielleicht doch noch genesen werde. Genesen – wovon denn? Die Krankheit war ja ein Ding für sich, ein Leiden, an dem sie gestorben war. Es war unsinnig gewesen, eine völlige geistige Gesundung zu erhoffen, denn die hatte ihre Mutter nie gekannt. Das hatten sogar die Ärzte gesagt. Sie hatten Lucille noch mehr gesagt, über sich selbst noch einiges. Gute ermutigende Dinge hatten sie gesagt. Sie sei genauso normal, wie ihr Vater gewesen war. Lucille blickte in Heloises liebes kleines Gesicht auf der anderen Tischseite und fühlte, wie das warme Gefühl wiederkam. In diesem Traumhaus, abgeschlossen von aller Welt, da konnte sie vergessen und ganz neu anfangen.

»Nun – und wie ist's jetzt mit Jello?«

Nicky zeigte auf ihren Teller. »Du hast ja noch gar nicht aufgegessen.«

»Ich hatte keinen Hunger.« Lucille verteilte den Pudding unter die Kinder.

»Jetzt könnten wir in der Sandkiste spielen«, schlug Nicky dann vor. »Wir gehen sonst immer nur morgens, aber ich möcht dir gern unser Schloß zeigen.«

Die Sandkiste stand hinten am Haus in einer Ecke, die von einem großen vorgezogenen L gebildet wurde. Lucille setzte sich auf den hölzernen Rand, und die Kinder begannen eifrig wie Sandmännchen zu schaufeln.

»Ich bin die gefangene Prinzessin!« rief Heloise.

»Ja, und ich rette sie dann, Lucille, paß mal auf!«

Die Sandburg wuchs schnell in die Höhe. Von den Turmzinnen wehten Fähnchen, ein Festungsgraben lief um die Burg, und eine Zugbrücke – ein Zigarrenkistendeckel mit Sand darauf – führte hinüber. Fasziniert schaute Lucille dem Aufbau zu. Im Geist sah sie Brian de Bois-Guilbert und Rebecca vor sich; sie hatte damals *Ivanhoe* geradezu verschlungen und darüber, genau wie jetzt, alles um sich her vergessen.

Das Schloß war fertig. Hinter die Zugbrücke legte Nicky ein halbes Dutzend bunte Marmeln. »Das sind die guten Soldaten – die sind hier gefangen«, erklärte er. Er stemmte einen weiteren Kistendeckel gegen die Marmeln, errichtete einen Schutzwall aus Sand, zog dann den Deckel weg und sah befriedigt, daß der Sand fest stand wie ein Portal.

Heloise hatte inzwischen Munition in Form von kleinen Steinchen nahe am Haus angehäuft. »Weißt du, wir schlagen das Tor ein, und die guten Soldaten kommen den Berg 'runter über die Brücke, und dann bin ich gerettet.«

»Nicht sagen, nicht sagen! Sie soll es selber sehen.«

Nicky stand auf dem Sandkistenrand gegenüber dem Schloßtor und warf seine Steine ins feindliche Ziel, während Heloise hinter dem Schloß stand und zwischen den Schüssen die Hand ausstreckte, um die Schäden so gut wie möglich zu reparieren, denn sie personifizierte außer der gefangenen Prinzessin auch noch die Verteidigungsarmee.

Auf einmal hielt Nicky inne und blickte Lucille an. »Papa – der kann mit'm Stock schießen, Lucille. Auf das eine Ende legt er einen Stein, und auf das andere Ende, da haut er drauf – so. Das ist 'ne Balliske.«

»Balliste«, sagte Lucille.

»Woher weißt *du* denn das?«

»Ich hab's mal gelesen in einem Buch über Schlösser.«

»Mensch!« Nicky nahm seine Steine auf und begann wieder zu werfen; es war ihm sichtlich peinlich, das Wort falsch ausgesprochen zu haben. »Wir müssen die guten Soldaten jetzt ganz schnell 'rauskriegen, die sind noch gefangen, siehst du? Wenn sie frei sind, dann können wir alle zusammen kämpfen und das Schloß überrennen.«

»Und die Prinzessin befreien!« warf Heloise ein.

Lucille sah ihnen zu und wünschte sehnsüchtig, es käme irgendeine wirkliche Katastrophe, etwas Schreckliches, Gefährliches, das Heloise zustoßen müßte. Dann könnte sie sich zwischen das Kind und den Angreifer werfen und auf diese Weise Mut und Hingabe beweisen ... Sie würde dabei selber schwer verletzt werden, eine Kugel müßte sie treffen oder ein Messer, aber den Verbrecher würde sie in die Flucht schlagen. Dann würden die Christiansens sie immer lieben und nie mehr von sich gehen lassen. Wenn jetzt einer käme, ein Wahnsinniger mit hängendem Mund und blutunterlaufenen Augen: sie hätte kein bißchen Angst.

Die Sandmauer bröckelte, und der erste gute Marmelsoldat riß sich los und kam den Berg heruntergetorkelt. Nicky und Heloise schrien vor Freude. Die Mauer brach, und drei – vier – fünf buntgestreifte Soldaten folgten dem ersten den Sandberg hinunter. Lucille beugte sich vor. Jetzt hatte sie alles verstanden. Sie selbst war einer der guten Soldaten, die im Schloß gefangen waren. Das Schloß war das Howellsche Haus in der Stadt, und Nicky und Heloise hatten sie befreit. Nun war sie frei und konnte lauter gute Taten tun. Wenn jetzt doch bloß etwas passieren wollte ...

»Au-au!«

Das war Heloise. Nicky hatte ihr einen Finger mit dem Kistendeckel gequetscht, als sie beide nach derselben Marmel langten.

Lucille griff nach der Kinderhand. Ihr Herz begann laut zu klopfen, als sie sah, wie das Blut aus mehreren winzigen Punkten der kleinen Schramme rann. »Tut es sehr weh, Liebling?«

»Sie durfte doch die Marmeln gar nicht anfassen!« Mit trotzigem Gesicht setzte sich Nicky in den Sand.

Lucille hielt ihr Taschentuch über den verletzten Finger und schleppte das Kind ins Haus, halbtot vor Angst, daß Lisabeth oder Mrs. Christiansen ihnen begegnen könne. Sie brachte Heloise ins Bad neben dem Kinderzimmer, ging an das Medikamentenschränkchen und fand blutstillende Watte. Behutsam säuberte sie den Finger. Es war nur eine ganz kleine Wunde, und

Heloise hörte auf zu weinen, als sie sah, wie klein die Stelle war.

»Sieh mal, es ist bloß ein kleiner Kratzer«, sagte Lucille. Ein Trost für das Kind, aber für sie selbst war es durchaus kein kleiner Kratzer. Entsetzlich, daß ihr das am ersten Nachmittag mit den Kindern passierte. Eine echte Katastrophe, die sie nicht verhindert hatte. Wieder und wieder wünschte sie sich die Wunde an die eigene Hand und doppelt so schlimm.

Heloise lächelte, als ihr der Verband angelegt wurde. »Du mußt Nicky nichts tun«, sagte sie. »Er wollte mir gar nicht weh tun, er ist bloß immer so grob.«

Aber Lucille lag es völlig fern, Nicky zu strafen. Sich selbst wollte sie strafen, mit einem Stock in die eigene Hand stechen, daß es schmerzte.

»Warum machst du so mit deinen Zähnen?« Das Kind blickte sie an.

»Weil – ich dachte, ich täte dir weh.«

»Tut gar nicht mehr weh.« Heloise hüpfte fröhlich aus dem Badezimmer und warf sich auf ihr Bett mit der hellbraunen Überdecke, die an den Ecken rund geschnitten war und bis auf den Boden reichte. Der verbundene Finger hob sich weiß von der braunen Haut der kleinen Arme ab. »Wir müssen jetzt schlafen«, teilte sie Lucille mit und schloß die Augen. »Wiedersehen.«

»Wiedersehen«, sagte Lucille und versuchte zu lächeln.

Sie ging nach unten, um auch Nicky heraufzuholen, und als sie die Treppe hinaufstiegen, stand Mrs. Christiansen an der Kinderzimmertür. Lucille wurde blaß.

»Es ist bestimmt nicht schlimm, Ma'am. Eine kleine Schramme, unten von der Sandkiste.«

»Der Finger? Aber nein, Kind, das ist gar nichts. So kleine Kratzer haben sie dauernd, und das ist auch nur gut, dann nehmen sie sich das nächstemal besser in acht.«

Mrs. Christiansen trat ins Zimmer und setzte sich zu Nicky auf den Bettrand. »Hör zu, mein Junge, du mußt lernen, etwas vorsichtiger zu sein. Schau mal, wie Lucille sich erschrocken hat!« Lächelnd fuhr sie ihm mit der Hand durchs Haar.

Lucille stand an der Tür und sah zu. Wieder kam sie sich vor wie ein Außenseiter, diesmal wegen ihrer Unfähigkeit. Aber wie verschieden war das hier von den Szenen, die sie im Park beobachtet hatte!

Im Hinausgehen legte ihr Mrs. Christiansen leicht die Hand auf die Schulter. »In Ordnung, Kind. Wenn der Abend kommt, ist alles vergessen.«

»Wenn der Abend kommt!« flüsterte Lucille, als sie ins Kinderzimmer zurückging. »Wie schön das klingt.«

Die Kinder waren eingeschlafen, und Lucille nahm sich ein Kinderbuch – Pinocchio – vor und setzte sich ins Kinderzimmer. Sie hungerte nach Geschichten jeder Art, am meisten nach Märchen und Abenteuerstories. Und hier neben ihr standen solche Bücher reihenweise auf dem Bücherbord! Sie würde Monate brauchen, um das alles zu lesen. Daß es Kinderbücher waren, störte sie nicht – im Gegenteil, die las sie sogar lieber. In Kinderbüchern gab es immer viele Bilder von verkleideten Tieren und von märchenhaften Häusern und Tischen und anderen Dingen, die zum Leben erwachten ...

Vertieft in Pinocchio, fühlte sie eine so starke Freude und warme Zufriedenheit in sich aufsteigen, daß sie das Buch darüber vergaß. Der Arzt im Sanatorium hatte ihr geraten zu lesen, das wußte sie noch; auch ins Kino sollte sie gehen, »möglichst viel mit normalen Menschen zusammensein und nicht so viel an den traurigen Zustand der Mutter denken ...« (Zustand, hatte er gesagt. Sonst hatte er immer von Veranlagung gesprochen. Veranlagung, das war es – ein Faden, der sich durch die Generationen spannte und auch, wie sie meinte, durch sie selbst.) Der Psychiater – sie sah ihn noch vor sich: den Kopf ein wenig auf die Seite gelegt, die Brille hielt er beim Sprechen in der Hand, genau wie sie sich einen Psychiater immer vorgestellt hatte. »Daß Ihre Mutter diese Veranlagung hatte, ist noch lange kein Grund für Sie, nicht normal zu sein. Ihr Vater war völlig normal, und ich bin überzeugt, daß auch Sie es sind, Lucille. Sie sind doch ein intelligentes Mädchen: sehen Sie zu, daß Sie eine Stellung finden außerhalb der Stadt, und dann entspannen Sie sich, genießen Sie das Leben ... versuchen Sie, auch das Haus zu vergessen, in dem Sie mit den Eltern gewohnt haben ... Ein Jahr auf dem Lande, und Sie sind ein anderer Mensch, glauben Sie mir.«

Das war erst vor drei Wochen gewesen, gleich nachdem die Mutter gestorben war. Und der Arzt hatte recht gehabt. In diesem Haus, das Liebe und Frieden, Schönheit und Kinder in sich barg, spürte sie, wie die Mühsal der Stadt von ihr abglitt wie die trockene

Haut einer Schlange. Und das schon jetzt, nach einem halben Tag! In acht Tagen hatte sie sicher für immer vergessen, wie ihre Mutter ausgesehen hatte.

Fast atemlos vor Glück trat sie an das Bücherbord und nahm wahllos sechs oder sieben große bunte Bücher heraus. Eins legte sie offen, mit dem Rücken nach oben, auf ihren Schoß, ein zweites öffnete sie und lehnte es gegen die Brust. Die übrigen hielt sie mit einer Hand fest und drückte ihr Gesicht mit halbgeschlossenen Augen in den Pinocchio-Band. Langsam wiegte sie sich im Sessel hin und her, angefüllt von froher Dankbarkeit, ohne einen Gedanken an irgend etwas anderes. Unten schlug die Uhr drei. Sie hörte es nicht.

»Was machst du da?« Das war Nickys höflich-neugierige Stimme.

Lucille nahm das Buch vom Gesicht. Als sie seine Frage begriff, wurde sie rot wie ein ertapptes Kind. »Ich lese!« lachte sie.

Nicky lachte ebenfalls. »Du hältst aber das Buch mächtig dicht vor die Augen!«

»Ja – mächtig dicht!« echote Heloise, die sich ebenfalls im Bett aufgesetzt hatte.

Nicky trat zu Lucille und betrachtete die Bücher, die sie auf dem Schoß hielt. »Um drei stehen wir immer auf. Liest du uns jetzt was vor? Catherine hat uns immer nachmittags was vorgelesen, bis zum Essen.«

»Ja – soll ich euch aus Pinocchio vorlesen?« fragte Lucille eifrig und voller Vorfreude auf den gemeinsamen Spaß an dem Buch, das ihr schon nach den ersten Seiten so gut gefallen hatte. Sie setzte sich auf den Fußboden, damit die Kinder beim Vorlesen die

Bilder betrachten konnten. Nicky und Heloise saßen neben ihr und schoben die erhitzten Gesichter so dicht über die Buchseiten, daß Lucille ein paarmal kaum weiterlesen konnte. Sie wußte nicht, daß sich die fieberhafte Intensität, mit der sie vorlas, den Kindern mitteilte und daß dies der Grund war, warum es ihnen so besonders gefiel. Sie las zwei Stunden lang; die Zeit verging wie im Fluge.

Um kurz nach fünf brachte Lisabeth das Tablett mit dem Abendessen. Als sie fertig waren, baten die Kinder um weiteres Vorlesen bis zur Schlafenszeit um sieben. Lucille war gern dazu bereit und begann mit einem neuen Buch, doch als Lisabeth kam und das Geschirr holte, sagte sie Lucille, es sei jetzt Zeit, die Kinder zu baden. Mrs. Christiansen werde bald heraufkommen, um gute Nacht zu sagen.

Mrs. Christiansen erschien um sieben. Die Kinder waren frisch gebadet und saßen in ihren Bademäntelchen mit Lucille auf dem Fußboden, ganz vertieft in eine neue Geschichte.

»Du, Mama«, sagte Nicky, »Catherine hat uns das alles auch schon vorgelesen, aber jetzt, wo Lucille vorliest – da sind es auf einmal lauter neue Geschichten!«

Lucille errötete vor Freude. Als die Kinder im Bett waren, ging sie mit Mrs. Christiansen nach unten.

»Nun, Lucille, sind Sie zufrieden? Geht alles gut? ... Ich dachte, Sie hätten vielleicht noch Fragen –?«

»Nein, Ma'am, das nicht, bloß ... kann ich wohl in der Nacht mal 'raufgehen und nachsehen, ob den Kindern auch nichts fehlt?«

»Nein, Lucille, das möchte ich nicht, daß Sie extra

aufstehen. Sehr lieb von Ihnen, aber das ist wirklich nicht nötig.«

Lucille schwieg.

»Die Abende werden Ihnen vielleicht manchmal lang werden, Kind. Wenn Sie mal in die Stadt fahren möchten, ins Kino oder so, dann kann Alfred Sie gern hinfahren. Alfred ist der Chauffeur.«

»Vielen Dank, Ma'am.«

»Dann also gute Nacht, Lucille.«

»Gute Nacht, Ma'am.«

Sie ging zur Hintertür hinaus und durch den Garten, wo der Springbrunnen noch plätscherte. Ihre Hand lag auf dem Türknauf. Wenn doch dies die Kinderzimmertür wäre! Und wenn es doch schon acht Uhr früh wäre, der Beginn eines neuen Tages!

Trotzdem war sie jetzt müde, angenehm müde. Wie schön das war, dachte sie, als sie das Licht ausmachte, abends richtig müde zu sein (auch wenn es erst neun Uhr war), anstatt hellwach und voller Tatendrang, anstatt wieder nicht schlafen zu können, weil man an die Mutter denken mußte oder an eigene Kümmernisse. Einmal, das war noch gar nicht so lange her, da hatte sie sich fünfzehn Minuten lang nicht auf ihren Namen besinnen können. In Todesangst war sie zum Arzt gestürzt ...

Das alles war vorbei. Sie konnte sogar Alfred bitten, ihr aus der Stadt ein Päckchen Zigaretten mitzubringen – ein Luxus, den sie sich seit Monaten versagt hatte.

Aus dem Fenster warf sie einen letzten Blick auf das Haus. Die Gardinen im Kinderzimmer blähten sich ein-, zweimal und legten sich dann zurück. Der Wind in den nickenden Wipfeln der Pappeln flüsterte, es klang wie freundliche Stimmen, wie das helle Auf und Ab von Kinderstimmen ...

Der zweite Tag verlief wie der erste, nur gab es keinerlei Mißgeschick, keine aufgeschürfte Hand; und ebenso gingen der dritte und vierte Tag vorbei: alle gleichmäßig und einander ähnlich wie Nickys Zinnsoldaten, die in einer Reihe auf dem Kinderzimmertisch aufgestellt waren. Was sich änderte, war nur Lucilles hingebende Liebe zur Familie und zu den Kindern – eine blinde und leidenschaftliche Anbetung, die sich jeden Morgen zu verdoppeln schien. Es gab so viele kleine Dinge, die sie in sich aufnahm, hegte und liebte: die Art, wie Heloise ihre Milch trank, in kleinen Schlucken hinten im Hals; der blonde Flaum auf dem Rücken der Kinder, der im Nacken mit dem seidigen Haar zusammentraf, und beim Baden die empfindsame Zartgliedrigkeit der beiden kleinen Körper.

Am Sonnabend fand sie im Briefkasten unten am Haus einen an sie adressierten Umschlag, der ein leeres Blatt Papier und darin zwei neue Zwanzigdollarnoten enthielt. Sie nahm einen der knisternden Scheine in die Hand und betrachtete ihn. Der Wert bedeutete ihr nichts, denn wenn sie ihn ausgeben wollte, mußte sie in Läden gehen, wo andere Menschen waren. Wozu brauchte sie überhaupt Geld, wenn sie für immer im Hause Christiansen blieb? Das Geld lag dann da und wurde immer mehr; jede Woche kamen vierzig Dollar hinzu, in einem Jahr hatte sie zweitausendundachtzig Dollar, und in zwei Jahren doppelt soviel, und schließlich kam es noch soweit, daß sie ebensoviel hatte wie die Christiansens, und das war nicht in Ordnung.

Ob sie es wohl seltsam fanden, wenn sie bat, umsonst arbeiten zu dürfen? Oder vielleicht für zehn Dollar pro Woche? Sie mußte mit Mrs. Christiansen darüber sprechen.

Am nächsten Morgen ging sie hinüber. Die Zeit war nicht sehr glücklich gewählt; Mrs. Christiansen saß am Schreibtisch und stellte den Speisezettel für eine Abendgesellschaft zusammen.

»Ich komme wegen meines Gehalts, Ma'am«, fing Lucille an.

»Ja –?« fragte Mrs. Christiansen freundlich.

Lucille blickte auf den gelben Bleistift, der eilig über das Papier fuhr. »Ich – es ist zuviel.«

Der Bleistift hielt an. Mrs. Christiansens Mund öffnete sich erstaunt. »Also, Lucille – Sie sind wirklich ein merkwürdiges Mädchen.«

»Wieso merkwürdig?« fragte Lucille neugierig.

»Nun – zuerst wollten Sie ungefähr Tag und Nacht bei den Kindern sein. Nicht mal Ihren freien Nachmittag wollten Sie haben. Immer reden Sie davon, Sie möchten etwas ›Großes‹ für uns tun, obgleich ich mir darunter nichts Rechtes vorstellen kann ... Und nun finden Sie Ihr Gehalt zu hoch! So ein Mädchen haben wir noch nie gehabt, Lucille. Sie sind wahrhaftig eine Ausnahme!« Sie lachte – ein freundliches ungezwungenes Lachen, während Lucille blutrot und angespannt vor ihr stand.

Hingerissen von Mrs. Christiansens Worten, fragte Lucille: »Wieso bin ich eine Ausnahme, Ma'am?«

»Kindchen, das habe ich Ihnen ja gerade erklärt. Und eine Herabsetzung Ihres Gehalts kommt gar nicht in Frage. Wir haben nicht die Absicht, Sie auszunutzen. Wir wären auch bereit zu einer Zulage, wenn Sie eines Tages ...«

»Nein, nein, Ma'am ... ich wünschte ja bloß, ich könnte noch mehr für Sie tun ... für Sie alle, meine ich ...«

»Nun hören Sie mir mal zu, Lucille. Sie arbeiten doch für uns, nicht wahr? Sie betreuen unsere Kinder. Sehen Sie nicht, daß das für uns das Allerwichtigste ist?«

»Ja, bloß – ich meine was anderes. Was Größeres, irgendwas –«

»Unsinn, Lucille«, unterbrach sie Mrs. Christiansen. »Die Leute, bei denen Sie vorher waren, mögen vielleicht nicht so – nicht ganz so freundlich gewesen sein, aber deshalb brauchen Sie sich hier doch nicht totzuarbeiten.« Sie wartete darauf, daß das Mädchen sich zum Gehen wandte, aber sie blieb weiter mit verwirrtem Gesicht am Schreibtisch stehen. »Mein Mann und ich sind sehr zufrieden mit Ihnen, Lucille.«

»Ja. Vielen Dank, Ma'am.«

Sie ging zurück ins Kinderzimmer, wo die beiden Kinder spielten. Nein, Mrs. Christiansen hatte sie nicht verstanden. Wenn sie bloß noch einmal zurückgehen und ihr erklären könnte, wie ihr zumute war, von der Mutter erzählen und von den monatelangen Ängsten vor sich selbst, wie sie nie den Mut gehabt hatte, irgend etwas zu trinken oder auch nur eine Zigarette zu rauchen, und wie sehr das Zusammenleben mit der

Familie in diesem wunderbaren Hause ihr geholfen und sie geheilt hatte ... Alles, alles würde sie ihr gern erzählen, nur um es los zu sein. Sie wandte sich zur Tür. Aber der Gedanke, sie zu stören oder zu langweilen mit all diesen Geschichten – Dienstmädchengeschichten – hielt sie zurück, und den ganzen Tag lang lag die unausgesprochene Dankbarkeit wie eine steinschwere Last in ihrer Brust.

Abends saß sie in ihrem Zimmer; das Licht brannte bis nach Mitternacht. Sie besaß nun Zigaretten und hatte sich an diesem Abend nicht mehr als drei erlaubt, doch schon diese drei hatten genügt, ihren Puls zu beschleunigen; die Spannung ließ nach, und wieder kamen die Träume, die Sehnsucht nach einer großen Tat, nach etwas Heldenhaftem ... Als die dritte Zigarette zu Ende geraucht war, erhob sie sich leicht berauscht und legte das Zigarettenpäckchen in die oberste Schublade, um nicht in Versuchung zu kommen. Sie wollte die Schublade schließen, da fiel ihr Blick auf die beiden Zwanzigdollarnoten, die sie von Christiansens erhalten hatte und die oben auf dem Taschentuchkästchen lagen. Sie nahm sie heraus und setzte sich.

Aus der Streichholzschachtel nahm sie ein Zündholz, strich es an und stellte es mit dem brennenden Ende nach unten gegen ihren Aschbecher. Ein Zündholz nach dem anderen flammte auf und wurde so hingestellt, daß ein kleiner gleichmäßiger Scheiterhaufen entstand. Als alle Streichhölzer verbraucht waren, riß sie die Schachtel in kleine Streifen und ließ sie behutsam ins Feuer fallen. Endlich griff sie zu den beiden Zwanzigdollarnoten und riß sie etwas mühsam in gleich große Stücke, die ebenfalls ins Feuer wanderten.

Nein, Mrs. Christiansen hatte sie nicht verstanden. Aber wenn sie dies hier sähe, dann müßte sie begreifen. Nur war auch dies noch nicht genug. Treue und Zuverlässigkeit waren nicht genug; das konnte jeder geben, für Geld. Sie war anders – sie war eine Ausnahme, das hatte doch Mrs. Christiansen selbst gesagt. Sie hatte sogar noch mehr gesagt: *»Mein Mann und ich sind sehr zufrieden mit Ihnen, Lucille.«*

Die Erinnerung an diese Worte brachte ein verzücktes Lächeln auf Lucilles Lippen. Sie stand auf. Wie gut das war – sie fühlte sich jetzt ganz stark und sicher im Gedanken an den Platz, den ihr die Christiansens eingeräumt hatten. *Mein Mann und ich sind sehr zufrieden mit Ihnen, Lucille.* Nur eins fehlte ihr noch zum vollkommenen Glück: sie mußte sich bewähren – in einer Krise bewähren.

Wenn bloß eine der biblischen Plagen käme ... »Und das Land wurde heimgesucht von einer schweren Plage.« So würde es in der Bibel wohl heißen. Sie stellte sich vor, wie eine Flutwelle kam und das Wasser immer höher am Haus emporstieg, bis es fast am Kinderzimmer angelangt war. Sie würde die Kinder an sich reißen und schwimmend mit ihnen das rettende Ufer erreichen, wo immer das auch sein mochte.

Rastlos wanderte sie im Zimmer auf und ab.

Oder ein Erdbeben ... Sie würde, während die Wände einstürzten, die Kinder aus dem Hause schleppen und in Sicherheit bringen. Die Kinder würden sie vielleicht anflehen, ihnen noch ein Lieblingsspielzeug herauszuholen, Nickys Zinnsoldaten oder Heloises Buntstifte, und sie würde unter den einstürzenden Mauern umkommen. Dann mußten die Christiansens ihre Hingabe erkennen.

Oder wenn ein Feuer ausbrach ... Das konnte überall geschehen. Feuer war etwas Alltägliches, dazu bedurfte es keiner überirdischen Heimsuchung. In der Garage war so viel Benzin – wenn da ein Streichholz in die Nähe kam, konnte eine furchtbare Feuersbrunst entstehen.

Langsam ging sie nach unten und trat durch die Innentür, die in die Garage führte. Der Tank war drei Fuß hoch und bis zum Rand gefüllt. Wäre sie nicht so besessen gewesen von der Größe und Dringlichkeit ihres Vorhabens, so hätte sie es gar nicht fertiggebracht, den Tank über die Schwellen der Garage und der Haustür zu heben. Sie rollte ihn quer über den Grasplatz, so wie sie Männer mit Bierfässern und Mülltonnen hatte umgehen sehen. Es ging fast ohne Geräusch auf dem Rasen, nur auf dem Plattenweg gab es ein kurzes Rumpeln, das sich in der Stille der Nacht verlor.

In keinem der Fenster brannte ein Licht, doch auch wenn eins erleuchtet gewesen wäre, so hätte das Lucille nicht zurückgehalten. Selbst wenn Mr. Christiansen am Springbrunnen gestanden hätte: sie hätte sich nicht beirren lassen, denn sie hätte ihn wahrscheinlich gar nicht gesehen. Und außerdem: war sie nicht im Begriff, eine große Tat zu tun? Nein, sie hätte nichts als das Haus gesehen und die Gesichter der Kinder oben im Kinderzimmer.

Sie schraubte den Tankdeckel ab und goß etwas Benzin über eine Hausecke, dann rollte sie den Tank weiter und goß mehr Benzin über die weißen Mauerschindeln, ging ein paar Schritte weiter und ließ wieder das Benzin über die Hauswand laufen, bis sie an der entferntesten Hausecke angekommen war. Hier blieb sie stehen, strich ein Zündholz an und ging den gleichen Weg zurück, und überall an den nassen Stellen hielt sie das Zündholz an die Hauswand. Ohne sich auch nur einmal umzusehen, schritt sie hinüber zu ihrer Haustür; dort wandte sie sich um und blickte zurück.

Die ersten Flammen hüpften blaß und eilfertig, reckten sich und leckten dunkelgelb mit rötlichen Streifen nach oben. Lucille stand ganz still. Alle Spannung, alle Furcht, die sich so lange in ihrem Körper und Geist angestaut hatte, löste sich, schwebte sacht nach oben und befreite sie für immer von Druck und Angst. Jetzt war nur noch Erwartung in ihr, die freudige und freiwillige Erwartung des Sportlers, der auf den Startschuß horcht. Höher, viel höher mußten die Flammen züngeln, bis hinauf zum Kinderzimmerfenster, damit die Gefahr am größten war, wenn sie dann hineinstürzte. Ein Lächeln wie das eines Heiligen erschien auf ihren Lippen. Wer sie dort mit leuchtenden Augen in dem flackernden Feuerschein erblickt hätte, der hätte in ihr ohne Zweifel eine sehr schöne junge Frau gesehen.

An fünf Stellen hatte sie das Feuer entfacht, und von den fünf Stellen krochen nun die Flammen, wie die Finger einer Hand, warm und zärtlich streichelnd immer weiter nach oben. Lucille strahlte; noch hielt sie sich zurück und wartete.

Plötzlich gab es einen Knall wie ein Kanonenschlag: der Benzintank war heiß geworden und explodiert, und einen Augenblick wurde die ganze Szene strahlend hell erleuchtet.

Als habe sie nur auf dieses Signal gewartet, löste sich Lucille von der Tür und ging mit ruhigen Schritten zum Haus hinüber.

Auf der Brücke

Sie fuhren mit offenem Verdeck, und Merrick hatte den Mann auf der Brücke schon aus weiter Entfernung gesehen. Sein Wagen jagte mit hoher Geschwindigkeit auf die Brücke zu. Wie in einem Bergman-Film, dachte er. Der Mann da vorn hat einen Revolver in der Hand, und wenn wir nahe genug sind, schießt er auf mich und trifft mich mitten ins Herz. Na wenn schon – das wäre nicht das Schlimmste. Er wandte die Augen nicht ab von der Gestalt auf der Brücke, die sich über das Geländer beugte, denn er ahnte Unheil, und überdies gab es außer dem Mann da vorn weit und breit kein anderes menschliches Wesen. Sie waren an der italienischen Riviera: zur Linken lag blau und heiter das Mittelmeer, zur Rechten sah man weite Olivenfelder, silbergrün und durstig, die hügelaufwärts verliefen bis zum Fuß der steinigen Berge. Die Brücke, die eine breite Querstraße trug, überspannte den Fahrweg in einer Höhe von mehr als zehn Metern.

Jetzt hatte der Wagen die Brücke erreicht. Der Mann rührte sich nicht; Merrick sah, wie der Wind durch das dunkle Haar fuhr. Die Gefahr war vorüber.

Ein Lastwagen kam ihm auf der anderen Fahrbahn entgegen, und mitten im Lärm der Motoren hörte Merrick ein schwaches Plop hinter sich; es klang, als sei ein Sandsack vom Wagen gefallen. Er drehte sich um, richtete sich halb auf und rief dem Fahrer zu, er solle anhalten.

Ein dunkles Etwas lag auf der Straße unter der

Brücke, und Merrick sah gerade noch, wie der Lastwagen mit den starken Zwillingsreifen darüber hinwegfuhr und dann mit kreischenden Bremsen anhielt. Der Fahrer stieg aus. Merrick fuhr sich mit der Hand über Stirn und Augen.

»Was ist los?« fragte sein Fahrer. Er nahm die Sonnenbrille ab und drehte den Kopf halb nach hinten, dann hielt er an.

»Der Mann da unten – der ist tot«, sagte Merrick.

Der Fahrer setzte den Wagen hart rechts an den Straßenrand, zog die Handbremse an, sprang hinaus und lief zu dem Lastwagenfahrer, mit dem er einige Minuten lang eine lebhafte Unterhaltung führte, während Merrick im Wagen sitzen blieb. Der Lastwagenfahrer hatte den Toten auf den Grasrand neben der Fahrstraße gezogen. Vermutlich erklärte er seinem Gegenüber, daß er unmöglich habe anhalten können, denn der Mann hatte sich direkt vor den Lastwagen geworfen.

»Dio mio«, sagte Merricks Fahrer, als er jetzt zurückkam und sich ans Steuer setzte. »Selbstmord. Und dabei war der Mann gar nicht alt.« Er schüttelte den Kopf.

Merrick sagte nichts darauf, und sie fuhren weiter. Nach zehn Minuten bemerkte der Fahrer:

»Schade, daß Sie Amalfi nicht mögen, Sir.«

»Ja. Ich bin –« Merrick hatte keine Lust zu reden. Sein Italienisch beschränkte sich auf ein Grundvokabular; das beherrschte er und sprach es auch richtig aus. Nach Amalfi hatte er damals seine Hochzeitsreise gemacht, vor fünfundzwanzig Jahren. Wozu sollte er das diesem Italiener aus Messina erzählen, der sicher nicht mehr als dreißig Jahre alt war.

Sie hielten in einem Dorf, das Merrick in Palermo auf der Karte entdeckt hatte. Als er sich im Reisebüro danach erkundigte, hatte man ihm gesagt: »Sehr hübsch, das Dörfchen, und ganz ruhig«, und deshalb beschloß er, es damit zu versuchen. Von Messina aus hatte er telefonisch ein Zimmer mit Bad bestellt. Der Fahrer brachte ihn bis vor das Hotel; Merrick bezahlte ihn und gab ihm ein so reichliches Trinkgeld, daß der Mann sich mit dankbarem Grinsen verabschiedete.

»Vielen Dank, Sir! Und noch recht schöne Ferien!« Damit war er verschwunden.

Das Paradiso war ein hübsches Hotel, nur war es nicht das, was Merrick sich wünschte. Das wußte er schon nach zwei Minuten, als er sich die Eingangshalle mit dem Innenhof angesehen hatte, in dem kleine Obstbäumchen und ein Ziehbrunnen aus dem sechzehnten Jahrhundert standen. Der Fußboden war mit hübschen Kacheln belegt, und der Blick aus seinem Zimmer über das Mittelmeer war gewiß ebenso schön wie der Blick von der Kommandobrücke eines Schiffes über die weite See; nur war es eben nicht das, was er suchte. Doch er blieb über Nacht, und am nächsten Morgen mietete er einen Wagen zum Weiterfahren. Während er im Hotel auf den Wagen wartete, warf er einen Blick in die kleine Lokalzeitung, um zu sehen, ob etwas über den Mann auf der Brücke darinstand.

Auf der zweiten Seite fand er eine kurze einspaltige Notiz. Der Mann hieß Dino Bartucci, war zweiunddreißig Jahre alt, Maurer, arbeitslos, verheiratet, hatte fünf Kinder (Namen und Alter waren angegeben, alle waren unter zehn); die Frau war nicht gesund, und Bartucci selbst hatte seit Monaten unter schweren Depressionen gelitten. Zweimal hatte er zu Freunden geäußert: »Wenn ich tot wäre, bekäme meine Frau wenigstens eine kleine Rente für sich und die Kinder.«

Merrick wußte, wie armselig eine solche Rente war. Dieser Bartucci war wirklich ein ausgemachter Pechvogel gewesen: Armut, eine kranke Frau, hungrige Kinder und keine Arbeit. Seltsam, dachte Merrick, daß er beim Anblick des Mannes sofort an den Tod gedacht hatte. Nur hatte er ihn für sich selbst erwartet, nicht für den Mann auf der Brücke.

Der Wagen mit dem neuen Fahrer kam, und Merrick stieg ein. Um ein Uhr waren sie in Amalfi und hielten an, um dort Mittag zu essen. Merrick gab dem Fahrer tausend Lire für eine Mahlzeit und ging selbst zum Essen in ein Hotel mit einer Terrasse an der Seeseite. Er hatte hier früher ein paarmal mit Helena zu Mittag oder zu Abend gegessen; daran erinnerte er sich, aber er dachte nicht weiter darüber nach, als er das vorzügliche Essen verzehrte. Es kümmerte ihn wenig, daß er jetzt wieder in Amalfi war. Warum auch? Das Hotel, in dem er damals mit Helena gewohnt hatte, war im Winter von einem durch schwere Regenfälle verursachten Erdrutsch zerstört worden. Man hatte es zwar wieder aufgebaut, angeblich sogar im ursprünglichen Stil, aber daran glaubte Merrick nicht recht. Ein paar Änderungen – vermutlich Vergrößerungen – hatte man bestimmt vorgenommen; es war ja auch gar nicht möglich, jeden Stein und jeden Baum wieder an die alte Stelle zu setzen. Doch selbst wenn das Haus noch genauso dastünde wie damals, hätte Merrick nicht wieder dort wohnen mögen. Er wußte, daß sich das Bild in seiner Erinnerung nach 25 Jahren verändert haben mußte und daß die Wirklichkeit wie ein Schock auf ihn wirken würde, unnütz und deprimierend.

Merrick ließ sich Zeit mit dem Essen und trank dann noch in Ruhe unten auf der Plaza einen Kaffee mit Kognak. Als sie weiterfuhren, war es fast fünf.

Die nächste richtige Stadt war Positano. Der Tag ging nun zu Ende, und hinter der purpurnen Insel Capri versank riesig und goldfarben die Sonne im Meer. Es kam Merrick so vor, als höre er ein Zischen, als der Sonnenball das Wasser berührte, aber es waren nur die Wellen, die sich unten an den Felswänden brachen. Er fand Positano nicht hübscher als die paar anderen Dörfer, die er gesehen hatte, obgleich der Ort in seinem Kranz von Bergen sehr schön gelegen war: er zog sich die Hügel hinauf wie ein Amphitheater, mit dem Meer als Bühne davor. Trotzdem entschloß er sich zum Bleiben für die Nacht, was den Fahrer erstaunte, denn Merrick hatte vorher davon gesprochen, daß er vielleicht bis Neapel oder sogar bis Rom weiterfahren wolle. Merrick versprach, ihm den Betrag zu zahlen, den er ihm in Rom gezahlt hätte, und das freute den Mann.

»Ich weiß, wo hier das beste Hotel ist«, sagte er. »Soll ich Sie hinfahren, Sir?«

Merrick hatte noch keine Lust, jetzt einen Entschluß zu fassen. »Nein, danke schön. Fahren Sie erstmal nur durch die Stadt.«

Die Straße führte oberhalb der Stadt in einem Halbkreis um das Amphitheater herum. In der Stadt selbst gab es keine richtigen Straßen, nur Treppen und steile Fußwege.

»Was ist dies hier für ein Hotel?« fragte Merrick und zeigte auf ein Haus auf der linken Straßenseite. Auf dem flachen schmiedeeisernen Schild, das sich schwarz gegen die weiße Hauswand abhob, stand der Name: Hotel Orlando.

Der Fahrer nickte. »Gut.« Er fuhr den Wagen auf den Parkplatz vor dem Hotel. Ein Page trat heraus.

Sicher kein besonderes Hotel, dachte Merrick, aber da es eher teuer aussah, durfte man wohl annehmen, daß es wenigstens sauber und der Service gut war. Er entlohnte den Fahrer und gab ihm ein Trinkgeld.

Als er in seinem Zimmer war, zog er sich aus und nahm in Ruhe ein heißes Bad. Dann zog er seinen Morgenmantel an und ließ sich eine halbe Flasche Sekt aufs Zimmer kommen. Der Sekt regte ihn an; er setzte sich hin und schrieb – was er längst hatte tun wollen – eine Postkarte an seine Schwester in New York und eine an seine Schwiegertochter. Beide, das wußte er, machten sich Sorgen um ihn. Er schrieb beiden das gleiche:

»Hier ist es sehr schön, es geht mir gut, und ich ruhe mich gründlich aus, wie vorgeschrieben. Bald treffe ich mich mit den Denises in München. Hoffentlich ist bei Dir alles in Ordnung. Mach Dir keine Sorgen um mich. Alles Liebe

Charles.«

Seine Ärzte hatten ihm geraten, sich jeden Nachmittag zwei Stunden im Bett auszuruhen. Das hatte er bis Palermo befolgt, in den letzten drei Tagen nicht mehr. Vor vier Monaten waren seine Frau und Adam, sein einziger Sohn – das einzige Kind –, bei einem Autounfall auf einem Parkplatz in New Jersey ums Leben gekommen. Adam hatte am Steuer gesessen. Merrick hatte den Schock zunächst einigermaßen überstanden; die Reaktion kam erst drei Monate später. Er hörte auf, ins Geschäft zu gehen – es war seine eigene Firma, Merrick Weaves Inc. in White Plains –, und zwar nicht, weil es ihm so schlecht ging, wie die Ärzte vermuteten, sondern einfach, weil es ihm sinnlos vorkam. Die Textilfabrik ging ohne ihn genausogut wie mit ihm. Seine Schwester Wynne kam auf zwei Wochen zu ihm und kümmerte sich um ihn; aber da sie einen eigenen Haushalt hatte, konnte sie nicht bleiben. Seine Melancholie in dem leeren Haus war durch Wynne, die er sehr liebte, im Grunde auch nicht gelindert worden, wenn er auch so tat, als gehe es ihm besser. Er nahm ab, obgleich es ihm vorkam – vielleicht wegen der Mühe, die ihn das Essen jetzt kostete –, als esse er genausoviel wie sonst, aber es schmeckte ihm nicht. Er hatte sich nie klargemacht, wie sehr er Helena liebte, wie notwendig sie ihm einfach zum Leben war. Dazu kam, daß sein Sohn gerade mit dem Studium fertig gewesen war, gerade seinen Militärdienst beendet, eben geheiratet hatte und nun im Begriff stand, sein Leben zu beginnen. Das alles hatte seinen Glauben an die Dinge, die ihm bisher heilig gewesen waren, erschüttert. Plötzlich erschienen ihm alle Tugenden – Fleiß,

Ehrlichkeit, Nächstenliebe, Gottesglaube – merkwürdig brüchig und substanzlos. Seine Überzeugungen kamen ihm gespenstisch vor, während die Gestalten von Frau und Sohn, aufgebahrt in der Kapelle, greifbar wurden wie Stein. Die Leere im Haus war Wirklichkeit, die Vorstellung männlicher Stärke hingegen abstrakt und wesenlos. Dabei war ihm klar, daß Millionen von Menschen seit Anbeginn aller Zeiten die gleichen Erfahrungen erlitten hatten. Was er jetzt durchmachte, war nicht im geringsten neu oder originell. Das eben war ›das Leben‹ – die beiden Todesfälle in seinem Leben und das, was darauf folgte.

Schließlich hatten ihm die Ärzte eine ruhige und gemächliche Europareise angeraten. Sie hatten sich sogar noch vergewissert, daß Merrick in London, Paris, Rom und München Freunde hatte, mit denen er sich treffen wollte und die auch Zeit für ihn hatten. Sein Schiff ging zwar nach Genua, doch er war schon in Lissabon von Bord gegangen – das war der erste europäische Hafen – und mit einem anderen Schiff nach Palermo weitergefahren. Seine Freunde Martin, die ein großes Haus in Rom an der Via Appia antica besaßen, hatten ihn für eine Woche eingeladen; aber Merrick hoffte, den Aufenthalt auf eine Nacht reduzieren zu können mit der Begründung, daß Alex und Betty Denis ihn in München früher als vereinbart erwarteten; sie wohnten in Zürich und kamen eigens nach München, um ihn zu treffen. Von München aus wollten sie zusammen nach Venedig und dann die jugoslawische Küste hinunterfahren.

Abendessen wurde ab acht Uhr serviert, das hatte

Merrick erfahren. Um halb acht schlenderte er in den Garten hinter der Terrasse, wo die Tische zum Essen schon gedeckt waren. Der Garten wurde schwach erhellt von ein paar Windlichtern, die auf der niedrigen Mauer und auf einigen eingesunkenen Steinen im Gras aufgestellt waren. Der Garten – soweit man ihn überhaupt Garten nennen konnte – war verwildert, doch Merrick war schon beim ersten Anblick hingerissen. Ganz links, halb versteckt unter einem tiefhängenden Baum, saßen zwei junge Menschen in einer Hollywoodschaukel, ein kleines Tischchen mit Gläsern vor sich. Sonst war niemand im Garten. Die Sonne war untergegangen, weit hinten sah man die dunklen Silhouetten der hohen Berge; sie schienen ganz nahe zu sein, fast als schlössen sie den Garten ein. Im flackernden Licht der Kerzen sahen die Gesichter der beiden jungen Leute auf der Schaukel aus wie Kindergesichter auf einem Lampionfest mit ausgehöhlten und erleuchteten Kürbissen. Vielleicht waren es Hochzeitsreisende – irgendwie kam es Merrick so vor; nicht weil sie nahe beieinander saßen, denn sie berührten sich nicht einmal, sondern eher, weil sie auf so stille Art jung und glücklich waren.

Jetzt begann eine Gitarre zu spielen. Die Töne schienen von jenseits der Gartenmauer zu kommen, wo der Abhang sich in dunklen Bäumen und Büschen verlor, aber man sah dort unten nichts, auch kein Licht. Die Gitarre spielte ohne Begleitung und hatte doch den vollen Ton von drei harmonisierenden Instrumenten. Das Lied klang leicht und sicher. Die Grundmelodie war lang und kompliziert und sank auf einen Ton herab, der Merrick jedesmal erschauern ließ, wenn er wiederkam. Wahrscheinlich war das Ganze nur eine Art Slowfox, aber es klang wie etwas viel Besseres, fast wie eine für die Oper gedachte Arie eines großen Komponisten. Merrick holte tief Luft. Auch in Amalfi hatten sie ein solches Lied gehört, er und Helena, damals vor vielen Jahren. Seitdem hatte er es nie wieder vernommen, und sie hatten sich auch nicht die Mühe gemacht, den Namen herauszufinden oder eine Schallplatte mit dem Lied nach Amerika mitzunehmen. Sie hatten es nur ab und zu abends im Hotelgarten gehört, auf einer Gitarre gespielt wie hier. Immer hatten sie gewußt, daß es kommen werde, so wie ein bestimmter Vogel bei Sonnenuntergang auftaucht; es wäre falsch gewesen, nach dem Namen zu fragen oder einen Musiker zu bitten, dieses Lied zu spielen, denn das Lied mußte von selber kommen, zu seiner eigenen Zeit.

Abends beim Essen saß Merrick allein an einem Tisch, der für vier gedacht war; er stand an dem dekorativen Geländer der Terrasse, wo sich Bougainvillea emporrankte – so nahe, daß eine der blaßroten Blüten neben seiner rechten Hand auf die weiße Tischdecke herabhing. Merrick blickte sich um. Es gab mehr junge als ältere Leute unter den Hotelgästen; auch die beiden Jungverheirateten saßen da, noch immer versunken miteinander redend, an einem Tisch in der Mitte der Terrasse.

Hinten in einer Ecke saß eine Dame in mittlerem Alter. Sie hatte hellbraunes Haar und war gut angezogen; er hielt sie für eine Amerikanerin. Auch sie aß allein. Merrick blinzelte und betrachtete sie einen

Augenblick, dann ging sein Blick hinüber zu der Ecke und dem Geländer, das mit der Terrasse fast einen rechten Winkel bildete. Die Ecke sah genauso aus wie die eine Ecke in dem Hotel in Amalfi. Auch dort hatte Bougainvillea geblüht. Doch im übrigen glich dieses Haus dem Hotel in Amalfi gar nicht, oder doch nur wenig. Der Hotelgarten in Amalfi war allerdings auch so naturhaft-verwildert gewesen wie dieser hier. Und im Augenblick, da Merrick das klarwurde, da wußte er, daß er endlich am rechten Ort angekommen war.

»Fertig, Signor?« Der strahlende kleine Kellner, der aussah wie sechzehn, nahm den Vorspeisenteller fort und stellte eine große Schüssel mit *fettucini* auf den Tisch, aus der sich Merrick selbst bedienen sollte. Es folgte Kalbsbraten mit Kopfsalat, darauf ein Obstkorb, dem Merrick eine Birne entnahm, und dann ein Dessert. Den Kaffee ließ er sich in den Garten bringen und trank ihn, gegen die Terrassenbrüstung gelehnt, im Stehen aus. Jetzt saß niemand mehr in der Gartenschaukel oder in den beiden Korbstühlen, die daneben standen.

Die Dame mit den hellbraunen Haaren und den kleinen Ohrgehängen kam in den Garten und beugte ein wenig den Kopf nach vorn, um ihre Zigarette anzuzünden. Ihr Feuerzeug gab nur Funken von sich und flammte nicht auf.

»Gestatten Sie?« fragte Merrick und ging auf sie zu. Mit der freien Hand zog er sein Feuerzeug aus der Tasche.

»Oh – ich habe gar nicht gesehen, daß jemand hier war. Vielen Dank.«

Nein, sie sah Helena überhaupt nicht ähnlich, und doch war ihm vorhin der Gedanke an eine Ähnlichkeit gekommen, als sie hinten auf der Terrasse saß. Er hatte gedacht, sie sähe so aus, wie Helena heute aussehen könnte, wenn sie auf der Terrasse des Hotels in Amalfi säße.

»Sie sind gerade erst angekommen, nicht wahr?« fragte sie freundlich. Die blauen Augen waren von vielen feinen Fältchen eingerahmt, das Gesicht war sonnengebräunt.

»Ja. Und Sie sind schon länger hier?«

»Ja, fünf Wochen. Ich komme jedes Jahr her. Ich male drüben in der Kunstakademie – eigentlich nur als Hobby, wissen Sie. Sie müssen einmal hinkommen und sich die Bilder ansehen. Am besten vormittags bis halb eins, dann wird nämlich geschlossen. Meistens gehen wir dann alle hinunter zum Strand und essen dort.«

Merrick verbeugte sich leicht. »Vielen Dank – ich komme gern einmal.« Er blieb noch einen Moment unschlüssig stehen, dann wandte er sich zum Gehen.

Am nächsten Morgen machte er einen Spaziergang und kam an der Kunstakademie vorbei; sie war in einem alten Palast untergebracht, dessen mächtige Türen weit offenstanden und den Blick auf den Innenhof mit Loggia freigaben. Er ging nicht hinein, sondern wanderte zum Strand hinunter und sah eine Weile den Badenden zu, dann kaufte er am Kiosk die New Yorker und die Londoner Ausgabe der *Times* und setzte sich damit auf die niedrige Steinmauer am Wasser. Während er noch las, trat ein kleiner Junge an ihn heran und erbot sich, seine Schuhe zu putzen.

Merrick betrachtete ihn und lächelte belustigt. »Putzen? Diese Schuhe?« Er trug dunkelblaue Leinenschuhe.

Der Junge grinste ebenfalls. Seine hellblaue Hose war schmutzig und an einem Knie geflickt. »Ich darf doch wohl fragen, oder?«

»Du hast ja auch gar kein Schuhputzzeug«, meinte Merrick. »Wo ist denn deine Schuhcreme?«

»Hier«, gab der Junge zur Antwort und klopfte mit der Hand auf eine Hosentasche, die zweifellos leer war. »Fünfzig Lire. Sehr billig.«

Merrick mußte lachen. »Ich werde dir lieber ein Eis kaufen.« Er holte ein paar Münzen aus der Tasche und erhob sich, wie von einer fremden Hand gezogen. »Hier hast du fünfzig Lire. Komm, wir gehen ein Eis kaufen.«

Sie machten sich auf den Weg zur Eisdiele am Strand. Der Junge tanzte in Kreisen um Merrick herum, als wolle er ihn in einem unsichtbaren Seil einfangen. Merrick erstand für ihn einen großen Becher Schokoladeneis, das um den Mund des Kindes einen braun-klebrigen Rand hinterließ.

»Wo sind Sie her? Was machen Sie hier? Wie lange bleiben Sie? Haben Sie einen Wagen? Haben Sie ein Boot? Haben Sie ein großes Haus in Amerika? Haben Sie auch eine Frau? Wie alt sind Sie?«

Merrick beantwortete alle Fragen offen und ohne Zögern, er lächelte sogar bei dem ›Nein‹ auf die Frage nach seiner Frau.

Der Junge begleitete ihn auf die Post, wo Merrick einen Luftpostbrief an seine Firma aufgab, und ging dann noch weiter mit, die Straße entlang bis zum Hotel. Merrick freute sich über die Natürlichkeit, über das Fehlen jeglicher Hemmungen des Jungen, der einfach am Straßenrand stehenblieb und urinierte, nicht mal hinter einen Baum war er getreten. Einen Augenblick hatte Merrick Lust, ihn zu Kuchen und Eislimonade ins Hotel einzuladen. Aber das war wohl doch nicht ganz das richtige. Er war eben leider nicht so frei und unbefangen wie dieses Kind. Es kam ihm vor wie ein junger Hund, dem wunderbarerweise jemand die Gabe der Sprache verliehen hatte.

An diesem Abend war Merrick im Hotel noch glücklicher als zuvor. Wieder erklang die Gitarre mit dem schönen Lied. Er war so in seine Träume und Erinnerungen an Helena versunken, daß er kaum hörte, was der Kellner sagte, und nur mit Gesten antwortete. Er trank seinen Kaffee am Tisch.

»Guten Abend.« Die Amerikanerin mit dem hellbraunen Haar stand plötzlich neben ihm. »Wir spielen heute abend Bridge in der Halle – haben Sie Lust mitzuspielen? Nur ich und Mr. und Mrs. Gifford – kennen Sie sie schon?«

Merrick blickte sie an, als sei sie tausend Meilen weit weg. Selbst ihre Stimme klang entfernt, und jetzt wußte er nicht einmal mehr, was sie gesagt hatte. Endlich erhob er sich und sagte: »Guten Abend. Ich war –«

»Fehlt Ihnen etwas?« fragte sie besorgt.

»Nein.«

»Gott sei Dank. Es kommt oft vor, daß Leute hier gleich zu Anfang krank werden.« Sie lächelte.

»Ich bin an der Kunstakademie vorbeigekommen,

aber ich habe nicht hineingeschaut.« Merrick nahm an, sie habe etwas von der Akademie gesagt.

»Oh, das hat ja keine Eile. Und wie ist es mit Bridge?«

Merrick sah plötzlich noch einmal den Selbstmord oben auf der Brücke vor sich und fuhr sich mit der Hand über die Augen. »Nein, danke schön, ich möchte lieber nicht.«

Sie schien überrascht. »Schön – das macht doch nichts. Entschuldigen Sie.« Sie lächelte ein wenig und verschwand.

Am nächsten Tag verließ Merrick das Hotel erst am Nachmittag. Wieder war der Junge am Strand; er unterhielt sich mit einem jungen Paar, das sehr englisch aussah. Als er Merrick erblickte, verabschiedete er sich von den beiden, winkte mit der Hand und kam auf Merrick zugelaufen.

»Hallo – wie geht es Ihnen? Was haben Sie heute gemacht? Warum waren Sie heute morgen nicht hier? Was hat Ihr Hemd gekostet? Sind Sie in Amerika geboren?«

Sie schlenderten am Strand entlang und sammelten hübsche Steine und vom Wasser blankpolierte farbige Scherben auf. Der Junge schwatzte mit den Fischern, die im Sand saßen und ihre langen rostbraunen Netze flickten. Sie nannten ihn Seppe oder Giuseppe, und sie lachten zu Merrick hinüber, während sie sich mit dem Jungen unterhielten. Sie sprachen Dialekt, und Merrick verstand kaum etwas. Seppe war mager und barfüßig, doch aus den Augen und dem lachenden Mund sprühte die Vitalität eines Volkes, das sich von Armut nicht umbringen ließ. Merrick mußte an die Kinder des Selbstmörders Bartucci denken, in denen gewiß die gleiche Vitalität steckte, wenn ihnen auch sicher im Augenblick nicht zum Lachen zumute war. Er beschloß, der Witwe Geld zu schicken. Die Stadt im Süden, wo sie wohnte, hatte er sich gemerkt. Er konnte ihr ja das Geld anonym durch Postanweisung zukommen lassen. Der Gedanke an diesen Plan stimmte ihn froh.

»Seppe«, sagte er, als sie an den Fischern vorüber waren, »hättest du Lust, heute abend in meinem Hotel mit mir zu essen?«

»Ah-h-h!« Seppe hielt an und faltete die Hände wie zum Gebet. Er strahlte. »Mamma mia, si!«

»Du mußt aber still sein beim Essen. Hast du vielleicht auch eine etwas saubere Hose?«

»Ah, si! Ich habe einen richtigen Anzug!«

»Dann zieh ihn an. Um acht Uhr wird gegessen. Das ist doch nicht zu spät für dich?«

»Zu spät?« Seppe stieß ein beleidigtes Lachen aus.

Abends um halb acht wartete Merrick an der Hoteltreppe, da er annahm, Seppe werde zu früh kommen, und so war es auch. Sein brauner Anzug war neu und viel zu groß für ihn, die Schuhe abgetragen und ungeputzt. Das schwarze Haar verriet noch die Spuren des Kammes.

»Hallo!« rief der Junge laut zu Merrick hinüber. Seine Blicke schossen in alle Richtungen, um die ganze Herrlichkeit aufzunehmen.

»Hallo«, sagte Merrick. »Wir haben noch Zeit für eine Limonade oder so was. Komm, wir gehen in den Garten.«

Sie betraten den Garten, und Merrick bestellte eine Limonade und einen Cinzano. Auch hier stand der Mund des Jungen keinen Augenblick still, während er alles neugierig musterte, doch diesmal hörte ihm Merrick nicht zu. Er hatte den Kopf erhoben und horchte auf die Gitarrenmusik; sein Blick ruhte auf der Schaukel, in der wieder die beiden Jungverheirateten saßen. Er schwieg und träumte. Der Junge ließ sich dadurch nicht stören, er redete weiter und trank zwischendurch seine Limonade in langen Zügen.

Beim Abendessen langte Seppe herzhaft zu und trank auch ein Glas von Merricks Wein. Wenn er erst groß sei, erklärte er, wolle er auch ein Hotel aufmachen. Er nahm ein zweitesmal vom Nachtisch und legte, als alles verzehrt war, die Hand auf den Magen. »Oooh«, sagte er begeistert mit geschlossenen Augen. Merrick rauchte beim Kaffee. Sie hatten sich viel Zeit gelassen beim Essen; die Terrasse war jetzt fast leer.

»Kann ich mal auf die Toilette gehen?« fragte Seppe.

»Natürlich. Da drüben ist sie.« Merrick zeigte auf die Tür, schüttelte den Kopf und deutete auf die andere Tür. »Nein – die da ist es, wo *Signori* dransteht, nicht *Signore.«*

Seppe grinste und verschwand.

Das dauert aber lange, dachte Merrick nach einer Weile und blickte automatisch auf seine Armbanduhr, obgleich er keine Ahnung hatte, wie spät es gewesen war, als der Junge verschwand. Merrick drehte sich gerade um, als Seppe wieder auftauchte.

»Kann ich eine Zigarette haben?« Er stellte die Frage schon zum zweitenmal.

»Tut mir leid – nein«, gab Merrick zurück. Es tat ihm tatsächlich beinahe leid, und wären sie allein gewesen, so hätte er ihm wohl eine gegeben. »Komm – wollen wir einen Spaziergang machen?«

Sie gingen die Straße hinauf und am Hotel vorbei. Seppe war merkwürdig still, als habe die Dunkelheit ihn stumm gemacht.

»Wo wohnst du eigentlich?« fragte Merrick.

»Da unten.« Seppe zeigte hinter sich.

»Dann wollen wir lieber umkehren – es ist schon spät.« Merrick wandte sich um.

Als sie wieder vor dem Hotel Orlando standen, blieb Seppe stehen, winkte und sagte: »Bis morgen also, am Strand. Gute Nacht.«

»Gute Nacht«, erwiderte Merrick.

»Grazie!«

»Prego!«

Als Merrick die Hotelhalle betrat, kam der Manager, ein etwa vierzigjähriger Mann mit kleinem Schnurrbart, auf ihn zu.

»Signor Merrick, ob Sie wohl –« Er bat Merrick, in einer Ecke des Foyers Platz zu nehmen; doch ehe er weitersprechen konnte, erschien eine vollbusige blonde Italienerin. Sie trat zu ihnen und sagte:

»Entschuldigen Sie, Signor, aber es geht einfach nicht, daß Straßenjungen mit ins Hotel gebracht werden. Das ist unmöglich.«

»Signor – Moment mal, Eleanora, piano piano. Laß mich bitte reden. Zunächst ist noch gar nichts erwiesen.«

»Erwiesen –! Es steht doch wohl so gut wie fest.«

»Signor«, sagte der Manager, »es handelt sich um einen Diebstahl.«

Jetzt war auch die Amerikanerin mit dem hellbraunen Haar herangetreten. »Guten Abend. Bitte – ich möchte niemand beschuldigen, aber mein goldener Lippenstift und mein Feuerzeug –«

»Und dann noch fünfzigtausend Lire«, warf Eleanora ein.

»Ja – alles, was ich hier in der Tasche hatte«, sagte die Amerikanerin und hielt ihm ihre Tasche hin. »Ich habe es eben erst gemerkt, vor zwei Minuten. Der einzige Moment, wo ich sie nicht bei mir hatte, das waren vielleicht zwei Minuten, da hatte ich sie auf den Tisch im Waschraum gelegt.«

»Ein ganz gerissener Dieb – er hat Steine hineingetan, wegen des Gewichts«, sagte Eleanora entrüstet. »Zeigen Sie's ihm.«

»Ja, das stimmt. Steine vom Strand unten.« Die Amerikanerin brachte ein schiefes Lächeln zustande.

Merrick blickte in die geöffnete Tasche und sah ein paar glatte Steine. Solche Steine hatte er nachmittags mit Seppe am Strand aufgesammelt.

»Der Bengel ist doch während des Essens einmal auf die Toilette gegangen, nicht wahr?« fragte Eleanora. »Ich habe gesehen, wie er vom Tisch aufstand. Ich kenne den Jungen – das Gesicht kenne ich. Der Bengel taugt nichts. Ich weiß auch, wie er heißt – Seppe. Wie heißt er doch mit Nachnamen?« Sie runzelte die Stirn, als müsse ihr der Name einfallen, und blickte erst den Manager und dann Merrick an. »Wo wohnt er eigentlich?«

»Das weiß ich nicht«, sagte Merrick verstört. »Aber er hat das nicht getan, davon bin ich überzeugt«, fügte er dringlich hinzu.

Doch trotz seiner Überzeugung hörten sie nicht auf ihn. Der Manager ging ans Telefon und rief die Polizei an. Die blonde Italienerin fuhr fort, sich über Straßenjungen in anständigen Hotels zu entrüsten, und die Amerikanerin war zwar niedergeschlagen wegen ihrer Wertsachen, aber nicht weiter böse auf Merrick.

»Selbstverständlich werde ich tun, was in meinen Kräften steht«, versicherte Merrick. Aber er hatte keine Ahnung, was das sein mochte.

Eine Weile später trafen sich Merrick und die Amerikanerin im Garten, wo sie beide einen Kognak tranken. Merrick schüttelte sich, als ihm das scharfe Zeug die Kehle hinunterrann. Er versuchte, seinem Gegenüber zuzuhören, aber was sie sagte, kam ihm vollkommen belanglos vor. Irgendwie schienen sie beide auf etwas zu warten. Als er schließlich auf die Uhr sah, war es nach Mitternacht.

Der Hotelmanager kam in den Garten und berichtete, die Polizei sei in der Wohnung des Jungen gewesen, aber der Junge sei nicht nach Hause gekommen. »Dell' Isola heißt er. Er wohnt da oben in Città Morta.« Er deutete auf einen anderen Stadtteil, der, wie Merrick wußte, auf halber Höhe der Bergseite lag. »Signora, bitte glauben Sie mir, es tut mir aufrichtig leid. Morgen werden wir mehr erfahren.« Mit einem Lächeln verschwand der Manager.

Das nächste, was Merrick deutlich ins Bewußtsein

drang, war das heiße Wasser in der Badewanne. Er konnte es nicht glauben, daß Seppe ein Dieb war – das war einfach zu absurd. Die Steine konnte auch sonst jemand in die Tasche gesteckt haben. Es war unleugbar ein schlauer Trick, der Trick eines geübten Taschendiebes.

Als Merrick am nächsten Morgen um neun aus seinem Zimmer trat, begrüßte ihn der Manager in der Halle und sagte: »Heute morgen war der Junge zu Hause. Er sei gestern abend sehr spät heimgekommen, behauptete die Mutter. Aber sie streiten natürlich alles ab. Kein Geld, keine Wertsachen, gar nichts. Die halten zusammen, die ganze Familie.« Er schlenkerte mit der Hand. »Das Haus ist natürlich durchsucht worden.«

»Sehen Sie – ich wußte es«, erwiderte Merrick ruhig. »Tut mir leid, was da geschehen ist, aber Seppe war es nicht, das sehen Sie.«

Der Manager öffnete den Mund, sagte aber nichts.

Merrick ging weiter. An der Rezeption wurde ihm ein Telegramm ausgehändigt, das offenbar eben gekommen war. Es war von seinen Freunden Denis.

> keine sorge stop reichlich zeit stop wir sind noch zürich stop telegramm wurde aus münchen nachgesandt stop auf bald in münchen herzlichst betty-alex.

Er mußte ihnen telegrafiert haben, daß er nicht rechtzeitig in München sein könne, überlegte Merrick. Aber wann? Keine Ahnung. Er wußte nur, daß er vor ein paar Tagen ganz deutlich das Gefühl gehabt hatte, er müsse noch länger im Hotel Orlando bleiben und nichts unternehmen, das ihn von hier fortzog.

An der kleinen Bankfiliale in der Stadt hielt er an und wechselte Reiseschecks für zweitausend Dollar in Lire um. Dann ging er zur Post und schrieb vier Postanweisungen in Lire aus, jede für den Gegenwert von fünfhundert Dollar, die er an Mrs. Dino Bartucci in der kleinen Stadt in Süditalien adressierte.

Seppe war heute morgen nicht unten am Wasser, und Merrick ging um die Mittagszeit zum Lunch in ein kleines Restaurant am Strand. Gegen zwei Uhr sah er Seppe auf einem Fuß die Treppe von der Plaza herunterhüpfen, die Hände in den Taschen vergraben. Unten wirbelte er mit geschlossenen Augen wie ein blinder Derwisch im Kreise herum. An seinem Gehopse sah Merrick, daß der Junge ihn gesehen hatte, lange bevor er selbst ihn sah. Schließlich stand Seppe vor ihm, die Hände immer noch tief in den Hosentaschen, und blickte mit schüchternem Lächeln zu ihm auf.

»Nun, da bist du ja«, sagte Merrick.

»Tag.«

»Ich habe gehört, die Polizei hat gestern nach dir gesucht, und heute morgen auch schon.«

»Ja, aber gefunden haben sie nichts. Konnten sie ja auch nicht.« Die Jungenshände flogen aus den Taschen. »Ich hab ja nichts weggenommen.« Er blickte Merrick ernsthaft und eindringlich an.

Merrick lächelte erleichtert. »Nein – das habe ich auch nicht angenommen.«

»Jesus Maria! Die Polizei bei mir zu Haus!« Er

sah sich um, ob jemand zuhörte, obgleich er nicht sehr laut gesprochen hatte und der Mann am Nebentisch in seine *Herald Tribune* vertieft war. »Noch nie haben wir die Polizei im Haus gehabt! Was haben Sie denen gesagt?«

»Jedenfalls nicht, daß sie nach dir suchen sollen – das hat der Hotelmanager veranlaßt. Setz dich hin, Seppe. Sie dachten, du hättest etwas aus einer Damenhandtasche gestohlen. Ich konnte sie nicht davon abhalten, bei dir nachzusuchen.«

Seppe schüttelte den Kopf und murmelte etwas Unverständliches.

»Ich habe schon gegessen, mein Junge«, sagte Merrick. »Möchtest du etwas?«

Sie verbrachten den Nachmittag zusammen, fuhren mit einer *Carozza* durch die Stadt und schossen mit Gewehren in einer Schießbude auf der Plaza. Aber Seppe begleitete Merrick nicht bis zum Hotel zurück; an der letzten Straßenbiegung blieb er stehen und erklärte mit verächtlichem Blick auf das Hotel, weiter komme er nicht mit.

»Schön«, sagte Merrick freundlich. »Mach dir bloß nichts draus, Junge. Dann also bis morgen.«

Die bestohlene Amerikanerin vermied es heute abend, mit Merrick zu sprechen; sie nickte ihm nicht einmal zu. Es kümmerte ihn nicht. Sie brachte ihn natürlich – zu Unrecht – mit dem Diebstahl in Verbindung, aber da war nun nichts zu machen. Nach dem Essen blieb Merrick lange in der Schaukel sitzen und träumte vor sich hin.

Am nächsten Tag schien Seppe viel fröhlicher zu

sein, und ebenso am folgenden. Sein Vater, verkündete er, werde jetzt einen Fernsehapparat kaufen.

Merrick sah den Jungen prüfend an. War es etwa doch möglich, daß er die Sachen und das Geld gestohlen hatte? Er zog die Stirn in Falten und sagte sich: Nein. Sein ganzes Gefühl und auch sein Verstand sagten immer wieder nein. Sie standen am Strand, an ein umgekipptes Fischerboot gelehnt.

»Seppe, hör mal zu. Du hast doch nicht neulich der Dame das Geld aus der Tasche genommen, nein?«

»Nein«, gab Seppe zur Antwort. Es klang nicht ganz so überzeugend wie vor drei Tagen.

Wieder runzelte Merrick die Stirn. Zu den nächsten Worten mußte er sich zwingen. »Ich gebe dir – ich gebe dir zehntausend Lire, wenn du mir die Wahrheit sagst.«

Seppe grinste schalkhaft. »Erst will ich die zehntausend sehen.«

»Nein – erst sagst du mir die Wahrheit.«

»Also gut – ich hab's gestohlen«, erklärte Seppe halblaut.

Merrick atmete flach, als schnüre ihm etwas die Brust zusammen. Das glaube ich dir nicht, dachte er. Und er machte keine Anstalten, das Geld herauszuholen.

»Wo sind die zehntausend?« fragte der Junge.

»Ich glaube dir nicht. Beweise mir, daß du es gestohlen hast.«

»Beweisen?« Das Grinsen wurde noch übermütiger. Langsam zog Seppe eine Hand aus der Tasche und blickte sich um, ob niemand ihm zusah. Die Faust öffnete sich, und in der Jungenshand lag ein Lippenstift in einer Hülle, die aussah wie Gold, aber kein echtes Gold war, das wußte Merrick. Teuer war sie auf jeden Fall; sie war mit kleinen roten Steinen besetzt, die wie Rubine funkelten. Auf den ersten Blick sah man ihr den amerikanischen Ursprung an, und Merrick hatte keinen Zweifel, daß sie der Dame mit den hellbraunen Haaren gehörte.

Jetzt glaubte er es. In einer Sekunde sah er alles vor sich: Seppe hatte seine Beute zu Hause abgeladen, die fünfzigtausend Lire wurden irgendwo versteckt, der Lippenstift und das Feuerzeug blitzschnell von jemand anderem, vielleicht von einem älteren Bruder, an sich genommen, um später in Rom verkauft zu werden. Merrick preßte die Zähne zusammen und setzte sich in Bewegung. Er ging sehr langsam. Der Junge trabte hinter ihm her, stellte ängstliche Fragen, bat und flehte und umklammerte schließlich Merricks Hand, doch Merrick kümmerte sich nicht mehr um ihn; er ging an dem Platz vorbei, wo der Weg zur Stadt abbog, und weiter am Strand entlang, immer weiter, bis Seppe ihn endlich losließ und zurückblieb. Merrick war allein.

Am Abend blieb Merrick so lange im Garten sitzen, bis der junge Hilfskellner kam, der die ausgebrannten Windlichter hereinholte, und ihm erklärte, daß die Pforten geschlossen würden. Merrick war der Gedanke verhaßt, jetzt durch die Hotelhalle in sein Zimmer gehen zu müssen. Er fürchtete sich vor dem Zurückkommen der nackten Qual, die ihn überfallen hatte, als er erfuhr, daß Seppe ein Dieb war.

Am nächsten Morgen erhielt Merrick seine vier

Geldanweisungen zurück; jede war mit dem Stempel DEFUNTO versehen, dem italienischen Wort für VERSTORBEN. Sicher hatten sie Signor mit Signora verwechselt, obgleich er ganz deutlich auf jeder Anweisung »Signora Bartucci« geschrieben hatte. Er ging sofort mit den Anweisungen zum Postamt.

»Si«, sagte die Beamtin hinter dem Schalterfenster. »Die sind uns schon heute morgen aufgefallen. Nein, das ist kein Irrtum – die Frau ist ebenfalls tot.« Sie drehte sich um. »Franco! Komm doch bitte mal her.«

Ein dunkelhaariger junger Mann in Hemdsärmeln trat an den Schalter, warf einen Blick auf die Anweisungen und dann auf Merrick und sagte: »Ach ja – die sind das. Ja, Signor, ich weiß es zufällig, weil ein Vetter von mir in derselben Stadt wohnt. Die Mutter hat sich und ihre fünf Kinder mit Gas vergiftet, vor zwei oder drei Tagen.«

Merrick war wie gelähmt. »Sind Sie ganz sicher?«

»O ja, Signor, völlig sicher. Das DEFUNTO ist im Nachbardorf draufgestempelt worden. Außerdem hat mir mein Vetter geschrieben.«

»Vielen Dank.« Merrick nahm die Geldanweisungen an sich. Eine, zwei, drei, vier – jede traf ihn wie ein Schlag.

»Signor – Sie müssen sie einlösen!« sagte die Frau am Schalter, und Merrick wandte sich um. »So können Sie ja nichts damit anfangen«, meinte sie lächelnd. »Haben Sie die Frau auch gekannt?«

»Nein.« Merrick schüttelte den Kopf.

Fünf Minuten später verließ er die Post mit einem

Antrag auf Rücküberweisung des Geldes an die Bank in der Stadt. Er ging ins Hotel und setzte sich in den Garten. Das Mittagessen ließ er ausfallen, und nur widerstrebend ging er gegen acht in sein Zimmer, um zu baden und dann zu Abend zu essen.

Später erklärte er dem Hilfskellner, er wolle die Nacht im Garten bleiben, auch wenn die Pforten geschlossen würden.

»Es wird aber nachts kalt, Sir«, meinte der Kellner.

»Mir wird's nicht zu kalt.«

Gegen Morgen wurde es tatsächlich kalt, doch es machte Merrick nichts aus. Er ging ins Haus, zog sich um und kehrte in Slacks und Sporthemd mit einem Buch, das er dann doch nicht las, in den Garten zurück. Nur im Garten fühlte er sich sicher und imstande, irgendwie mit dem Leben und mit seiner Existenz fertig zu werden. Er wußte zwar, Helena war nicht bei ihm, nicht körperlich, wohl aber auf jede andere Weise, und nur hier im Garten. Er bildete sich nicht ein, ihre Stimme zu hören, es war nicht die physische Gegenwart, die er spürte, und doch war sie bei ihm, in jedem Luftzug, jedem Grashalm, Busch und Baum. Sie hatte den Garten genauso geliebt wie er. Auch das Bild von ihr, das er in sich trug, war nicht physischer Art; er dachte nicht an ihr Lächeln, sondern an ihre liebevolle Güte, an ihre strahlende Gesundheit, die es ihr erlaubt hatte, bis zum Tode zu reiten, Tennis zu spielen und zu schwimmen; an ihre Liebe und an die Sorgfalt, mit der sie den Haushalt führte, der zuerst ganz einfach war; doch auch als sie später Personal hatten, ließ sie es sich nicht nehmen, hin und wieder selbst zu kochen, und bei jedem Abendessen war mindestens ein Gericht dabei, das sie selbst zubereitet hatte.

Die blonde Italienerin – Merrick hatte ihren Namen vergessen – kam in den Garten und sagte etwas zu ihm.

»Nein danke, ich fühle mich hier sehr wohl«, erwiderte er und fügte leicht gereizt hinzu: »Wenn ich niemanden störe.« Man konnte ihm wirklich nicht vorhalten, daß er etwa die Schaukelbank mit Beschlag belegte; er war immer wieder aufgestanden, im Garten umhergewandert und hatte sich irgendwo auf einen Stein gesetzt.

Sie sagte etwas über seine Gesundheit, er könne sich womöglich erkälten, und ob ihm sein Zimmer nicht recht sei?

»Mein Zimmer ist ganz in Ordnung, ich bin einfach lieber im Garten«, gab er zurück.

Etwas später begann es zu regnen. Merrick saß in der Schaukel, die zwar ein Dach hatte, aber die Beine und Füße wurden doch naß. Er merkte es kaum, oder es kümmerte ihn nicht. Jeder Garten brauchte mal Regen von Zeit zu Zeit.

Mehrere Leute kamen, während es regnete, im Laufschritt zu ihm in den Garten und liefen dann wieder zurück. Als es aufgehört hatte, kamen noch einmal fünf. Drei redeten auf ihn ein, und zwei standen daneben und sahen neugierig zu.

»Ich verstehe das nicht«, sagte Merrick. »Ich störe hier doch niemand.« Mehr sagte er nicht, doch auch dies schien die Leute zu beunruhigen.

Schließlich tauchte ein einzelner Mann auf. Er sei Arzt, sagte er. Er setzte sich auf einen Stuhl und begann ruhig mit Merrick zu reden, aber alles, was er sagte, interessierte Merrick nicht.

»Ich bin lieber im Garten«, sagte er.

Der Arzt ging fort.

Doch Merrick wußte, was geschehen werde, wenn er noch länger im Garten blieb. So rauchte er eine letzte Zigarette, ging ins Hotel zurück und bat an der Rezeption um seine Rechnung. Dann telegrafierte er Alex Denis, daß er sein Telegramm erhalten habe und nach München kommen werde. Das war der nächste Schritt auf dem langen Weg.

Barbaren

Sonntag – das war für Stanley Hubbell der Tag zum Malen. Es war der einzige Tag, der ihm dazu blieb, denn in der Woche arbeitete er in einem Verlag für Fachzeitschriften, und samstags half er seinem Vater in dessen Eisenwarenhandlung in Brooklyn. Sehr ernst nahm er seine Malerei nicht; es war im Grunde mehr eine Beschäftigungstherapie, die ihm der Arzt wegen seiner Nerven angeraten hatte. Nach sechs Monaten hatte er immerhin schon einige Fortschritte gemacht.

An einem Sonntag Anfang Juni war er dabei, ein Selbstporträt – weißes Hemd, grüner Hintergrund – zu vollenden. Es war größer als das erste Selbstporträt und viel besser gelungen; auch die linke Augenbraue, hochgezogen und etwas betrübt, hatte er gut herausgebracht. Die Augen waren nun fertig: hellbraun, leicht bekümmert, eindringlich und hoffnungsvoll. Was erhofften sie wohl? Er wußte es nicht. Er wußte nur: die Augen da vor ihm auf der Leinwand waren wirklich so sehr seine eigenen Augen, daß er jedesmal freudig lächelte, wenn er sie ansah. Jetzt blieb noch die Aufhellung an der Seite der langen, leicht gebogenen Nase und dann die Schattierung des Hintergrundes.

Er hatte etwa zwanzig Minuten gearbeitet – gerade lange genug, um die Pinsel anzufeuchten und die Farben auf der Palette zu mischen –, als er die Männer kommen hörte, die seitlich am Haus entlang über den schmalen Fußweg stampften. Er zögerte einen Augenblick. Seine Gedanken waren noch bei der Aufhellung der Nasenseite, während er schon halb hinhorchte, wie viele es nun wohl heute waren.

Mach es lieber gleich, sagte er sich und beugte sich über die Leinwand; die linke Hand hielt den Rahmen, die rechte lehnte sich auf den linken Unterarm. Die Spitze des Pinsels berührte den Nasenrücken.

»Los, Franky, auf ihn!«

»Los, Mensch, mach zu!«

»Hau doch ab, Mann, was stellst du dir vor? Soll ich vielleicht die . . .«

»Ah-haaa!«

»Hier 'rüber, Franky!«

Plop!

Die ersten fünfzehn Minuten brauchten sie immer zum Anwärmen mit hartem Ball und Sporthandschuhen.

Stanley hielt den Pinsel an und machte eine Pause. Er hoffte, der Lärm werde nachlassen, und wußte doch, daß die Hoffnung vergeblich war. Das Gebrüll ging weiter, zwanzig Fuß unter seinem Fenster. Sie schrien sich aufmunternde Worte zu, grölten und feuerten einander an.

»Nimm doch den blöden Busch da weg! Reiß ihn aus!« schrie eine Stimme. Stanley fuhr zusammen, als hätten ihm die Worte gegolten.

Vor zwei Wochen hatte er mit den Männern einen Wortwechsel wegen der Büsche gehabt. Einer von ihnen war darübergefallen, als er nach dem Ball langte, und als Stanley das sah, hatte er hinuntergerufen: »Lassen Sie doch die Hecke in Ruhe!« Es war ihm einfach so entfahren, und er bedauerte, sich nicht viel stärker ausgedrückt zu haben. Alle hatten nach oben geblickt und gerufen: »Was fällt denn dem ein da oben? Gehört der Platz vielleicht Ihnen? Sie sind wohl hier der Gärtner, was?«

Stanley schob sich so nahe ans Fenster, daß er den unteren Teil der Steinmauer sehen konnte, die den Platz auf der entfernteren Seite abgrenzte. Vor der Mauer standen fünf kleine Büsche, ein wenig fröstelnd und verloren, aber immerhin: sie standen noch dort im Boden – jedenfalls in diesem Augenblick noch. Stanley hatte sie dort eingepflanzt. Er hatte sie in einer steinigen Ecke des Hofplatzes und unten am Ende des Durchgangs bei den Mülleimern gefunden, wo sie sich mühsam am Leben hielten, und hatte sie umgepflanzt. Keiner war mehr als zwei Fuß hoch, aber es waren unzweifelhaft Heckenpflanzen. Aus zwei Gründen hatte er sie umgesetzt: um die häßliche Mauer zu verdecken und um den Pflanzen ein wenig Sonnenschein zu verschaffen; eine winzige Geste zur Verschönerung einer Stelle, die im Grunde nicht zu verschönern war, aber er hatte es doch getan, und es hatte ihn befriedigt. Die Männer unten schienen zu wissen, daß er sie gepflanzt hatte, vielleicht weil er hinuntergerufen hatte, sie sollten vorsichtig sein, und auch weil der Hausverwalter, der nie aufzutreiben war und sich höchstens mal um die Mülleimer kümmerte, nicht auf die Idee gekommen wäre, Heckenpflanzen vor eine Steinmauer zu setzen.

Vom Fenster aus konnte Stanley die Männer gut sehen. Es waren heute fünf, die sich beim Spielen auf dem schmalen Rechteck verteilten und einander den Ball zuwarfen, ohne System und Spielregeln, und das hieß, daß von den fünfen vier die ganze Zeit nach dem Ball schrien.

»Hierher, Joey, hierher!«

Plop!

Sie waren alle etwa dreißig, zwei hatten schon den Anflug eines Bauches. Einer der Dicken hatte rote Haare, und das war auch der mit der lautesten und unangenehmsten Stimme. Am meisten schrie aber der Dunkle in den Blue jeans, der hörte überhaupt kaum auf zu johlen, auch wenn er den Ball auffing und weiterwarf. Von seinen Kumpanen schien schon keiner mehr hinzuhören, wenn er irgendwas rief. Der Rothaarige hieß Franky, und der Dunkle hieß Bob, das hatte Stanley gehört. Zwei von den anderen hatten genagelte Schuhe, sie tobten herum und johlten, während sie dem Ball nachjagten, sie warfen die Knie hoch und ruderten mit den Armen.

»Soll ich mal 'n Fenster einschlagen?« schrie Franky den anderen zu. Er schleuderte den Ball einem der Männer mit den Nagelschuhen zu, der ihn abfing und dabei aufheulte, als sei er zu Tode getroffen.

Warum schaute er sich das bloß an, fragte sich Stanley. Er warf einen Blick auf seine Uhr: es war erst zwanzig nach zwei. Bis fünf spielten die sicher noch. Stanley merkte, wie er innerlich anfing zu zittern, und besah sich seine Hände. Sie waren ruhig. Er trat wieder an die Staffelei. Das Bild war jetzt nichts als Farbe und Leinwand. Die Stimmen hörte man so laut, als wären sie hier im Zimmer. Er ging an das eine

Fenster und machte es zu. Das andere mußte offenbleiben, es war zu heiß.

Jetzt wurde irgendwo über ihm ein Fenster geöffnet, und wie auf ein Schlachtsignal spannte sich Stanleys Rücken: der Mann da oben war auf seiner Seite. Er trat ein wenig vom Fenster zurück und blickte hinunter auf den Hof.

»Hallo, Sie da unten!« kam die Stimme von oben. »Wissen Sie nicht, daß Sie hier nicht Ball spielen dürfen? Hier wollen Leute schlafen!«

»Na, denn schlafen Sie doch!« schrie der Mann in den Blue jeans und spuckte auf den Boden zwischen seinen gespreizten Knien.

Der Rotkopf schrie irgend etwas Ordinäres und rief dann: »Los, Joey, nu mal richtig!«

»Ich hol die Polizei, wenn Sie nicht bald verschwinden!« rief die Stimme von oben. Es war der Nachtwächter, Mr. Collins, aber seine Drohung war ganz wirkungslos, und das wußten sie alle. Stanley hatte sich schon vor vier Wochen einmal mit einem Polizisten unterhalten und ihm von den sonntäglichen Ballspielern berichtet; der Polizist hatte gelächelt – es war ein nachsichtiges Lächeln, voller Verständnis für die Spieler – und nur gemurmelt, wenn Leute sonntags Ball spielen wollten, so sei da nichts zu machen. Wieso eigentlich nicht? dachte Stanley. Wozu war denn unten seitlich am Haus eine Tafel angebracht, auf der die Polizeibehörde Ballspielen untersagte? Wie stand es mit dem Recht friedliebender Bürger, die ihren Sonntagnachmittag gern in Ruhe zu Hause verbrachten? Gab es nicht eine Antilärm-Kampagne in New York? Aber alle diese Fragen hatte er dem Polizisten gar nicht erst gestellt, denn er war sich klar darüber, daß der Polizist zu der gleichen Gattung gehörte wie die Ballspieler, nur daß er eben Uniform trug.

Sie schrien immer noch, die fünf unten und Mr. Collins oben. Stanley stützte die Handballen auf den Mauersims vor seinem Fenster und lehnte sich hinaus, um mit seiner sichtbaren Gegenwart Mr. Collins zu unterstützen.

»Wir tun nischt Verbotenes! Scher'n Sie sich doch weg!«

»Ich hol die Polizei!« rief Mr. Collins erbost. »Schließlich wohnen hier Leute, die zu arbeiten haben!«

»Marsch, ins Bett, Opa!«

Jetzt nahm der Rothaarige etwas vom Boden auf, das aussah wie ein Stein oder ein Stück Schlacke, und zielte damit auf Mr. Collins, der mitten im Satz abbrach. »Halt die Schnauze, oder wir schlagen dir die Fenster ein!« schrie der Rote und fing gerade noch den Ball auf, der in seine Richtung geflogen kam.

Noch ein Fenster wurde aufgerissen. Stanley fiel es plötzlich ein, hinunterzurufen: »Gibt's denn nirgendwo sonst 'n Platz zum Ball spielen? Jeden Sonntag, das ist ja zum Verrücktwerden!«

»Ach was, der Teufel soll die holen«, sagte einer der Männer.

Der Ball schlug dumpf auf, schoß in die Höhe und blieb einen Augenblick in der Luft hängen, knapp vier Fuß vor Stanleys Nase, bevor er wieder nach unten fiel. Sie spielten Baseball mit Schläger und weichem Ball.

Die blonde Frau, die links im Stockwerk über Stanley wohnte, hatte eine teilnehmende Unterhaltung mit

Mr. Collins angefangen. »Nicht zu fassen, daß erwachsene Männer –«

»Schlimmer als Kinder!« war Mr. Collins lautstarke Entgegnung. »Banditen sind das! ’n Schutzmann sollte man holen!«

»Und eine Sprache haben die am Leibe! Ich hab’s meinem Mann schon gesagt, aber der arbeitet sonntags und hört es nicht –«

»So – der ihr Mann ist also nicht zu Hause –?« rief der Rothaarige laut, und die andern lachten lärmend.

Stanley blickte hinab auf den gebeugten sommersprossigen Rücken des rothaarigen Mannes, der sein Hemd ausgezogen und die Hände auf die Knie gestützt hatte. Widerlich sah er aus – der weiße Rücken voll brauner Sommersprossen, die fetten Muskeln glänzend vor Schweiß. Ich wollte, ich hätte einen Revolver, dachte Stanley auch heute wieder. Ich würde auf sie anlegen – nicht gerade totschießen oder schwer verwunden, aber einen Schrecken würde ich ihnen einjagen, der sie von hier vertreibt.

Ein Aufschrei aus fünf Kehlen ließ ihn zusammenfahren. Er konnte nicht mehr nachdenken, er flog an allen Gliedern.

Er trat ins Badezimmer und fuhr sich am Waschtisch mit einem nassen Tuch übers Gesicht. Dann kam er zurück und schloß auch das andere Fenster. Aber geschlossene Fenster machten bei dem Lärm wenig aus. Wieder beugte er sich über die Staffelei und berührte mit der Pinselspitze den hellen Fleck am Nasenrücken. Die Pinselhaare waren steif und hart geworden. Er tauchte sie in das Näpfchen mit dem Terpentin.

»Franky!«

»Los, Mensch, lauf doch!«

Stanley legte den Pinsel nieder. Er hatte an der Nase einen großen weißen Fleck hinterlassen. Mit zitternden Fingern versuchte er, das Weiße mit einem Tuch zu entfernen.

Unten verstärkte sich jetzt das Geschrei: es klang, als lägen sich alle fünf in den Haaren. Stanley blickte hinaus. Franky und der andere Dicke rangelten vor den Büschen um den Ball. Mit einem wilden, fast kreischenden Auflachen stürzte der Rothaarige in die Büsche und heulte auf, als die Zweige ihn streiften.

Stanley riß das Fenster auf. »Wollen Sie sich bitte mit der Hecke in acht nehmen!« rief er hinunter.

»Ach was, halt's Maul!« schrie der Rothaarige zurück und erhob sich von einem Knie; gleichzeitig riß er einen Busch aus dem Erdreich und schleuderte ihn in Stanleys Richtung. Die anderen lachten laut auf.

»Sie dürfen die Büsche nicht kaputtmachen, die sind Allgemeingut!« rief Stanley, und sein Mund verzog sich zu einem kleinen bitteren Lächeln, als habe er sie damit überrundet. Sein Herz jagte.

»Wieso dürfen wir nicht?« Der Mann mit den Blue jeans stieß mit dem Fuß in einen zweiten Busch.

»Lassen Sie das!« schrie Stanley laut.

»Ach, halt doch die Schnauze!«

»Ich hab Durst!« rief jetzt einer. »Wer holt was zu trinken?«

Der Rothaarige holte mit dem Fuß aus und schleuderte einen weiteren Busch hoch in die Luft.

»Setzen Sie die Büsche wieder hin – sofort!« schrie Stanley mit geballten Fäusten.

»Hol doch deine Scheißbüsche selber.«

Stanley lief durchs Zimmer, riß die Tür auf und rannte die Treppe hinunter nach draußen, wo er sich plötzlich im hellen Sonnenlicht mitten auf dem Hof fand. »Stellen Sie die Büsche wieder hin!« verlangte er. »Sämtliche Büsche – stellen Sie sie sofort wieder an ihren Platz!«

»Mensch – kuck mal den da!«

»Hör bloß auf, Mann. Los, Joey, wir machen weiter.«

Der Ball traf Stanley an der Schulter, aber er merkte es kaum, er wußte gar nicht, ob man ihn gemeint hatte. Körperlich war er keinem der Männer gewachsen und ganz sicher nicht allen fünf, aber auch das war ihm kaum bewußt. Er war so von Sinnen vor Zorn, daß er es mit jedem einzelnen oder mit allen zusammen aufgenommen hätte, nur standen sie so weit auseinander, daß er nicht wußte, bei wem er anfangen sollte.

»Wie ist das – stellt jetzt einer von Ihnen die Büsche wieder auf?«

»Nee!«

»Weg da, Mac! Mach Platz, sonst kriegst du ihn an den Schädel!«

Der Mann in den Blue jeans streckte den Arm aus, stieß Stanley beiseite und langte nach dem Ball. Stanleys Halswirbel knackte, es gelang ihm gerade noch, sein Gleichgewicht zu halten und nicht platt aufs Gesicht zu fallen. Keiner kümmerte sich um ihn; die fünf waren eine verstreute mobile Armee, vertraut mit ihrem

Einsatzgebiet. Stanley ging eilig auf den Seitenweg zu; er merkte nichts von dem Ball, der von seinem Kopf abprallte, und von dem darauf folgenden lauten Gelächter.

Dann stand er im kühlen halbdunklen Treppenhaus, und sein Blick fiel auf den flachen Stein, der manchmal dazu benutzt wurde, die Eingangstür offenzuhalten. Er nahm ihn an sich und stieg die Treppe hinauf. Aus dem Fenster wollte er ihn werfen, mitten unter die Ballspieler. Barbaren, alle miteinander!

Er legte die Hände, die den Stein festhielten, auf die Fensterbank. Der Mann in den Blue jeans ging an der Mauer entlang und trat nach den wenigen Büschen, die dort noch standen. Offenbar wurde gerade eine Pause im Spiel gemacht.

»So – hier ist das Zeug! Kommt her und holt euch was.« Einer der Dicken erschien, die Arme voller Flaschen.

Sie langten jeder nach einer Flasche, legten die Köpfe zurück und tranken. Man hörte das befriedigte Grunzen und Schmatzen. Stanley lehnte sich weiter hinaus. Genau unter seinem Fenster saß der Rothaarige auf einem Brett, das als Sitzbank über zwei Steine gelegt war. Den konnte er nicht verfehlen, dachte Stanley, und fast im gleichen Moment hielt er den Stein ein wenig weiter hinaus und ließ ihn fallen. Beim Zurücklehnen hörte er den häßlichen dumpfen Aufprall und dann einen überraschten Fluch.

»Wer war das?«

»Mensch – Franky! Hast du dir – zeig mal her, Franky!«

Stanley hörte ein Ächzen.

»Ein Arzt! Los, helft mir doch mal!«

»Das war der Kerl da oben!« Deutlich drangen die Worte herauf. Stanley fuhr zusammen, als etwas durch das andere Fenster flog, von der Jalousie abprallte und zu Boden fiel. Es war ein hühnereigroßer Stein.

Er hörte die Männer auf den Weg zukommen. Sicher stiegen sie jetzt die Treppe herauf. Er ballte die Fäuste und horchte auf die Schritte im Treppenhaus. Nichts kam. Plötzlich war es still geworden.

»Na Gott sei Dank«, kam die müde Stimme der blonden Frau von draußen.

Das Telefon, dachte er. Das war als nächstes zu erwarten. Polizei.

Stanley setzte sich auf einen Stuhl und blieb minutenlang reglos sitzen. Der Stein hatte wohl ungefähr acht oder zehn Pfund gewogen. Allermindestens konnte der Mann eine Gehirnerschütterung davontragen. Aber Stanley malte sich aus, daß die Schädeldecke zerschlagen und das Gehirn eingedrückt war. Vielleicht war er nach dem Aufprall überhaupt nur noch wenige Augenblicke am Leben geblieben.

Stanley stand auf und trat an die Staffelei. Ohne Zögern machte er die Farbmischung für die ganze Nase zurecht, übermalte die mißlungene helle Stelle und machte sich dann an den Hintergrund, den er in dunklerem Grün ausführte. Als er ihn fertig hatte, war die Nase so weit getrocknet, daß er die Aufhellung einfügen konnte. Das geschah mit schnellen sicheren Strichen. Nirgends war ein Laut zu hören bis auf seinen beschleunigten Atem. Er malte, als habe er nur noch fünf Minuten Zeit, als blieben ihm nur noch fünf Minuten, bevor sie kamen und ihn abholten.

Um sechs war noch kein Mensch gekommen. Das Telefon hatte nicht geläutet, und das Bild war fertig. Es war gut gelungen, besser, als er erwartet hatte, und Stanley war erschöpft. Ihm fiel ein, daß er keinen Kaffee im Hause hatte und auch keine Milch.

Wieder kroch die Furcht in ihm hoch. Ob sie unten schon auf ihn warteten? Oder waren sie noch im Krankenhaus, wo ihr Freund gewiß im Sterben lag? Vielleicht war er schon tot ... Man bringt einen Mann nicht deshalb um, weil er sonntags unter dem Fenster Ball spielt – auch wenn einem danach zumute ist.

Er versuchte sich zusammenzureißen, ging ins Badezimmer und stellte sich kurz unter die kalte Dusche, denn er war in Schweiß geraten. Er zog ein frisches blaues Hemd an und fuhr sich mit dem Kamm durch die Haare; dann steckte er Brieftasche und Schlüssel in die Tasche und ging auf die Straße. Nirgends sah er eine Spur von den Ballspielern oder von sonst jemandem, der sich für ihn interessierte. Im Feinkostgeschäft um die Ecke besorgte er Milch und Kaffee. Auf dem Rückweg begegnete ihm die blonde, etwa vierzigjährige Frau, die über ihm wohnte.

»Gräßlich war das wieder heute nachmittag«, sagte sie. »Ich hab gesehen, wie Sie unten mit ihnen sprachen. Prima – für heute haben Sie sie verjagt.« Sie schüttelte resigniert den Kopf. »Aber nächsten Sonntag kommen sie bestimmt wieder.«

»Spielen sie samstags nie?« fragte Stanley. Es war

ihm völlig egal, ob die Männer samstags spielten oder nicht, er fragte nur aus nervöser Unsicherheit.

»Nein«, erwiderte sie zweifelnd. »Doch – einmal haben sie auch am Samstag gespielt, aber meistens kommen sie sonntags. Ich muß meinen Mann mal dazu kriegen, daß er sonntags zu Hause bleibt, damit er sich das mal anhört. Für Sie muß es noch schlimmer sein, weil Sie weiter unten wohnen.« Wieder schüttelte sie den Kopf. Sie sah mager und erschöpft aus, unter den Augen verlief ein Netzwerk feiner Fältchen. »Na, ich bin Ihnen jedenfalls sehr dankbar, daß Sie sie heute früher verscheucht haben.«

»Danke schön«, sagte Stanley. Er sagte es fast unbewußt, eigentlich nur als Dank dafür, daß sie nichts gesagt und offenbar nichts gesehen hatte von seiner Tat.

Sie stiegen zusammen die Treppe hinauf.

»Der Mann ist auch nie da, wenn man ihn braucht«, sagte sie mit erhobener Stimme, als sie an der Wohnung des Hausverwalters im zweiten Stock vorüberkamen. »Und dafür kriegt er zu Weihnachten auch noch Trinkgelder!«

»Ja, es ist nicht schön«, meinte Stanley mit etwas mühsamem Lächeln und schloß seine Wohnungstür auf. »Hoffentlich wird's nächste Woche etwas erträglicher.«

»Das mögen Sie wohl sagen«, gab die Frau zurück. »Na, ich hoffe, es regnet tüchtig.« Sie ging weiter nach oben.

Stanley frühstückte meistens in einem kleinen Café, das zwischen seiner Wohnung und der Untergrundbahnstation lag. Am Montag morgen sah er einen der Ballspieler – es war der Mann, der meistens Blue jeans trug – in dem Café. Er hatte Kaffee und Brötchen vor sich, als Stanley eintrat, und der Blick, mit dem er Stanley musterte und minutenlang festhielt, war so böse, daß auch andere Gäste aufmerksam wurden und die beiden beobachteten. Stotternd gab Stanley seine Frühstücksbestellung auf. Der Rothaarige war also doch noch nicht tot; vermutlich schwebte er zwischen Leben und Tod. Wenn Franky tot wäre oder wenn ihm überhaupt nichts fehlte, dann hätte ihn der Dunkelhaarige anders angesehen. Stanley trank seinen Kaffee aus und ging auf dem Weg zur Kasse an dem Mann vorüber. Er hatte erwartet, daß der andere ihm ein Bein stellen oder ihm zumindest irgend etwas nachrufen würde, aber es geschah nichts.

Als Stanley abends kurz nach sechs Uhr nach Hause kam, sah er zwei der Ballspieler – den Dunklen vom gleichen Morgen und einen der Dicken, der in normaler Kleidung wie ein Ringer aussah – auf der anderen Straßenseite stehen. Sie starrten ihn an, als er ins Haus ging. Oben in seiner Wohnung überlegte Stanley, was es zu bedeuten haben könne, daß sie sich dort aufgestellt hatten. War ihr Kumpan gerade gestorben, oder war er dem Tode nahe? Kamen sie vielleicht gerade von seiner Beerdigung? Beide hatten dunkle Anzüge an – vielleicht ihre besten. Stanley horchte auf Schritte im Treppenhaus, aber es war nichts zu hören bis auf die alte Frau, die mit ihrem Hund im obersten Stockwerk wohnte. Jeden Abend um diese Zeit führte sie den Hund auf die Straße.

Plötzlich sah Stanley, daß seine Fensterscheiben zerbrochen waren, und jetzt sah er auch drei oder vier

Steine, die zusammen mit den Glasscherben auf dem Teppich lagen. Auch auf seinem Bett lag ein Stein. Das am Sonntag zerschlagene Fenster hatte jetzt fast gar kein Glas mehr, und als er die Jalousie hochzog, sah er, daß von den oberen Hälften, die durch Holzfüllungen unterteilt waren, nur zwei oder drei Rechtecke heil geblieben waren.

Ruhig und systematisch machte er sich daran, die Steine und die größeren Glasscherben einzusammeln und in eine Papiertüte zu stecken; dann holte er Besen und Schaufel und fegte alles auf. Er überlegte, wann er die Zeit finden werde, das Glas neu einzusetzen – den Hausverwalter darum zu bitten, war ganz aussichtslos –, und kam zu dem Schluß, daß er wohl bis zum nächsten Wochenende warten müsse, außer wenn er die Scheiben morgen in der Mittagspause beim Glaser bestellen konnte. Er holte den Zollstock und maß die größeren Füllungen aus; sie waren etwas unterschiedlich groß, denn das Haus war alt. Dann maß er auch die kleineren Rechtecke aus und notierte alles auf einem Zettel, den er in die Brieftasche steckte. Kitt mußte er auch noch besorgen.

Am Schloß der Wohnungstür knackte es, und Stanley versteifte sich. »Wer ist da?« rief er laut.

Keine Antwort.

Zuerst wollte er einfach die Tür aufreißen, dann merkte er, daß ihm dazu der Mut fehlte. Ein paar Augenblicke horchte er, aber es geschah nichts weiter, und er beschloß, nicht mehr daran zu denken. Vielleicht hatte er sich alles nur eingebildet.

Als er am nächsten Abend nach Hause kam, konnte

er die Tür nicht öffnen. Der Schlüssel ließ sich zwar ins Schloß stecken, aber nicht einen Millimeter herumdrehen. Ob die da etwas hineingetan hatten, um den Schlüssel zu hemmen? War das vielleicht das Geräusch gewesen, das er gestern abend gehört hatte? Aber das Schloß, das fiel ihm jetzt ein, hatte ihm schon vor etwa sechs Monaten einmal Schwierigkeiten gemacht, tagelang war es schwer zu öffnen gewesen, und dann ging es auf einmal wieder. Oder verwechselte er das mit der Ladentür seines Vaters? Er wußte es nicht mehr.

Er lehnte sich gegen das Treppengeländer und starrte auf den Schlüssel im Schloß. Was sollte er tun?

Die blonde Frau kam die Treppe herauf. Stanley lächelte und sagte: »Guten Abend.«

»Oh, guten Tag. Was ist los – haben Sie Ihren Schlüssel vergessen?«

»Nein, es ist bloß – das Schloß will nicht recht.«

»Ach. Ja, irgendwas ist hier immer kaputt, nicht wahr«, sagte sie und ging weiter. »Komisches Haus.«

»Ja«, stimmte er zu und lächelte, aber er blickte ihr unruhig nach. Sonst blieb sie immer stehen und schwatzte ein paar Worte. Hatte sie irgendwas davon gehört, daß er den Stein hinuntergeworfen hatte? Von den zerbrochenen Fensterscheiben hatte sie auch nichts erwähnt, dabei war sie tagsüber zu Hause und mußte den Lärm gehört haben.

Stanley wandte sich um und nahm erneut das Schloß in Angriff. Er packte den Schlüssel und bot seine ganze Kraft auf, und auf einmal ließ er sich drehen; die Tür ging auf.

Es war nach Mitternacht, als er die Fensterscheiben

eingesetzt hatte. Und die ganze Zeit war ihm klar, daß er sie vielleicht morgen abend wieder zerbrochen vorfinden würde.

Am nächsten Abend standen dieselben beiden Männer, der Dicke und der Dunkelhaarige, der heute Blue jeans und ein Hemd trug, auf der gegenüberliegenden Straßenseite, als Stanley nach Hause kam, und zu seinem Schrecken kamen sie über die Straße auf ihn zu. Der Dicke packte ihn am Jackett und hielt ihn fest.

»Hören Sie mal zu, Sie«, sagte er ihm ins Gesicht hinein, »was Sie am Sonntag gemacht haben, dafür können Sie in'n Knast kommen, das ist Ihnen doch klar, was?«

»Ich weiß gar nicht, wovon Sie reden«, erwiderte Stanley schnell.

»Ach nee, das wissen Sie nicht?«

»Nein!« rief Stanley entrüstet.

Der Mann gab ihm einen Stoß und ließ ihn los. Stanley strich sein Jackett glatt und ging ins Haus. Wieder machte das Schloß Schwierigkeiten, doch als Stanley sich mit dem Mut der Verzweiflung daran machte, gab es langsam nach; und als er den Schlüssel herauszog, hing ein dünner Gummifaden daran: sie hatten das Schloß mit Kaugummi verstopft. Angewidert wischte Stanley den Schlüssel am Fußboden ab. Erst als er die Wohnungstür geschlossen hatte, setzte das Schütteln ein, und noch während des Zitterns dachte er: Ich hab gewonnen. Sie waren also gar nicht hinter ihm her. Zerschlagene Fensterscheiben und Kaugummi, na ja. Die Polizei hatten sie nicht geholt. Er hatte natürlich gelogen, als er behauptete, nicht zu wissen, wovon sie redeten, aber er hatte die richtige

Antwort gegeben. Einen Polizisten hätte er selbstverständlich nicht angelogen, aber die Polizei hatten sie ja bisher nicht geholt.

Langsam hob sich Stanleys Laune. Außerdem waren seine Fenster heute heil geblieben, das sah er. Vermutlich machte der Rothaarige eine längere Krise durch. Die Männer sahen so merkwürdig gedämpft aus. Oder führten sie vielleicht Schlimmeres im Schilde? Wenn er bloß wüßte, ob der Rothaarige im Krankenhaus war oder munter herumlief. Es war natürlich auch möglich, daß er gestorben war. Vielleicht waren die beiden Männer nicht ganz sicher, daß er, Stanley, es war, der den Stein geworfen hatte – es hätte zum Beispiel auch Mr. Collins sein können, der über ihm wohnte –, und die polizeiliche Untersuchung stand noch bevor.

Donnerstag abend traf Stanley beim Nachhausekommen Mr. Collins auf der Treppe. Mr. Collins war auf dem Weg zur Arbeit. Sein »Guten Abend« klang kühl. Vielleicht hatte er von der Sache mit dem Stein gehört und betrachtete Stanley jetzt als Mörder? Oder zumindest als Psychopathen, der ohne weiteres jemandem einen zehn Pfund schweren Stein an den Kopf warf?

Samstag arbeitete Stanley den ganzen Tag im Eisenwarengeschäft seines Vaters, ging dann in ein Kino und kam erst gegen elf nach Hause. Zwei der kleinen rechteckigen Scheiben im oberen Teil des einen Fensters waren zerbrochen. Das war nicht weiter schlimm – er würde sie reparieren, wenn es kühler wurde. Er hätte es gar nicht gemerkt, wenn er nicht extra die Fenster inspiziert hätte.

Sonntag morgen schlief er lange; er war am Abend

zuvor sehr müde gewesen. Es war schon fast ein Uhr, als er die Staffelei aufstellte. Er hatte vor, den Zwischenraum zweier Häuser zu malen, in dem ein Baum stand, den er von seinem Fenster aus gerade noch sehen konnte. Vielleicht war heute ein guter Tag zum Malen; die Ballspieler kamen heute sicher nicht. Und wenn sie kamen, wenn sie sich nicht einen anderen Platz zum Spielen aussuchten, dann würden sie sich vermutlich doch etwas gemäßigt aufführen.

Er war mit dem Entwurf in Kohle noch nicht ganz fertig, als er sie kommen hörte. Im ersten Augenblick dachte er, er habe sich geirrt, es könne nur eine akustische Täuschung gewesen sein. Aber nein – lauter und deutlicher wurden die Stimmen auf dem schmalen Weg; es war das charakteristische angeberische Prahlen im Tonfall, das durch die halblauten Worte klang – ein Stimmengemurmel, das ihm vertraut war wie eine Einzelstimme. Er trat etwas vom Fenster zurück und wartete.

»Na, denn mal zu. Los, Mensch!«

»Hu-huuu!« Trotz lag in dem lauten Ruf – eine Herausforderung an jeden, der ihnen das Recht zum Spielen streitig machen wollte.

Stanley trat näher ans Fenster und suchte mit weitgeöffneten Augen nach dem rothaarigen Mann. Tatsächlich, da unten war er! Er trug einen Pflasterverband am Kopf, aber er schien genauso brutal-energiegeladen wie immer. Stanley sah, wie er seinen Sporthandschuh einem der Kumpane zuwarf, der sich gerade bückte, so daß der Handschuh ihn im Gesäß traf, worauf brüllendes Gelächter folgte.

Jetzt kam eine Stimme von oben. »Mein Himmel,

seid ihr eigentlich Erwachsene oder Kinder? Könnt ihr hier nicht mal verschwinden? Uns langt's jetzt bald!« Das war die blonde Frau, und Stanley wußte, daß Mr. Collins bald folgen würde.

»Ach halt doch die Schnauze!«

»Warum kommst du nicht 'runter und spielst mit, Puppe?«

Trotzige Sicherheit sprach heute aus ihren Stimmen. Sie waren lauter, siegesbewußter als früher. Sie hatten ja schon gesiegt – sie waren wieder da.

Stanley setzte sich auf sein Bett: verwirrt, ratlos und plötzlich sehr müde. Er war froh, daß der Rothaarige nicht tot war, ehrlich froh. Und trotzdem: zugleich mit der Erleichterung stieg ein Protest in ihm auf, eine bittere Empörung, die fast nach unvergossenen Tränen schmeckte.

»Los jetzt, Joey, looos, Mensch!«

Plop!

»Paß auf, Franky – Obacht! Ah-haaaa!«

Stanley legte die Hände über die Ohren, hob die Füße auf sein Bett und schloß die Augen. Er lag krumm mit angezogenen Knien und versuchte, ruhig und gelassen nachzudenken. Kampf war zwecklos. Auflehnung war sinnlos, und Tränen ebenfalls.

Dann fiel ihm etwas ein, und er setzte sich auf. Hätte er doch die Büsche wieder eingepflanzt! Nun war es zu spät, sie lagen seit einer Woche offen auf dem Boden des Hofes. Ach, warum hatte er daran nicht gedacht! Diese eine Geste der Opposition, diese kleine Handvoll Schönheit vor so viel roher Gefühllosigkeit – es wäre besser gewesen als nichts.

Leer ist das Vogelhaus

Als Edith es zum erstenmal sah, mußte sie lachen. Einen Augenblick glaubte sie, sich geirrt zu haben; aber als sie zur Seite trat und noch einmal hinsah, war es immer noch da, nur etwas weniger deutlich. Ein Gesicht wie das eines Eichhörnchens, mit dämonisch-intensiven Augen, starrte sie aus dem runden Loch des Vogelhäuschens an. Es konnte natürlich nur eine Täuschung sein – wahrscheinlich lag es an den Schatten oder an einem Astknoten in der hölzernen Rückwand des Häuschens. Die Sonne schien hell auf den kleinen Kasten, der in der Ecke zwischen Geräteschuppen und Hauswand aufgehängt und etwa 20 mal 25 Zentimeter groß war. Edith trat näher heran und stand jetzt etwa drei Meter entfernt. Das Gesicht verschwand.

Komisch, dachte sie, als sie ins Haus ging. Das muß ich heute abend Charles erzählen.

Aber sie vergaß es und sagte Charles nichts davon, und drei Tage später war das Gesicht wieder da. Diesmal sah sie es, als sie eben zwei leere Milchflaschen an die Hintertür gestellt hatte und sich wieder aufrichtete. Zwei schwarze Knopfaugen blickten sie gerade und unverwandt aus dem Vogelhäuschen an, und rundherum saß etwas wie bräunliches Fell. Edith fuhr leicht zusammen und blieb reglos stehen. Sie meinte, zwei rundliche Ohren zu sehen und einen Mund – es war weder eine Schnauze noch ein Schnabel, aber er sah böse und grausam aus.

Dabei wußte sie doch, daß das Vogelhaus leer war.

Vor Wochen schon war die kleine Blaumeisenfamilie ausgeflogen – gerade noch rechtzeitig, denn Jonathan, der Kater der Nachbarn, hatte ein Auge auf die Jungen geworfen. Vom Schuppendach aus konnte er mit der Pfote bis in das runde Loch des Kästchens reichen; Charles hatte es damals ein wenig zu groß gemacht für Blaumeisen. Edith und Charles hatten Jonathan mit einiger Mühe ferngehalten, bis die Vögel ihr Häuschen verlassen hatten. Ein paar Tage später hatte dann Charles das Vogelhaus abgenommen – es war wie ein Bild mit einer Drahtöse an der Wand befestigt – und gründlich geschüttelt, damit sich kein Schmutz darin festsetzte. Blaumeisen nisteten zuweilen ein zweites Mal, meinte er. Bis jetzt waren sie jedoch nicht wiedergekommen, das wußte Edith; sie hatte darauf geachtet.

Und Eichhörnchen wohnten niemals in Vogelhäusern. Oder vielleicht doch –? Aber hier gab es ja gar keine. Ratten? Die würden sich doch nicht in einem Vogelhaus niederlassen. Außerdem, wie sollten sie da hinaufkommen, sie konnten doch nicht fliegen.

Das alles ging Edith durch den Kopf, während sie das starre braune Gesicht anblickte und die scharfen Augen sie ebenso intensiv beobachteten.

Ich geh einfach mal hin und seh es mir an, dachte sie und trat auf den kleinen Pfad, der zum Schuppen führte. Doch sie ging nur drei Schritt weit, dann blieb sie stehen. Sie hatte keine große Lust, das Vogelhaus anzufassen und womöglich von irgendeinem unsauberen Nagetier gebissen zu werden. Heute abend wollte sie es Charles erzählen. Sie stand jetzt nahe vor dem Vogelhaus, und das Ding saß immer noch darin, deutlicher als zuvor. Von einer optischen Täuschung konnte nicht die Rede sein.

Charles Beaufort, Ediths Mann, war Ingenieur für Datenverarbeitung und in einem Betrieb angestellt, der acht Meilen von ihrem Wohnort entfernt lag. Als ihm Edith abends berichtete, was sie gesehen hatte, zog er lächelnd die Augenbrauen in die Höhe. »Tatsächlich?« fragte er.

»Ich *kann* mich irren, natürlich. Bitte nimm doch das Ding noch einmal herunter und schüttle es, damit wir sehen, ob irgendwas drin ist.« Auch Edith lächelte jetzt, nur ihr Ton war ernst.

»Schön, das werde ich tun«, versprach ihr Charles bereitwillig und ging dann zu einem anderen Thema über. Sie waren noch beim Dinner.

Edith mußte ihn an sein Versprechen erinnern, als sie das Geschirr in die Spülmaschine stellten. Sie wollte gern, daß er nachsah, bevor es dunkel wurde. Charles ging hinaus, und Edith blieb an der Tür stehen und schaute ihm zu. Charles klopfte an das Vogelhaus und horchte. Dann nahm er es vom Haken, schüttelte es und drehte es langsam um, so daß das Loch unten lag. Wieder schüttelte er es.

»Nicht das mindeste drin!« rief er Edith zu. »Nicht mal ein Strohhalm.« Er lächelte nachsichtig und hängte das Kästchen wieder an die Mauer. »Was du da wohl gesehen hast? Du hast doch nicht vorher einen Whisky getrunken?«

»Aber nein, Charles. Ich hab's dir doch beschrieben.« Edith kam sich auf einmal ganz leer vor, als sei ihr etwas weggenommen worden. »Der Kopf war ein bißchen größer als bei einem Eichhörnchen, die Augen waren blank und schwarz wie Knöpfe, und der Mund sah – irgendwie streng aus.«

»Der Mund sah streng aus!« Charles warf den Kopf zurück und lachte, als er jetzt ins Haus kam.

»Ja – angespannt. Richtig böse«, beharrte Edith.

Mehr sagte sie nicht. Sie saßen im Wohnzimmer, Charles blätterte in der Zeitung und griff dann zu einem Ordner mit Geschäftsberichten. Edith hatte einen Katalog vor sich, aus dem sie Kacheln für die Küche aussuchen wollte. Was sollte sie nehmen – blau-weiß, oder blau-weiß-rosa? Sie war nicht in der Stimmung, das zu entscheiden, und Charles war bei so etwas auch keine große Hilfe, er sagte immer nur freundlich: »Mir ist alles recht, was dir gefällt.«

Edith war vierunddreißig und seit sieben Jahren mit Charles verheiratet. Im zweiten Jahr ihrer Ehe hatte sie eine Fehlgeburt gehabt, an der sie im Grunde selbst schuld war, weil sie so panische Angst vor der Geburt gehabt hatte. Als sie dann die Treppe hinunterfiel, war das beinahe mit Absicht geschehen, das mußte sie – war sie ganz ehrlich – zugeben, wenn auch die Fehlgeburt dann einem Unfall zugeschrieben wurde. Zu einem zweiten Kind hatte sie nicht mehr den Mut gehabt; sie und Charles hatten darüber niemals auch nur mit einem Wort gesprochen.

Sie fand, daß sie eine glückliche Ehe führten. Charles hatte einen sehr guten Posten bei der Firma Pan Com Gerätebau, und sie hatten mehr Geld und Freiheit als ihre Bekannten, die durch zwei oder drei Kinder eingeengt waren. Sie hatten oft und gern Gäste bei sich,

Edith vor allem im Haus und Charles auf dem Zehnmeter-Motorboot, wo sie zu viert schlafen konnten. Bei gutem Wetter waren sie an den meisten Wochenenden auf dem Fluß und den inländischen Kanälen unterwegs. Edith war eine hervorragende Köchin, an Bord wie zu Hause, und Charles sorgte für Getränke, Angelgerät und Plattenspieler. Auf Wunsch tanzte er auch ein Solo zur Flöte.

An diesem Wochenende blieben sie daheim, weil Charles einiges zu arbeiten hatte. Edith warf immer wieder einen Blick auf das Vogelhaus, war aber ganz beruhigt, denn nun wußte sie ja, daß es leer war. Wenn die Sonne darauf schien, sah sie nichts als ein blasses Braun in dem runden Loch, das war die Rückwand des Kästchens; und wenn es im Schatten lag, war das Loch ganz schwarz.

Montag mittag stand sie im Schlafzimmer und bezog die Betten mit frischen Laken, denn um drei kam der Wäschemann. Als sie eine Decke vom Boden aufhob, huschte etwas darunter hervor, lief über den Fußboden und zur Tür hinaus – etwas Braunes, größer als ein Eichhörnchen. Edith schrak zurück und ließ die Decke fallen. Auf den Fußspitzen ging sie zur Tür und blickte auf die Treppe hinunter, von der sie die ersten fünf Stufen übersehen konnte.

Was war das für ein Tier, das überhaupt kein Geräusch machte, selbst nicht auf nacktem Holzfußboden? Hatte sie sich auch nicht getäuscht? War da wirklich etwas gewesen? Doch sie war ganz sicher, es war kein Irrtum. Sogar die kleinen schwarzen Augen hatte sie erkannt. Es war das Tier aus dem Vogelhaus.

Es half nichts – sie mußte es finden. Der Hammer fiel ihr ein – das wäre eine gute Waffe, falls sie eine brauchte, nur war der Hammer leider unten. Sie nahm statt dessen ein schweres Buch und ging vorsichtig die Treppe hinunter. Aufmerksam sah sie sich überall um, als sich am Fuß der Treppe das Blickfeld weitete.

Im Wohnzimmer war nichts zu sehen. Aber es konnte ja unter das Sofa oder unter den Sessel geschlüpft sein. Sie ging in die Küche und nahm den Hammer aus der Schublade, kehrte dann ins Wohnzimmer zurück und schob eilig den Sessel etwas beiseite. Nichts. Jetzt hatte sie doch tatsächlich Angst davor, unter dem Sofa nachzusehen – die Decke hing fast bis auf den Fußboden. Sie schob das Sofa eine Handbreit von der Stelle und horchte. Nichts war zu hören.

Es war ja immerhin *denkbar*, daß ihre Augen ihr einen Streich gespielt hatten. So was kam vor – ein Stäubchen, das einem vor den Augen verschwamm, wenn man sich gebückt hatte. Sie beschloß, Charles nichts davon zu sagen. Und doch – was sie im Schlafzimmer gesehen hatte, war realer, konkreter gewesen als das Ding draußen im Vogelhaus.

Ein Yuma, dachte sie ein Stunde später, als sie in der Küche Mehl über den Braten stäubte. Ein junges Yuma. Wo hatte sie das auf einmal her? Gab es so ein Tier überhaupt? Hatte sie vielleicht in einer Illustrierten ein Foto gesehen oder das Wort irgendwo gelesen?

Edith zwang sich dazu, zunächst alles in der Küche zu erledigen, was sie sich vorgenommen hatte; dann ging sie ins Wohnzimmer, wo das große Lexikon stand, und suchte das Wort Yuma. Es stand nicht drin. Diesmal war es offenbar die Phantasie, die mit ihr durchgegangen war – so wie vorher die Augen, die ihr das braune Tier vorgegaukelt hatten. Aber es war merkwürdig, wie beides zusammentraf: als sei dies genau der richtige Name für das seltsame Tier.

Zwei Tage später, als sie und Charles ihre Kaffeetassen in die Küche trugen, sah Edith es unter dem Kühlschrank – oder vielleicht hinter dem Kühlschrank? – hervorwetzen, quer über die Schwelle huschen und im Eßzimmer verschwinden. Um ein Haar hätte sie ihre Tasse fallen lassen, die laut gegen die Untertasse klirrte.

»Was ist los?« fragte Charles.

»Da war es wieder!« sagte Edith blaß. »Das Tier –«

»Was für ein Tier?«

»Das – ich hab's dir nicht gesagt –«, die Kehle wurde auf einmal so trocken, als sei sie im Begriff, ein peinliches Geständnis zu machen. »Das Ding – das Ding aus dem Vogelhaus, das habe ich wiedergesehen, am Montag, oben im Schlafzimmer. Und ich glaube, jetzt eben auch. Gerade eben.«

»Aber Liebling, im Vogelhaus war doch gar nichts.«

»Ja – als du nachgesehen hast, da nicht. Aber das Tier rennt ganz schnell – beinahe als ob es flöge.«

Charles' Gesicht nahm einen besorgten Ausdruck an. Er sah hinüber auf die Schwelle, auf der auch Ediths Blick lag. »Und jetzt eben hast du es auch gesehen? Ich werde mal nachschauen.« Er trat ins Eßzimmer. Suchend sah er sich auf dem Fußboden um, warf einen Blick auf seine Frau, bückte sich dann nachlässig und schaute unter den Tisch und zwischen die Stuhlbeine. »Also wirklich, Edith –«

»Schau doch noch mal ins Wohnzimmer«, sagte sie.

Charles suchte im Wohnzimmer, etwa fünfzehn Sekunden lang, dann kam er zurück und lächelte. »Tut mir leid, Kindchen, aber ich glaube, du bildest dir das ein. Außer wenn es eine Maus war, natürlich. Vielleicht haben wir Mäuse –? Ich will's ja nicht hoffen.«

»Ach, es ist viel größer und außerdem braun. Mäuse sind grau.«

»Ja«, sagte Charles obenhin. »Aber nun laß nur, mein Herz – du brauchst keine Angst zu haben, es wird dir nichts tun. Es läuft ja weg.« Und mit einer Stimme, die nicht sehr überzeugend klang, fügte er hinzu: »Wenn nötig, rufen wir den Kammerjäger.«

»O ja«, stimmte sie sofort zu.

»Wie groß war es denn?«

Sie hielt die Hände etwa sechs Zentimeter auseinander. »So groß.«

»Könnte ein Wiesel sein«, meinte er.

»Es ist noch flinker als ein Wiesel. Und es hat schwarze Augen. Eben – da blieb es einen Augenblick stehen und sah mir direkt ins Gesicht. Ganz bestimmt, Charles.« Ihre Stimme kippte fast über. Sie zeigte auf die Stelle neben dem Kühlschrank. »Genau da blieb es eine Viertelsekunde stehen und –«

»Komm, komm, Edith.« Er drückte ihr den Arm.

»Es sieht so böse aus, so – ich kann's gar nicht sagen.«

Charles sagte nichts, er sah sie nur an.

»Gibt es ein Tier, das Yuma heißt?« fragte sie.

»Yuma? Nie gehört. Warum?«

»Weil mir das heute auf einmal einfiel. Nur so. Ich dachte – weil mir das Tier immer im Kopf 'rumging, und weil ich noch nie so eins gesehen habe, wäre es möglich, daß ich den Namen irgendwo gelesen habe.«

»Yuma? Y-u-m-a?«

Sie nickte.

Charles lächelte. Die Sache schien sich zu einem lustigen Spiel zu wandeln. Er trat an das Bücherregal mit dem Lexikon und suchte das Wort, wie Edith es getan hatte. Er schlug den Band zu und nahm die Encyclopaedia Britannica im untersten Fach heraus. Nach einer Minute sagte er: »Weder im Lexikon noch in der Britannica. Ich glaube, das Wort hast du dir ausgedacht.« Er lachte. »Oder vielleicht ist es ein Wort aus Alice im Wunderland.«

Nein, es ist ein richtiges Wort, dachte Edith, aber sie hatte nicht mehr den Mut es zu sagen. Charles würde ihr doch nicht glauben.

Edith war erschöpft und ging gegen zehn Uhr mit einem Buch zu Bett. Sie las noch, als Charles kurz vor elf ebenfalls hereinkam. In diesem Augenblick sahen sie es beide: es flitzte vom Fußende des Bettes, deutlich sichtbar, quer über den Teppich, verschwand unter der Kommode und dann, wie Edith meinte, zur Tür hinaus. Auch Charles mußte das geglaubt haben, denn er wandte sich schnell um und blickte ins Treppenhaus.

»Du hast es gesehen!« stellte sie fest.

Mit ausdruckslosem Gesicht machte Charles Licht auf

dem Treppenflur, sah sich suchend um und ging dann hinunter. Er blieb etwa drei Minuten unten, und Edith hörte, wie er mehrere Möbel wegrückte. Dann kam er zurück.

»Ja, ich hab's auch gesehen.« Er sah auf einmal blaß und müde aus. Edith seufzte und lächelte kaum merklich, sie war erleichtert, daß er ihr endlich glaubte.

»Siehst du, jetzt weißt du, was ich meinte. Ich hab's mir nicht eingebildet.«

»Nein«, stimmte er zu.

Edith saß aufrecht im Bett. Das Schreckliche ist, es sieht so – so unfangbar aus, weißt du.«

Charles begann sein Hemd aufzuknöpfen. »Unfangbar – was für ein Wort, Kindchen. Nichts ist unfangbar. Vielleicht ist es doch ein Wiesel. Oder ein Eichhorn.«

»Konntest du es denn nicht erkennen? Es ist doch genau an dir vorbeigelaufen.«

»Na ja, aber –« Er lachte. »Es rannte ja ziemlich schnell. Du hast es doch schon zwei- oder dreimal gesehen und auch nicht erkannt.«

»Hatte es einen Schwanz? Ich konnte nicht sehen, ob es einen Schwanz hatte oder ob der Körper allein so lang ist.«

Charles schwieg. Er griff nach seinem Morgenmantel und zog ihn langsam an. »Ich glaube, es ist kleiner, als es aussieht«, sagte er dann. »Es rennt sehr schnell, deshalb sieht es so lang aus. Vielleicht doch ein Eichhörnchen.«

»Aber die Augen sitzen vorne am Kopf. Beim Eichhörnchen sitzen sie doch mehr an der Seite.«

Charles bückte sich und blickte suchend unter das Bett. Er fuhr mit der Hand über die am Fußende eingesteckte Decke und ebenso darunter, dann stand er auf und sagte: »Paß mal auf. Wenn wir es noch mal sehen – *wenn* wir es überhaupt gesehen haben –«

»Was heißt das, *wenn*? Du hast es doch gesehen, das hast du selbst gesagt.«

»Na schön, ich glaub's ja auch.« Er lachte. »Aber wie kann ich wissen, ob mir nicht meine Augen oder Sinne etwas vormachen? Du hattest es ja sehr lebendig beschrieben.« Die letzten Worte klangen fast gereizt.

»Also – wenn was?«

»Ja – wenn wir es noch einmal sehen, besorgen wir uns eine Katze. Die findet es bestimmt. Wir leihen uns eine aus.«

»Aber nicht den Kater von Masons. Die möchte ich keinesfalls darum bitten.«

Sie hatten den Kater der Nachbarn nur mit kleinen Steinchen vom Vogelhaus fernhalten können, als die Blaumeisen flügge wurden. Das hatten die Nachbarn nicht gern gesehen. Sie standen immer noch auf gutem Fuß mit ihnen, aber weder Edith noch Charles wäre es eingefallen, sie um den Kater Jonathan zu bitten.

»Wir können doch den Kammerjäger bestellen«, sagte Edith.

»Ha – und was wollen wir ihm sagen? Wonach soll er suchen?«

»Nach dem, was wir gesehen haben«, sagte Edith leicht verärgert. Vor wenigen Stunden noch hatte Charles selber den Kammerjäger vorgeschlagen. Das Gespräch mit ihm spannte sie auf die Folter, und gleichzeitig deprimierte es sie. Es war alles so vage und hoffnungslos; sie wollte am liebsten schlafen und die ganze Sache vergessen.

»Wir versuchen es mal mit 'ner Katze«, meinte Charles. »Farrow hat eine, die hat er von den Nachbarn übernommen. Du weißt doch – Farrow ist der Buchprüfer, er wohnt in der Shanley Road. Er hat die Katze ins Haus genommen, als die Leute nebenan umzogen. Seine Frau mag aber keine Katzen, sagt er. Sie hat –«

»Ich bin auch nicht gerade wild darauf«, sagte Edith. »Wir wollen keine Katze ins Haus nehmen.«

»Nein, das nicht. Aber diese könnten wir bestimmt mal leihweise kriegen. Sie fiel mir gerade ein, weil Farrow sagt, sie wäre so ein fabelhafter Jäger. Es ist übrigens 'ne Katze, kein Kater. Neun Jahre alt, sagt er.«

Am nächsten Abend brachte Charles die Katze mit. Er kam eine halbe Stunde später als sonst, weil er mit Farrow nach Haus gefahren war, um die Katze zu holen. Er und Edith schlossen Türen und Fenster und ließen dann im Wohnzimmer die Katze aus dem Korb. Sie war weiß mit grauscheckigen Streifen und schwarzem Schwanz. Sie blieb steif mitten im Zimmer stehen und blickte ablehnend und mit leicht verdrossener Miene um sich.

»Komm, Pussy, komm – na komm doch her.« Charles bückte sich, berührte sie aber nicht. »Du bist ja nur für einen oder zwei Tage hier. Haben wir Milch im Hause, Edith? Oder Sahne, das wäre noch besser.«

Sie machten für die Katze ein Lager in einem Pappkarton, legten ein altes Handtuch hinein und stellten den Karton in eine Ecke des Wohnzimmers. Aber die Katze legte sich lieber ans Fußende des Sofas. Sie hatte das Haus oberflächlich inspiziert und keinerlei Interesse an Winkeln und Schränken gezeigt, worüber Edith und Charles enttäuscht waren. Edith meinte, die Katze sei sicher viel zu alt, um irgend etwas zu fangen.

Am nächsten Morgen rief Mrs. Farrow an und sagte, sie könnten die Katze behalten, wenn sie wollten. »Es ist ein gesundes Tier und sehr sauber. Bei mir ist es einfach so, daß ich Katzen nicht gern habe. Wenn Sie sie also mögen – oder wenn die Katze Sie mag –«

Edith wand sich mit überreichlichen Dankesworten und Erklärungen heraus; sie berichtete, warum sie die Katze brauchten, und versprach, Mrs. Farrow übermorgen wieder anzurufen. Sie sagte, sie und Charles hätten den Verdacht, es seien Mäuse im Haus; sie wollten aber gern sicher sein, bevor sie den Kammerjäger bestellten. Sie war einigermaßen erschöpft nach ihrem Wortschwall.

Die Katze verschlief den größten Teil des Tages, entweder auf dem Sofa oder am Fußende des Bettes oben im Schlafzimmer, was Edith nicht gern sah; aber sie wollte sie nicht reizen und tat deshalb nichts. Sie redete ihr sogar freundlich zu und trug sie auf dem Arm an die offenen Schranktüren, wo sich Pussy jedoch jedesmal steif abwandte, nicht etwa aus Furcht, sondern aus Langeweile. Den Thunfisch, den Mrs. Farrow angeraten hatte, fraß sie jedoch gern.

Freitag nachmittag saß Edith am Küchentisch und putzte Silber, als sie das Ding neben sich über den

Fußboden flitzen sah – es kam von hinten und schoß wie eine braune Rakete durch die Küchentür ins Eßzimmer. Sie sah, wie es sich nach rechts wandte und ins Wohnzimmer huschte, wo die Katze lag und schlief.

Edith stand schnell auf und trat an die Wohnzimmertür. Nichts war mehr zu sehen, und auf dem Sofa lag die Katze mit geschlossenen Augen, den Kopf auf die Pfoten gebettet. Ediths Herz klopfte laut. In die Angst mischte sich nervöse Ungeduld, einen Augenblick lang hatte sie das Gefühl von Chaos und völliger Verwirrung. Das Tier war hier im Zimmer, und die Katze rührte sich nicht! Und um sieben kam das Ehepaar Wilson zum Essen; sie hatte kaum Zeit, Charles die Sache zu erzählen, weil er sich vorher noch waschen und umziehen wollte, und in Gegenwart der Gäste konnte und wollte sie nichts davon sagen, obgleich die Wilsons alte Bekannte waren. Das Gefühl des Chaos wurde zu ohnmächtiger Empörung; Tränen brannten in ihren Augen. Sie stellte sich vor, wie der Abend verlaufen würde, wie nervös und ungeschickt sie sich gewiß benahm, alle möglichen Sachen würde sie fallen lassen und doch nicht sagen können, was eigentlich mit ihr los war.

»Das Yuma – das verdammte Yuma«, sagte sie erbost mit halblauter Stimme, als sie in die Küche zurückging und trotzig das Silber fertig putzte, bevor sie sich ans Tischdecken machte.

Das Dinner verlief dann jedoch sehr gut, ohne zerbrochenes Geschirr und verbrannte Speisen. Christopher und Frances Wilson wohnten am anderen Ende des

Dorfes; sie hatten zwei Söhne von sieben und fünf. Christopher war Syndikus bei Pan Com.

»Du siehst ziemlich müde aus, Charles«, meinte Christopher. »Habt ihr nicht Lust, am Sonntag mit uns 'rauszufahren?« Er blickte seine Frau an. »Wir wollten nach Hadden zum Schwimmen und dann ein Picknick machen – nur wir und die Kinder. Schön viel frische Luft.«

»Ach –« Charles wartete auf eine Ablehnung von Edith, aber sie schwieg. »Vielen Dank, bloß – wir wollten eigentlich mit dem Boot 'raus, weißt du, aber nun haben wir uns eine Katze ausgeliehen, und wir können sie wohl nicht gut den ganzen Tag allein lassen.«

»Eine Katze ausgeliehen?« fragte Frances Wilson.

»Ja – wir dachten, wir hätten vielleicht Mäuse im Haus, das wollten wir gern feststellen«, meinte Edith lächelnd.

Frances sagte noch ein paar Worte über die Katze, dann war das Thema erledigt. Pussy war jetzt sicher oben, dachte Edith. Sie verschwand immer nach oben, wenn Fremde ins Haus kamen.

Später, als die Gäste fort waren, erzählte Edith ihrem Mann von dem Tier, das sie wieder in der Küche gesehen hatte, und von der Katze, die so gleichgültig auf dem Sofa liegen geblieben war.

»Ja, das ist ja das dumme: es macht keinerlei Geräusch«, meinte Charles und runzelte die Stirn. »Bist du auch ganz sicher, daß du es gesehen hast?«

»So sicher, wie daß ich es überhaupt jemals gesehen habe«, erwiderte Edith.

»Laß uns noch ein paar Tage abwarten mit der Katze«, schlug Charles vor.

Am nächsten Morgen – Samstag – kam Edith gegen neun von oben, um Frühstück zu machen, und blieb erstarrt stehen, als ihr Blick auf den Fußboden im Wohnzimmer fiel. Da lag das Yuma, tot – zerfleischt am Kopf und Bauch und Schwanz. Vom Schwanz war nur noch ein zernagter Stumpf von etwa fünf Zentimeter Länge zu sehen, vom Kopf gar nichts – es war keiner da. Das Fell war braun, an den noch blutigfeuchten Stellen fast schwarz.

Edith drehte sich um und lief die Treppe hinauf.

»Charles!«

Er war wach, aber noch verschlafen. »Ja – was ist?«

»Die Katze hat es gefangen. Es liegt unten auf dem Fußboden, mitten im Zimmer. Bitte komm doch 'runter, ja? Ich kann nicht – wirklich –«

»Aber natürlich, Liebes.« Charles warf die Decke zurück und war schon aus dem Bett. Sekunden später war er unten. Edith folgte ihm.

»Hm – ganz schön groß«, sagte er.

»Was ist es?«

»Das weiß ich nicht. Laß – ich hole die Schaufel.« Er ging in die Küche. Edith sah ihm in einiger Entfernung zu, wie er alles mit Hilfe einer zusammengerollten Zeitung auf die Kehrichtschaufel schob. Er betrachtete das blutige Häufchen, die zerbissene Luftröhre, die Knochen. Die Füße hatten kleine Krallen.

»Was ist es? Ein Wiesel?« fragte Edith.

»Keine Ahnung. Wirklich, ich weiß es nicht.« Charles wickelte die Reste eilig in Zeitungspapier. »Ich werd's in den Mülleimer tun. Montag ist doch Müllabfuhr, nicht wahr?«

Edith antwortete nicht.

Er ging durch die Küche, und sie hörte den Deckel des Mülleimers klappern, der draußen vor der Küchentür stand.

»Wo ist die Katze?« fragte sie, als er wieder hereinkam.

Charles wusch sich die Hände am Spülstein. »Keine Ahnung.« Er nahm den Mop, ging damit ins Wohnzimmer und scheuerte die Stelle, wo das Tier gelegen hatte. »Stark geblutet kann es nicht haben – ich sehe hier überhaupt kein Blut.«

Während sie noch beim Frühstück saßen, kam die Katze durch die vordere Haustür. Edith hatte sie geöffnet, um das Wohnzimmer zu lüften, obgleich sie keinerlei Geruch festgestellt hatte. Die Katze hob kaum den Kopf, blickte sie müde an und gab ein langes »Miauu« von sich – den ersten Ton, seit sie im Hause war.

»Brave Pussy!« sagte Charles laut. »Eine ganz brave Pussy bist du.«

Aber die Katze wich der Hand aus, die sie streicheln wollte, und schlich langsam in die Küche, wo der Napf mit dem Thunfisch stand.

Charles lächelte Edith zu, und sie bemühte sich, das Lächeln zu erwidern. Ihr Ei hatte sie aufgegessen, aber von dem Toast brachte sie keinen Bissen mehr hinunter.

Nach dem Frühstück holte sie den Wagen aus der

Garage und machte ihre Einkäufe, aber es geschah wie in einem Nebel. Sie ging umher und grüßte wie üblich die Bekannten, die sie unterwegs traf, nur spürte sie keinerlei Kontakt zwischen sich und den anderen. Als sie nach Hause kam, lag Charles angezogen auf dem Bett, die Hände hinter dem Kopf verschränkt.

»Ich wußte gar nicht, wo du warst«, sagte Edith.

»Oh – entschuldige. Ich war ein bißchen müde.« Er setzte sich auf.

»Nichts zu entschuldigen. Schlaf doch ruhig, wenn du müde bist.«

»Ich wollte die Spinnweben aus der Garage 'rausmachen und mal gründlich durchfegen.« Er stand auf. »Bist du nicht froh, Kindchen, daß das – das Ding nun weg ist?« fragte er und zwang sich zu einem Lachen.

»Doch, natürlich. Weiß Gott, ja.« Aber ihr war immer noch deprimiert zumute, und sie merkte, daß es Charles ebenso ging. Zögernd blieb sie in der Tür stehen. »Was es wohl für ein Tier war? Das würde ich doch gern wissen.« Wenn wir bloß den Kopf gefunden hätten, dachte sie; aussprechen konnte sie es nicht. Der Kopf mußte doch noch irgendwo auftauchen, im Haus drinnen oder im Garten. Den Schädel konnte die Katze nicht gefressen haben.

»So was ähnliches wie ein Wiesel, meine ich«, sagte Charles. »Wir können die Katze jetzt zurückbringen, wenn du willst.«

Sie beschlossen, noch bis morgen zu warten und dann die Farrows anzurufen.

Pussy schien jetzt zu lächeln, wenn Edith sie ansah.

Es war ein müdes Lächeln, oder saß die Müdigkeit nur in den Augen? Sie war immerhin neun Jahre alt. Edith blickte immer wieder zu ihr hinüber, als sie an diesem Wochenende ihrer Arbeit nachging. Die Katze hatte jetzt ein anderes Gesicht: sie sah aus, als habe sie ihre Aufgabe pflichtgemäß erfüllt und wisse das auch, sei aber nicht besonders stolz darauf.

Es war komisch, aber Edith hatte das Gefühl, als bestehe da ein Bündnis zwischen der Katze und dem Yuma oder was immer es für ein Tier gewesen war. Als seien die beiden so etwas wie Bundesgenossen, oder seien es gewesen. Beide waren Tiere und hatten einander verstanden, das eine – das stärkere – war der Feind, das andere die Beute. Und die Katze hatte das Tier gesehen, vielleicht auch gehört, und hatte ihre Krallen in seinen Leib geschlagen. Vor allem hatte die Katze keine Angst gehabt, wie sie und sogar Charles Angst gehabt hatten. Und während ihr das alles durch den Kopf ging, wurde es Edith klar, daß sie die Katze nicht mochte. Sie sah so mürrisch aus, so voller Mißtrauen. Und bestimmt mochte die Katze sie und Charles auch nicht leiden.

Edith hatte sich vorgenommen, am Sonntag nachmittag gegen drei mit Mrs. Farrow zu telefonieren, aber Charles ging nach Tisch selbst an den Apparat und sagte, er werde anrufen. Sie hatte etwas wie Angst davor, auch nur Charles' Teil des Gesprächs mit anzuhören, doch sie blieb mit der Zeitung auf dem Sofa sitzen und hörte zu.

Charles bedankte sich zunächst überschwenglich und berichtete, die Katze habe ein Tier gefangen, das wie ein großes Eichhörnchen oder ein Wiesel aussehe. Das sei sehr erfreulich, aber behalten wollten sie Pussy nun doch nicht, so nett sie auch sei; konnten sie sie heute zurückbringen, so gegen sechs? »Ja, aber – die Sache ist ja nun erledigt, wissen Sie, und wir sind Ihnen schrecklich dankbar, aber ... Ja, ganz bestimmt, ich werde mich im Betrieb mal umhören, ob dort jemand eine Katze gebrauchen kann.«

Er legte den Hörer aufatmend hin und öffnete seinen Kragen. »Uff – das war ein Stück Arbeit! Ich komme mir richtig schäbig vor. Aber es hat doch keinen Zweck zu behaupten, daß wir die Katze behalten möchten, wenn wir sie doch los sein wollen, findest du nicht?«

»Ganz bestimmt. Aber wir müßten ihnen irgendwas mitbringen, eine Flasche Wein oder so was.«

»Ja, das ist eine gute Idee. Haben wir noch Wein?«

Nein, Wein war nicht mehr da. An ungeöffneten Flaschen fand sich nichts als eine Flasche Whisky, die Edith befriedigt zum Mitnehmen vorschlug. »Sie haben uns ja wirklich einen großen Gefallen getan«, meinte sie.

»Ja, das stimmt«, sagte Charles lächelnd. Er wikkelte die Flasche in eins der grünen Seidenpapiere ein, die der Weinhändler immer zum Verpacken benutzte, setzte die Katze in ihren Korb und machte sich auf den Weg. Edith hatte keine Lust mitzukommen, aber er sollte ja nicht vergessen, auch in ihrem Namen herzlich zu danken.

Sie setzte sich mit der Zeitung aufs Sofa und versuchte zu lesen, doch ihre Gedanken waren nicht bei der Sache. Die Augen schweiften durch das leere Zimmer, über die unteren Treppenstufen und durch die Wohnzimmertür. Es war ganz still im Haus.

Nun war es tot, das kleine Yumababy. Warum sie es sich immer als Baby vorstellte, wußte sie nicht. Was für ein Baby überhaupt? Aber für jung hatte sie es immer gehalten, wenn auch gleichzeitig für grausam. Und es hatte die ganze Bosheit und Tücke der Welt gekannt, der menschlichen und der tierischen Welt. Das Genick war ihm durchgebissen worden, von der Katze. Sie hatten den Kopf nicht gefunden.

Edith saß noch auf dem Sofa, als Charles zurückkam. Langsam trat er ins Zimmer und ließ sich in den Sessel fallen.

»Du – sie wollten sie eigentlich gar nicht wiederhaben.«

»Wieso – was meinst du?«

»Ja – es ist nicht ihre eigene Katze, weißt du. Sie haben sie nur aus Freundlichkeit übernommen, als die Leute von nebenan wegzogen. Die sind nach Australien ausgewandert und konnten die Katze nicht mitnehmen. Nun treibt sie sich so ein bißchen in beiden Häusern herum, aber ihr Futter bekommt sie bei den Farrows. Eigentlich traurig.«

Unwillkürlich schüttelte Edith den Kopf. »Ich mochte sie nicht, Charles. Und für eine neue Familie ist sie auch schon zu alt, meinst du nicht?«

»Kann sein, ja. Na, verhungern wird sie jedenfalls nicht bei den Farrows. Würdest du uns wohl einen Tee machen, Kindchen? Das wäre mir lieber als was Alkoholisches.«

Abends rieb sich Charles die rechte Schulter mit Rubriment ein und ging dann früh ins Bett. Edith wußte, er fürchtete einen Rückfall des alten Rheumaleidens.

»Ich werde alt, du«, sagte er. »Jedenfalls komme ich mir heute abend richtig alt vor.«

Edith ging es ebenso. Melancholie hing über ihr. Sie stand vor dem Spiegel im Bad und besah sich die kleinen Falten unter den Augen, die ihr heute stärker auffielen als sonst. Der Sonntag war anstrengend gewesen. Aber das Grauen war nun aus dem Haus, das war eine große Erleichterung. Fast zwei Wochen hatte sie in Angst gelebt.

Das Yuma war tot, und jetzt wußte sie auch, was das alles zu bedeuten hatte, oder konnte es jedenfalls zugeben. Das Yuma hatte die Vergangenheit zurückgebracht, eine dunkle böse Schlucht. Es hatte die Zeit zurückgebracht, da sie ihr Kind verloren hatte – absichtlich. Charles' bitterer Kummer war wieder lebendig geworden, und seine zur Schau getragene Ungerührtheit. Ihre alte Schuld war aufgestanden. Und Charles – war es ihm vielleicht ebenso ergangen? Kein Mensch, kein Erwachsener auf der ganzen Welt hatte eine völlig einwandfreie Vergangenheit, eine Vergangenheit ohne Schuld und Fehl ...

Ein paar Tage später war Charles eines Abends dabei, mit dem Gartenschlauch die Rosen zu wässern, als er plötzlich in dem runden Loch des Vogelhäuschens ein Tiergesicht erblickte. Es war genau das gleiche Gesicht wie das andere, von Edith beschriebene, das er nie aus dieser Nähe gesehen hatte: starre schwarze

Augen, ein rabiater kleiner Mund und die argwöhnische Bosheit, von der Edith so beeindruckt gewesen war. Charles vergaß den Schlauch, das Wasser spritzte hoch gegen die Mauer. Er ließ den Schlauch fallen und wandte sich zum Haus, um den Wasserhahn abzustellen; dann wollte er sofort das Vogelhaus abnehmen und nachsehen, was darin war. Gleichzeitig fiel ihm ein, daß das Kästchen ja gar nicht groß genug war für ein Tier, wie es die Katze gefangen hatte. Das konnte es also nicht sein.

Er lief auf das Haus zu und hatte es fast erreicht, als er Edith sah. Sie stand in der Tür und blickte auf das Vogelhaus.

»Da ist es schon wieder!«

»Ja.« Er drehte den Wasserhahn zu. »Jetzt werd ich mir mal ansehen, was das ist.«

Eilig ging er auf das Vogelhaus zu, doch auf halbem Wege blieb er stehen und starrte auf die Gartenpforte.

Durch die offene Tür kam Pussy, zerzaust und erschöpft, fast beschämt sah sie aus. Sie kam mit normalen Schritten und trottete dann etwas mühsam und mit gesenktem Kopf auf Charles zu.

»Sie ist wieder da«, sagte er.

Edith fühlte den Schleier aus dunkler würgender Angst, der auf sie zukam. Es war alles so vorausbestimmt, so fürchterlich unabwendbar. Mehr Yumas würden kommen, immer mehr. Wenn Charles jetzt gleich das Vogelhaus ausschüttelte, dann war natürlich nichts darin. Dann würde das Yuma wieder im Hause auftauchen, und Pussy würde es wieder fangen. Sie und Charles waren ihm ausgeliefert, sie konnten ihm nicht mehr entrinnen.

»Stell dir vor, die hat den ganzen Weg allein zu uns zurückgefunden – zwei Meilen!« Charles nickte seiner Frau überrascht lächelnd zu. Aber Edith mußte die Zähne zusammenbeißen, um nicht laut aufzuschreien.